Een gondel in de Herengracht
en
De gebroken pagaai

Meer over het debuut van A.F.Th. van der Heijden
leest u in
Ik wil schrijver worden – 13 schrijvers over hun debuut
van Emmy van Dantzig

Eerder verschenen herdrukte debuten bij Conserve
van grootmeesters

J. Bernlef – *Kokkels & Stenen spoelen*
Willem Frederik Hermans – *Conserve*
Gerrit Krol – *De rokken van Joy Scheepmaker*
Harry Mulisch – *Tussen hamer en aambeeld*
Gerard Reve – *Terugkeer*
Theun de Vries – *Friese sagen & Terugkeer*

Over deze debuten leest u meer in
Mijn eerste boek – 30 schrijversdebuten
van Kees de Bakker

A.F.Th. van der Heijden

Een gondel in de Herengracht & De gebroken pagaai

INGELEID DOOR DE AUTEUR

UITGEVERIJ CONSERVE

CIP-gegevens Koninklijke Bibliotheek, Den Haag

Heijden, A.F.Th. van der

A.F.Th. van der Heijden : *Een gondel in de Herengrachte & De gebroken pagaai*. Schoorl : Conserve
Een gondel in de Herengracht verscheen als eerste druk in 1978 onder de auteursnaam Patrizio Canaponi en als tiende en elfde druk in 2004 bij Querido (verzameld werk van Patrizio Canaponi) en als twaalfde (officieus dertiende) druk bij Conserve in 2005.
De gebroken pagaai verscheen twee keer bibliofiel, in 1996 bij Van Laarhoven, Tilburg en in 1997 bij stichting De Roos. Zie ook drukgeschiedenis.
ISBN 90 5429 207 5
NUR 301
Trefw: prozadebuut A.F.Th. van der Heijden

Voorwoord

Een lauwerkrans van haaienvinnen

56-76-96... Nee, dat zijn niet de maten – taille, heupbreedte, borstomvang – van een model waar Rubens niks aan zou vinden, maar de jaartallen van het kleine boek dat voor u ligt: een geschiedenis uit 1956, opgeschreven in 1976, alsnog ter publicatie uit handen gegeven in 1996.

De schrijver en zijn jeugdzonden. In zijn essay *Nicolai Gogol* citeert Nabokov een passage uit Gogols mislukte debuut *Hanz* (sic!) *Kjoechelgarten*, een maan- en kerkhofgedicht van dertien in een dozijn:

'Een in een wit lijkwaad gehulde dode man
Rekt zich uit boven zijn graf –
En veegt plechtig
Het stof van zijn botten, flinke vent!'

Deze laatste uitroep geeft Nabokov de gewaarwording dat 'de Georgische levenslust van de jonge Gogol het hier wint van de Duitse romantiek'. Na een vernietigende kritiek in de Moskouse *Telegraaf* kocht Gogol bij de boekhandels alle exemplaren op, en verbrandde ze.

Zijn jeugdzonden dient de schrijver niet te vroeg te gaan koesteren, maar ze in de kachel gooien kan altijd nog. Hij doet er beter aan ze voor jaren weg te sluiten, hun bestaan tegenover de buitenwereld zo lang mogelijk te ontkennen – net zo lang tot hij oud genoeg is om er met enige mildheid, vertedering zelfs, aan terug te denken en door de afstand in de tijd voldoende nieuwsgierig is geworden om er een blik in te durven slaan. Het minste waar hij op kan hopen, is er een zin in aan te treffen als 'veegt plechtig / Het stof van zijn botten, flinke vent!', of een soortgelijk Fremdkörper dat vooruit lijkt te lopen op het latere werk.

Nabokov wijst in de rampzalige jeugdzonden van Gogol nog andere treffende regels aan. 'Een vurig reiziger uit een door ijs geketend land.' 'Onder de zon praat de golf in haar slaap.' In een nogal naturalistische passage uit *De gebroken pagaai* trof ik, toen ik het typoscript na al die jaren weer opensloeg, het beeld aan van een jonge politieagent die door zijn aanstaande schoonmoeder 'een restje koude rode kool van de vorige dag voorgezet kreeg, in een diep bord, eindeloos treurig ronddrijvend in een dieppaars plasje azijn, waarin het wemelde van de haaienvinnen van donkere laurierbladeren'. Bij die lauwerkrans van haaienvinnen dacht ik: hm, ja, misschien...

Wat me bij volledige herlezing van *De gebroken pagaai* vooral opviel, was het – in dit geval letterlijk – hemelsbrede verschil met z'n ongepubliceerde voorganger, de roman *Kermis in de hel* uit 1972, een jaar later omgewerkt tot *Bejaardentehuis op het Dak van de Wereld*, waarin de hele kosmos en de evolutie van de aarde betrokken worden bij de handeling, die de aanvankelijk theoretische en later ook praktische eliminatie van de menselijke soort behelst. (Voor minder deed ik het op m'n eenentwintigste niet.) In vergelijking met dit intellectualistische gewrocht van een student in de wijsbegeerte, dat overigens niet zonder charme is, bleek *De gebroken pagaai* niet alleen naar omvang bescheiden, ook wat toon en compositie betreft mist het de zwaarte van *Kermis* en *Bejaardentehuis*. Het verhaal lijkt hier en daar de lectuur van Reve en Nescio te verraden (met *De avonden* maakte ik pas in '73 of '74 kennis, na lezing van

Lieve jongens, met het werk van Nescio pas in '76, dus het zou kunnen), al heb ik de schrijver, globaal vermomd als verteller, er niet van kunnen weerhouden tussen de jeugdherinneringen door tekst, uitleg en commentaar te leveren.

Het manuscript van *Bejaardentehuis op het Dak van de Wereld*, 365 dichtbetypte pagina's groot, stuurde ik eind '73 naar de uitgever Thomas Rap, die het al spoedig retourneerde met de boodschap dat hij de roman 'niet in zijn fonds vond passen'. Als ik dat fonds van uitsluitend kleine tot piepkleine, fraai uitgegeven hebbedingetjes wat nader had bestudeerd, zou ik dat 'niet vinden passen' misschien voor één keer letterlijk hebben genomen, in plaats van het te beschouwen als de neerbuigende standaardformule en dooddoener waarmee afgestompte uitgevers de dagelijkse postzendingen beantwoorden. Hoe dan ook, passend of niet, het meesterwerk kwam de klap waarmee het na retourzending op mijn voordeurmat belandde niet te boven. Kreupel en verongelijkt ligt het nu al bijna een kwart eeuw in vodden van spinrag op wraak te zinnen. Het droomt van de vijftigste verjaardag van zijn schepper, wanneer het alsnog, in spiegelend omslag en geurend naar verse lijm, op de toonbank van de boekhandel zal liggen, buikbandje om met de tekst: HET EIGENLIJKE DEBUUT VAN... We zullen zien.

Pas in het voorjaar van '77 durfde ik opnieuw materiaal naar een uitgever te sturen. Ik had natuurlijk weleens ergens gelezen dat bij transacties in de onderwereld de aanbetaling soms geschiedde met doormidden gescheurde bankbiljetten: de ene helft van de gehalveerde waardepapieren nu, de andere helft na afwikkeling te voldoen. Misschien vond ik inmiddels dat uitgevers benaderd dienden te worden als onderwereldbazen, want ik stuurde Querido anderhalve novelle, met de aantekening dat bij voldoende gebleken belangstelling ik 'nog anderhalve novelle' voor ze in portefeuille had, precies passend bij wat ze al in huis hadden.

'Bij wie erin begint te lezen,' schreef de toenmalige directeur van Querido Reinold Kuipers, 'wekken uw verhalen onmiddellijk verwachtingen (...) die op den duur echter niet helemaal waargemaakt worden.'

Naar aanleiding van *De gebroken pagaai*, de complete novelle van de twee, repte hij over 'volhardend miserabilisme', terwijl de inmenging door de verteller in de handeling 'al te koket' bevonden werd. Desondanks 'blijven wij in u geloven'. Enfin, dat was in ieder geval andere taal dan die van een fonds met confectiematen, aan welks kont de dingen alsmaar niet wilden passen. In de navolgende maanden werd, terwijl ik kriskras door Italië reisde, Patrizio Canaponi vaardig over mij. Hij haalde mijn sombere novellen door zijn gouden zeef, bewerkte ze met een fijne pen en bekleedde ze met sterlingzilver en bladgoud. Van de wrakke roeiboot die Pietertje diep beneden het raam signaleerde op de Kostverlorenvaart, maakte mijn half-Italiaanse ghostwriter 'Een gondel in de Herengracht', het titelverhaal van zijn debuut, dat in november '78 bij Querido verscheen.

Nadat ik, namens Patrizio Canaponi, Reinold Kuipers een deel van 'Een gondel...' te lezen had gegeven, ontbood hij mij ter uitgeverij. Met ietwat tobberig gezicht bladerde hij door het manuscript, en betuurde hoofdschuddend een pagina. 'Dit verhaal *had* ik toch al gezien?'

'Nee, hoor.'

'Maar dat van die grootmoeder die met de klokken knoeit... die overspel pleegt met de tijd... dat ken ik toch?'

'Nee, hoor.'

'Moet ik dan aan mijn eigen verstand gaan twijfelen?'

Het was dezelfde schaamte die me liet ontkennen en me uiteindelijk tot een bekentenis dwong: 'U heeft al eens een vroege versie onder ogen gehad...'

Het archief werd gelicht, en daar kwam onze correspondentie tevoorschijn, samen met de anderhalve novelle. 'Een wonderlijk pseudoniem voerde u toen,' zei meneer Kuipers. 'Pieter Vlug van de Dommelbrug.'

'Een oude bijnaam van mijn vader,' mompelde ik.

Hij las passages uit zijn eigen brief voor: '...volhardend miserabilisme... inmenging verteller te koket...' en schudde nogmaals het hoofd. 'Ik kan me er geen woord van herinneren. Ook niet van de inhoud van uw brief. Maar dat bedrog met de tijd... dat gegoochel van die grootmoeder met de klokken... dat staat me helder voor de geest. Vreemd. Als ik een binnengekomen manuscript gelezen heb, en ik besluit het niet uit te geven, vergeet ik het onmiddellijk. Een noodzakelijke beroepsdeformatie. 't Is voor het eerst dat ik de inhoud van een afgekeurd manuscript blijk te hebben onthouden. En dat na bijna anderhalf jaar...' 'Nou ja,' besloot hij opgelucht, blij dat hij niet aan zijn verstand hoefde te twijfelen, 'dan moet uw verhaal, ondanks de afwijzing, destijds meer dan de normale indruk op me gemaakt hebben.'

Vertrouwend op deze conclusie durf ik mijn jeugdnovelle, met alle onvolkomenheden, na al die jaren alsnog te publiceren. Wie weet, nu ik eenmaal zo dapper ben geweest, schenkt het me de branie om straks ook het vergeelde en verzuurde manuscript van *Bejaardentehuis op het Dak van de Wereld* uit handen te geven.

Amsterdam, 7 oktober 1996
A. F. Th. van der Heijden

De gebroken pagaai

Wij zijn van na de grote wereldbrand – wij hebben geen 0
grote geschiedenis. Zelfs de god Nahweh is dood. Wij hebben geen bommen om ons heen horen vallen: gruwel kennen wij alleen op verkleinde schaal. Als we ooit geschrokken zijn, dan van iets kleins: een muis, een onverwachte oorvijg, 220v of van zoiets als het breken van een splinternieuwe pagaai.

Een augustusochtend in '56 en daar staat mijn oudtante 1
Cisca spiegeleieren te bakken, in haar keukentje: twee of drie hoog vóór, ergens aan de Wittenkade. Ik zit of sta vlak achter haar – *schuin* achter haar: alles wat ze doet, is voor mij duidelijk waarneembaar. Ik ben vier jaar oud, bijna vijf – zij is beslist niet ouder dan vijfenveertig: de jongste zuster van mijn grootvader.

Misschien, het kan ook zijn dat ik in een halve cirkel om haar heen drentel, terwijl ik haar bezigheden, onder haar ellebogen door, nauwlettend blijf gadeslaan.

Aan het venster schijnt de zon. Het is niet vroeg meer. De 2
eitjes knetteren in de koekepan. Op een kleinere pit ernaast begint de koffie te pruttelen. In de glazen knop op het deksel wordt hij met schokjes zichtbaar: eerst nog wat bleekjes, allengs bruiner.

Met dat koffiezetten hier is het een rare zaak: hoe de pot die hele stellage krijgt ingebouwd – ik heb het met stijgende verbazing aangezien. Prettige klettergeluidjes, dat wel – fijn speelgoed.

Van mijn moeder ben ik gewend dat zij het bakje van de koffiemolen boven de lege pot omkeert, en deze dan – 't kolkt, 't dampt – laat vollopen met kokend water uit de fluitketel: 'potjeskoffie'. Dezelfde nonchalance als waarmee ze op zaterdagavond in de bijkeuken de teil met badwater voor me bijvult: 'Is het zo heet genoeg? (...) Of moet er nog meer bij? (...) Zeg 't dan, verdorie, en laat me zo niet staan!'

O, mama!

3 Goed, ik ben een jongen uit de provincie, maar tegen het eind van dit jaar kom ik me in de hoofdstad vestigen *als beroepsmelancholicus.*

Als 'gesubsidieerd semi-alcoholistisch beroepsmelancholicus'. Ik kan het ook niet helpen: het woord is van een jong en, hallo, 'veelbelovend' psycholoog, die mij korte tijd *pro deo* in therapie had. Ook de bijvoeglijke naamwoorden zijn van hem.

Hij flirtte met de psychoanalyse van Jacques Lacan, een soort van talige variant op die van Freud.

'Taal, jongen! Alles is taal! 't Onbewuste, alles – letterlijk alles!'

4 Op de broodplank snijdt tante Cissie nu enige tomaten aan plakjes. Ontsteld kijk ik toe hoe ze die bij het baksel voegt en er dan peper en zout over strooit. De geur verandert. Ik begin verontrust te raken. Tomaten snijden wij thuis rechtstreeks op brood en strooien er dan suiker over.

Voor vanavond heeft ze, 'dat wordt smullen, Pietertje', 'aardappelpannenkoeken' aangekondigd. Ik heb even aan de flensjes van mijn moeder gedacht, met stroop besmeerd, de meegebakken appel, maar heb mijn mond gehouden.

Ik *heb* helemaal geen trek in eten. Al sinds we hier zijn heb 5
ik niet kunnen poepen, al drie of vier dagen niet. Het toilet hier, een houten bankje met deksel, bergt een duizelingwekkend diep en donker en stinkend gat. Zo gauw ik mijn broek heb laten zakken, het deksel heb opgelicht, neemt de druk in mijn darmen onmiddellijk weer af. Als ik dan toch ga zitten persen, begint mijn wond pijn te doen; de wond onderaan mijn buik. Ik staar een tijdje naar het verbandgaas, of alles nog op zijn plaats zit, en trek dan langzaam mijn broek weer op.

In mijn hardgeworden buik is het versteningsproces al rommelend gaande. Eergister heeft Sjaantje, de zestienjarige dochter van tante Cissie, me meegenomen naar de drogist. Ik krijg nu enkele malen daags een laxeermiddel te slikken – vorm en smaak als van een chocoladepastille. Ik heb er net een op. Het is inderdaad net chocola. Ik hoef niet te eten.

Pastelgroen gesausde wanden, een bordeauxrode imitatie- 6
leren rustbank – de situatie was klassiek. Daar lag ik. Vanwege de 'overdracht' mocht ik de analyticus tijdens de zitting niet te zien krijgen. Daar zorgde hij dan ook stipt voor. Wel liet hij zijn aanwezigheid van tijd tot tijd opzettelijk maar weinig nadrukkelijk blijken door gekuch, voetgeschuifel, papiergeritsel, het verplaatsen van een stoel. Het had weinig van mijn vader weg, van mijn moeder nog minder.

Ook zei hij zo nu en dan wat, zonder me echt te onderbreken: kortgehouden beamingen en aanmoedigingen: 'Daar zul je 't hebben.' 'Daar heb je 't al.' 'Ga door, ga door.' 'Stop, stop, stop. Vertel 's wat meer over dat paard.'

Want dat moet – hij heeft het me zelf uitgelegd: het zijn 'de absolute minima die Lacan nodig acht tot het instandhouden van de analytische dialoog. En toen, 'hier staat het', heeft hij het me ook nog voorgelezen: 'Om de analytisch noodzakelijke dialoog niet te laten uitmonden en verzanden in een onvruchtbare monoloog.'

Het was een artikeltje dat hij zelf geschreven had. Het moest nog geplaatst worden, in een wetenschappelijk tijdschrift. Hij begon opgewonden te raken.

'Wij spreken niet,' riep hij uit. '*Het* spreekt. 't Is niet zo dat wij 'n gesprek voeren. Dat is maar schijn. Nee, *'t gesprek voert ons! Es spricht!*'

Alles was taal bij hem, maar vooral het verspreken – daar ging het om.

'De waarheid ligt in 't verzwegene,' zei hij. 'Dat spreekt vanzelf.'

Die psychologen toch! Zijn zij voor ons geen groter raadsel dan andersom? 'Sie geben uns mit sich selbst kein kleines Rätsel auf.'

7 Tante Cissie heeft uit de keukenla een middelzware hamer opgediept. Na wat mompelend gezoek vindt zij een ongebruikte spijker. Die plant ze met de punt in een van de voorgevormde deukjes van een blikje koffiemelk. Ze heeft de hamer onhandig beet, onder de kop, en ook de spijker houdt ze, tussen duim en wijsvinger, te hoog en te losjes vast. De punt schuift telkens weg.

Als ze wat harder drukt, wipt het blikje omhoog en wentelt zich van de spijker af.

Als tante Cissie met een ongeduldige, lukrake slag ten slotte doel treft, dringt de punt te diep in het blikje door; de melk spritst, 'verdorie, Pietertje', in een dun straaltje tegen haar vingers op.

Als de spijker klemvast blijkt te zitten, verwijdt tante Cissie met enkele draaibewegingen de opening. Het tweede gaatje ponst ze op de juiste manier: ‘Zo, Pietertje.’ Ze spoelt de spijker schoon onder de kraan, en droogt haar handen aan haar schort.

‘En jij, Pietertje, wat wil jij drinken bij je boterham?’

‘Melk.’

Maar we schoten niet op: ik versprak me niet. Ten einde 8
raad heb ik hem verzocht de analyse stop te zetten. En of hij er toch nog iets van kon zeggen. Hij bleek nogal geërgerd.

‘Zo’n beetje melancholicus van beroep,’ zei hij smalend. ‘Zwaar gesubsidieerd, en nog zo half en half alcoholistisch ook. Meer kan ik er echt niet van zeggen.’ Zo – wrevelig, cynisch – vatte mijn weldoener zijn voorlopige bevindingen samen. Genezen voelde ik me allerminst.

Van de ‘taalmassa’s’, die ik onder zijn hoede heb opgespoten, is me zowat niets bijgebleven, laat staan van enige les die ik er eventueel uit had kunnen trekken. Maar zijn vinnige karakteristiek van mijn persoon raakte ik niet licht kwijt. In het begin was ik wel een beetje geschokt, en toch – het was precies wat ik nodig had. Die luttele woorden – ik wilde er met alle geweld een bestemming uit aflezen: de bestemming van mijn volgende trein.

Nog voel ik het theatrale zelfoverleg nadreunen in mijn kop.

‘Luister, jongen,’ heb ik mezelf, in de ijlkoorts van mijn dweepzucht, keer op keer voorgehouden. ‘Luister: als je dan toch gedoemd bent ontredderd ten onder te gaan, in Godsnaam, waarom dan niet waardig en rechtstandig in het rode zondige hart van onze allereigenste grachtengordel van smaragd?’

Het was in de tijd dat ik een gedicht maakte over mijn huwelijk met de melancholie: de klem om mijn maag als trouwring, de zweer als robijn. Het is gelukkig verloren gegaan, maar het eindigde met de woorden:

Elke vrouw die nu nog komt,
Komt onherroepelijk te laat.

9 Melk, ja, maar 's avonds krijg ik donker bier te drinken, uit een transparant roze limonadeglas. In het begin smaakt het bitter. Bij de eerste slokken griezel ik, maar dan, algauw, wint de warmte het. Een vreemde warmte die het hele lijf doorgloeit en klopt aan de slapen en tintelt in het hoofd – prettig irritant. Het windt me op.

10 Ik ben wat gekalmeerd nu. Waarom nog langer vals de *poète maudit* uithangen? Behalve het vroeg XIXde-eeuwse model, waarmee mijn vaders vader vruchteloos op laag overscherende eenden schoot, bezit ik niet eens een fatsoenlijk pistool. En wat weegt mijn *Weltschmerz* nu meer dan een scheet die verkeerd zit?

Blijf ik nu 'thuis'? Nee, ik kom toch naar Amsterdam.

Ja, natuurlijk, de samengebalde waanzin die ik verwacht er aan te treffen, trekt me nog steeds. Maar er is meer, iets anders, belangrijker: ik hoop er een dierbaar beeld terug te vinden, het beeld naar een tafereel uit mijn vroegste kindertijd. Ik heb het, geloof ik, tijdens de zittingen niet eens ter sprake gebracht, en toch – wie weet: misschien is dit tafereel, met alles wat eraan vastzit, heel ondergronds wel verbonden met de minidiagnose van mijn psycholoog. Daarom, voor het te laat is, zou ik het beeld dat ik ervan bewaard heb hier voor u willen schilderen. Snel even neerpenselen en dan verzenden. Ik stuur het alvast vooruit – dan kan het ook niet aan flarden gaan als ik er zelf arriveer. Anders zou het maar gescheurd blijven hangen aan het lunchmes van de moderne Amsterdammer die me bij aankomst buiten het Centraal Station staat op te wachten. Het is al eens verzonden, in het klein, als prentbriefkaart. Het poststempel laat zien dat hij precies twintig jaar geleden in Amsterdam op de bus werd gedaan, met mijn geboorteplaats als bestemming. We kwamen tegelijk in het dorp aan: toen ik de achterdeur binnenkwam, viel de kaart in de gang op de voordeurmat. Twintig jaar lang heb ik ermee onder mijn hoofdkussen geslapen. Nu retourneer ik hem. Hij is voor u. Ongetwijfeld is er veel veranderd, maar misschien komt iets in het afgebeelde tafereel iemand van u nog bekend voor.

Maar eerst de voorgeschiedenis – die moet er tenslotte betekenis aan verlenen. Ik zal proberen het kort te houden, al kan ik vooruit niets beloven.

Schuifdeuren, rooie kool – *copijeerlust des dagelijkschen levens?* Helpt u mij hopen dat ik me – verspreek.

De schrijver, als u het mij vraagt, en dan weer de schrijver 11
in de huid en met de ogen van het kind.

Het bier is nieuw: het donkere bier van Amsterdam – maar 12
met die bedwelming, die roezige warmte, ben ik eerder deze zomer al vertrouwd geraakt.

Vóór ons plotselinge vertrek naar Amsterdam logeerde ik bij opa en oma, mijn grootouders van moeders kant. Al weken, want thuis ligt mijn vader te kuren op een maagzweer.

Hij speelt in dit verhaal alleen de rol van bedrogen vader. 13
Zijn woede! toen hij op zijn ziekbed te horen kreeg dat zijn zoontje buiten zijn medeweten door zijn schoonvader was meegenomen naar de Grote Stad.

Bij mijn terugkeer was het grootsteedse kwaad al geschied, was zijn woede bekoeld en de zweer gebroken: hij at weer eieren met spek.

Zijn aandeel is dus beperkt, en behalve de aangetrouwde

leden komt ook niemand van zijn familie er in voor – dat van dat eendenpistool nu even buiten beschouwing gelaten. En dat is maar goed ook, want liggen de verhoudingen aan moeders kant al tamelijk ingewikkeld, de grote 'Nijmeegse raadsels' bevinden zich alle pas aan vaders kant in de interfamiliaire constellatie.

Met mij buiten de deur was het een kleine zorg minder. Ik vond het geen ramp: in het huis van mijn grootouders was ik geboren – ik kon er ongestoord dromen.

14 Nu heeft opa vakantie, normaal werkt hij in ploegendienst. Een week overdag, een week 's nachts.

Als hij de afgelopen weken nachtdienst had, ging oma 's avonds pas naar de bioscoop. Elke avond zag ik haar dan de klok zo'n kwartier à twintig minuten voorzetten. Zo werkte zij opa wat vroeger de deur uit – opa, die ze tegenover buurvrouwen 'mijn baas' noemt. Als ze dan jas aan, hoedje op maar vlug genoeg naar de bus tippelde, kwam ze nog net op tijd voor de hoofdfilm van de tweede avondvoorstelling.

Meestal nam ze haar achttienjarige dochter mee, mijn tante Rietje, die dan uit dansen ging. Mij vertrouwde ze toe aan haar vijftien-, bijna zestienjarige zoon, mijn oom H.: 'ome Hasje', die schildert.

15 Ze heeft me 's middags eens meegenomen, naar een film voor alle leeftijden: *Rin Tin Tin*, of zoiets. Al in de bus had ik me geschaamd over hoe ze zich luid roepend met de buurvrouwen onderhield, haar lotgenoten op weg naar de bioscoop.

'Hoe is die?'

'En die?'

'Nee, die heb ik nog niet gezien.'

'Is die geprolongeerd?'

'Ja, daar ga ik morgen heen.'
Tijdens de voorstelling las ze me met haar hoge schelle fluisterstem hardop de ondertitels voor.

Oma verzette steeds de wijzers van de klok. Ik proefde het 16
bedrog, maar alles was me liever dan dat ze 's middags naar de bios ging. Als opa de nachtploeg had, ging hij 's ochtends pas naar bed, en sliep ook 's middags nog. Oma bleef dan thuis: 'M'n baas kan ieder moment uit z'n bed komen'. Tante Rietje was naar de schoenfabriek, en ome Hasje zat in het berghok, dat hij zijn 'atteljee' noemde (ATELIER, staat er in rode letters op de deur). Dan hadden oma en ik het rijk alleen. Als na de middagboterham 'met de Franse slag de boel aan kant' was, zou de fles wijn op tafel komen, en zou er worden voorgelezen.

Als ik al aanzat, bleef oma nog wat staan, aan het hoofd 17
van de tafel, in de linkerhand het nog onaangesneden verse brood, in de rechter het gekartelde broodmes. Heel onverwacht soms begon ze dan met de punt van het mes kruistekens te sabelen op de onderkant van het brood, waarbij niet zelden de kruimels me om de oren vlogen. Met brede gebaren, nonchalant en routineus, 'zegende' oma ons dagelijks brood. (Van mijn moeder weet ik dat oma vroeger, toen haar kinderen nog klein waren, onder het kruisen door nog tijd vond hen met de platte kant van het mes op de vingers te tikken.) Pas dan sneed zij het aan.

Als oma haar boterhammen al besmeerd en belegd had, 18
ontdeed ze ze van de korsten, en liet die in haar kopje plonzen. De boterresten vormden vetblazen op het oppervlak van haar thee. Zo herhaalde zich op verkleinde schaal wat 's morgens haar eetgewoonte was. Dan kwam de koekenpan op tafel, met het vet van gister, waarin ze oudbakken

brood van de voorvorige dag verbrokkelde. Ze overgoot het met koffie en melk en strooide er basterdsuiker over. Het geheel werd tot een broodpap dooreengeroerd, en 'op z'n varkentjes' opgesloeberd.

19 Na wat onduidelijk gesjouw met stoelen, de 'Franse slag', zette oma de flessen op tafel. Ze schonk zich een borrelmaatje rode wijn in, goot het over in een bierglas, en vulde dit verder tot aan de rand met appelsap. Dan vulde ze het borrelglaasje opnieuw met wijn, en zette het mij voor, op een onderzettertje. 'Zoete rode Spaanse vruchtenwijn.' Op het etiket de danseres met waaier en mantilla – in haar schaduw wel degelijk een alcoholpercentage.

'Dat mogen kleine kinderen feitelijk niet hebben,' zei ze dan gestreng. 'Dan verlies je je verstand. Zeg maar niks tegen je moeder.'

Dan liet ze zich zakken in een luie stoel voor de open tuindeuren, met haar leesbril en een van de grote vakantieboeken uit de Margrietbibliotheek. Vanaf dat moment hanteerde ik de fles, op haar wenken, volgens haar recept: haar wijn aangelengd met appelsap, de mijne puur.

20 Oma *kon* niet voorlezen. Wel school er grote wetmatigheid in haar manier van oplezen, maar er was iets mis met haar intonatie. Achteraf gereconstrueerd verliep het procédé als volgt.

Ze werkte met eenheden van een vast aantal lettergrepen: precies de hoeveelheid die haar niet in ademnood kon brengen. Begon of eindigde zo'n eenheid midden in een woord – voor oma geen bezwaar. Haar toonhoogte was vol luchtzakken. Zo gebeurde het ook vaak dat het laatste gedeelte van een zin werd samengetrokken met de eerste woorden van de volgende zin, zonder hoorbare overgang. Alsof ze een van buiten geleerd, streng metrisch vers opzei.

Wie mocht menen, dat ik de boel zit te mystificeren, zij hierbij uitgenodigd zich op een willekeurige vrijdagavond ten huize van mijn ouders in de huiselijke kring te komen scharen. Daar zit dan mijn grootmoeder, van kwart voor zeven precies tot na de laatste journaals op beide netten, 'bij mijn dochter kleurentelevisie te kijken'. Onafgebroken leest zij halfluid de ondertitels mee. Haar vlijmscherpe, door hardhorigheid gewette fluisterstem kan nog in de stilte van het bed, tot diep in de nacht met hoekige vlerken om je oren wapperen. Haar hele wijze van intoneren – ik heb het van meet af aan weer herkend. 21

Per bladzij drongen gemiddeld drie flarden van zinnen tot me door. Meer had ik ook niet nodig. De wijn maakte me poreus. Het weinige dat ik verstond, zoog ik diep in me op. Zoals de wijn mijn lijf verwarmde, verhitten oma's woorden mijn gemoed. 22

Het verband tussen die losse zinsflarden ontging me – gelukkig maar: had ik ze kunnen wegen, ik zou ze ongetwijfeld te licht hebben bevonden. Als ik de ware betekenis van de woorden had gevat, dan zou hun greep op mij onherroepelijk verslapt zijn. Ik zou niet langer in hun ban, maar 'vrij' zijn geweest. Liever was ik hun gevangene, op een poef aan oma's voeten. Door hun verknipte vorm en verdraaide klank behielden ze hun glans. Ze wenkten me, palmden me in. Ze sleepten me mee en tilden me boven mezelf uit.

Daarbij keek ik onafgebroken de tuin in, waar het oude zieke hondje Bobbie lag te zonnen, op een oude regenjas. Soms nipte ik van mijn wijn.

'-ooieprinsesssedoodsle-'

'-rozenspiegelschervengla-'

'-uivelsmannetjesmanteltje-'

De woorden vormden zich vanzelf tot de verhalen die ik wilde horen. Wel moest het gemummel er constant zijn, om de illusie gaânde te houden dat het verhaalde inderdaad uit oma's mond afkomstig was. In mijn roes had ik aan een half woord genoeg – de rest kwam vanzelf. Alles was taal. 'De waarheid lag in het verzwegene.' Zoete rode Spaanse vruchtenwijn – hele zoete zondige namiddagen lang. 'Zeg maar niks tegen je moeder.'

23 Die vakantieboeken heb ik later, toen ik zelf lezen had geleerd, van haar cadeau gekregen. Ik heb er geen enkel van de verhalen in teruggevonden die zij er mij uit voorgelezen heeft.

24 Tegen het eind van de middag kwam opa uit bed. Dan kwam ook ome Hasje uit zijn atelier tevoorschijn, zodat het wachten alleen nog op tante Rietje was. In de keuken haastte oma zich het eten rond te krijgen. Binnen het kwartier bakte zij, op een hoge gasvlam, de braadlappen tot zwartbruine hompen: van buiten verkoold, van binnen nog rauw. 'Trekvlees' noemen wij dat. Het is lekker kauwen, maar op den duur vermoeiend voor de kaken. Na de maaltijd lag op de rand van mijn bord meestal een hele keur van drooggekauwde, vezelige uilenballen uitgestald. 'Trekvlees' – als we tenminste geen karnemelksepap en zwartgeblakerde omelet met wittebrood opgediend kregen.

25 De wijn zou me nog uren doen suizebollen.

26 Als opa naar zijn werk was, de klok weer gelijk stond, oma met tante Rietje naar de stad was vertrokken, dan nam ome Hasje mij op in zijn atelier.

'Zo, klein piemeltje.'

Ome Hasje draagt altijd hetzelfde grijsgeruite jasje, dat hem iets te wijd is: hij is tenger van gestalte, en lust enkel appelmoes bij zijn aardappelen. Op de rand van het pochet blinken de clips van een tiental vulpennen en balpennen, die geen van alle schrijven. Door het gewicht van die pennen zitten de revers ongelijk. Om zijn hals een strakgeknoopt dasje, onontwarbaar van kleur, glanzend van kunstzij of vettigheid. Donkerblond haar, met crème achterovergekamd: een rafelige staart tot diep tussen zijn schouderbladen. Dat hoort zo, lang haar dat heeft hij ergens gelezen, in een boek over kunstenaars. En dan al die doffe ringen aan zijn vingers hier en daar zijn de kootjes opgezwollen. 'Klein piemeltje' noemt hij me. Een stopwoordje heeft hij ook: 'poepjes'. Ik hoor het hem vaak zacht voor zich heen zeggen, bijna geluidloos. Hij gebruikt het op verschillende manieren. Met aanzwellende *oe*, bijvoorbeeld. met een nasissende s op het eind, de *p's* zowat onhoorbaar: '(p)oe-*oe*-oe(p)jes-*ss*'. Of de *p's* springen kort en droog van zijn lippen, waarbij de *oe* wordt ingeslikt: 'p'pjes'. Maar soms ook duidelijk: 'poepjes', en dan giechelt hij even. De vloek, die zijn afkeer van iets moet uitdrukken, luidt: 'gatverpielekes'. Overdreven deftig uitgesproken, zoals de pastoor het zou doen.

Bij elke vergissing of stommiteit: 'herstellen'.

'En daar nog 'n toetsje oker, *herstellen:* cadmium, *herstellen:* vermiljoen, *her...*' Is de vergissing moeilijker uitwisbaar: *'herstellen! herstellen! herstellen!'* – hamerend, sussend, bezwerend.

Als hij in gedachten voor zijn ezel zit, geeft hij met duim en wijsvinger kleine rukjes aan de wimpers van zijn rechteroog. Laat het ooglid de oogbal even los, dan schrikt hij een beetje: een lichte schok in de schouders, 'herstellen' een lichte huivering. Het geluid van een steeltje dat uit een overrijpe peer wordt getrokken.

'Ome Hasje'. Zowat een jaar geleden heeft hij tot ieders ver- 27
bazing bijna perfect een Van Gogh gekopieerd. Tot op dat
moment wist niemand, hijzelf evenmin, dat hij zelfs maar
kon tekenen. Uit die tijd herinner ik me zijn verschijning in

een vlekkerig witte overall, met altijd een plamuurmes in zijn kontzak. Hij was toen korte tijd in dienst bij een huisschilder. Sinds die Van Gogh is hij thuisgebleven, en heeft zich als kunstschilder in het berghok, 'herstellen': ATELIER gevestigd.

Maar aan eigen creaties was hij tot nu toe niet toegekomen, ome Hasje. Om zijn kostgeld te kunnen inbrengen, schilderde hij (tot voor kort) Zwitserse berglandschappen en Middellandse-Zeegezichten, voor een kunsthandel, naar het voorbeeld van bijgekleurde ansichtkaarten.

Ik stond vaak achter hem, als hij zijn verf mengde en aanlengde met terpentijn. (De zoete geur heb ik zo diep ingedronken, dat hij nooit meer kan vervluchtigen.) Hij maakte drie van die schilderijen per dag. Om de andere dag bracht hij ze weg. Soms gaf oma hem toestemming mij mee te nemen. Ik zag hem de doeken met de nog natte beschilderde kanten naar elkaar toe plaatsen, maar dan zo dat ze elkaar net niet raakten. Met een centimeter tussenruimte verbond hij de houten lijsten door middel van reepjes karton en piepkleine spijkertjes, die er, 'poepjes', zo weer uit te wippen waren. Zo maakte hij twee draagbare bundels, van drie schilderijen elk. Waren er kleine doekjes bij, dan droeg ik die.

28 De baas had een grijze sik en was altijd ontevreden. Onwillig betaalde hij mijn oompje een papieren rijksdaalder per doek, en leverde hem verf en linnen. Als we weer buiten stonden, liet ome Hasje me, bij wijze van beloning, de keuze uit twee mogelijkheden: met de bus naar huis, en dan geen ijsje – of wel een ijsje, maar dan te voet naar huis.

29 Ik was er ook bij toen hij ontslag nam, of kreeg – ik kon het zo goed niet volgen.

De vorige maal had de baas, op lang aandringen van ome

Hasje, toegestemd in een wat 'vrijere artistieke weergave' van het voorbeeld. Opgetogen (voluit: 'poe-oe-oe-oepjes') was hij thuisgekomen, en had onmiddellijk een doek opgezet. Wel had hij een van de meegekregen ansichtkaarten op een zijlat van zijn ezel geprikt, maar daar was het bij gebleven: hij keek er verder niet naar om. Al die tijd stond ik achter hem en zag, af en toe bezorgd het voorbeeld monsterend, onder zijn handen het schilderij ontstaan – van de eerste vage houtskoollijn tot aan de gefingeerde signatuur in de rechteronderhoek. Tot mijn ontsteltenis zag ik bloembakken en waterputten ontstaan, waar het ansicht niets bijzonders te zien gaf. En zelfs voerde hij personen in, kleurige figuurtjes, terwijl het voorbeeld toch een verlaten berglandschap voorstelde. Hoe bonter het afgebeelde tafereel werd, hoe meer onheil ik voelde naderen. Ome Hasje sprak er zichzelf moed bij in: 'Kijk, dat is vrije artistieke weergave. Ik wist wel dat ie me vertrouwde.'

Vol verwachting (met ingehouden p's: '(p)oe-*oe*-oe(p)jes') begaf hij zich twee dagen later naar de kunsthandel, en nam mij met zich mee. Zes verse doeken droeg hij bij zich: het een nog geestdriftiger in de kleuren gezet dan het ander. De baas zei een hele tijd niks, trok aan zijn sik, en nam ons toen mee naar de werkplaats. In de schilderstukken die er uitgestald stonden, waren de landschappen die ik ome Hasje afgelopen weken had zien schilderen, nauwelijks meer te herkennen. De baas had ze aangedikt met overstelpende hoeveelheden pruisisch-blauw en stroken rechtstreeks uit de tube geknepen wit. Bergkammen, naaldwouden, berghutten – alles witdooraderd blauw, hier en daar een zweem van turkoois.

'Dat zien de mensen graag,' zei de sik. 'Zoals jij ze schildert, verkoop ik ze niet.'

Ome Hasje speelde hoog op, er vielen harde woorden, en er volgde ontslag.

30 Aan oma's gejammer leek geen eind te komen.

Meteen na thuiskomst, te voet en zonder ijsje, had ik me, uit vrees voor de dingen die komen gingen, opgesloten op het toilet en was er blijven zitten.

In het flauwe schijnsel van een fietslampje op zwakstroom zat ik hoog op de bril en probeerde te poepen. Wat niet lukte. (Op diezelfde plaats, bij datzelfde lampje had mijn moeder als onvolgroeid meisje, de wastobbe ontvlucht maar nog lang niet ontgroeid, haar boeken zitten lezen.) Door de spanning die ome Hasjes ontslag in huis had gebracht, wilden mijn ingewanden zich niet ontsluiten.

Pas toen ik ver boven me gestommel hoorde, en daarna het kraken van de trap, ademde ik vrijer: opa kwam uit bed. Even later was zijn kalme, kalmerend resonerende stem te horen, waarop oma's gejammer onmiddellijk afnam. 'Mijn baas.' Mijn lichaam ontspande en ontlastte zich. Van de zenuwen verbruikte ik veel papier. Op het laatst lag het hoog opgetast. En er was geen stortbak: het toilet kon niet automatisch worden doorgespoeld. (Op gezette tijden verscheen er een auto van de gemeentereinigingsdienst in de straat, met gierton en zuiginstallatie. Er werden dan rubberslangen door het huis uitgerold, waarvan de onderdelen slecht op elkaar aansloten. Als het toilet was leeggezogen, waren er plekjes op de kokosmat waar het oude zieke hondje Bobbie nog dagenlang de rotte eierenlucht ging opsnuiven.)

De toiletpot was trechtervormig. Wat niet rechtstreeks in de diepte verdween, spoelden wij van de kant af met water uit een afgedankte fluitketel. De ketel stond gevuld op de rubbermat. Met mijn broek op mijn schoenen overwoog ik wat te doen. Ik was gewend dat oma voor me doorspoelde, maar zolang het geruzie in de huiskamer voortduurde, durfde ik haar niet te roepen.

Met twee handen probeerde ik de ketel van de grond te tillen. Hij bleek te zwaar: hij was nog helemaal vol. Ik zag weifelend neer op het massieve ding, dat dof stond te glanzen in het zwakke licht van het fietslampje. Door het vele afnemen en weer opzetten van de fluitdop was rondom de tuit het email onregelmatig weggesleten. Het onderliggend metaal was door roest aangetast. De opening van de tuit was niet rond meer, maar had nu een scherpe kartelrand.

Oma's hardhorig gekijf laaide weer hoger op. Haar waarschuwen was uitgesloten. Met beide handen om het handvat geklemd probeerde ik nogmaals de ketel van de grond te lichten en boven de bril uit te tillen. Op kniehoogte gekomen, moest ik hem snel weer neerzetten. Toen een lichte duizeling bedwongen was, spande ik voor de laatste keer al mijn krachten in en kreeg het zware gevaarte met een ruk van de vloer.

Wat er toen gebeurde, herinner ik me niet precies. Ik neem aan dat de ketel tegen de rand van de toiletpot stuitte. Uit mijn evenwicht gebracht, struikelde ik met geknevelde voeten. De ketel maakte een rechte val langs mijn lichaam. Met mijn krachteloze rechterhand had ik hem nog vast. Hij kwam hard op zijn bodem terecht. Het water spatte hoog op, tot in mijn gezicht. Van de eerste beduusdheid bekomen, voelde ik een vlijmende pijn. Aan de wortel van mijn 'klein piemeltje', waar de scherpe kartelrand van de tuit me geraakt had, welde donker, warm bloed op, dat snel langs mijn dijen omlaag begon te sijpelen. Ik hoorde mijn eigen gegil.

Op het aanrecht gezeten zag ik door mijn tranen heen hoe 31
oma met een nat washandje de wond reinigde. Toen het bloed was weggeveegd, zag ik duidelijk een dieprode kerf op de plaats waar mijn geslacht in de onderbuik overgaat. Het bijten van de jodium kostte me nog meer tranen. Het verbandgaas voelde griezelig aan. Iedereen was erg geschrokken. 'Zeg maar niks tegen je moeder.'

32 Nasnotterend, met brandende ogen en mijn broek weer aan, zat ik even later in de huiskamer. Oma was nog in de keuken doende. Opa onderhield zich op gedempte toon met ome Hasje. Hij moest morgen maar eens naar de natuur gaan schilderen – op het boerenland, bijvoorbeeld, 'want zo is het ook niks gedaan'.

33 Het is altijd moeilijk uit te maken geweest hoe hoog opa zijn zoon als kunstschilder aansloeg. Als hij hem 's morgens, altijd veel te laat, de trap af hoorde komen, nam hij vaak zijn pijp uit de mond, zette grote ogen op, en zei dan met opgeheven wijsvinger: 'Hoor, daar komt hij – de meester!'

Maar andere keren schertste hij: 'Jouw ome H. kan schilderen als de beste. Hij is altijd al 'n schilder geweest, trouwens. Hij schildert al vanaf z'n geboorte...'

'...in z'n luier,' voegde hij er dan aan toe.

Dat laatste heeft voor mij alles te maken met de onderbroeken waarmee oma hem soms tot in de uithoeken van het huis achternazit. Als ze hem te pakken krijgt, grijpt ze hem bij zijn nekvel beet en drukt hem hardhandig met zijn neus in het bevuilde goed, in zijn eigen vuil, zoals je dat wel ziet doen met jonge honden, om ze zindelijk te krijgen. Ze dreigt dan zijn verzameling 'postzegels' ongewassen aan de lijn voor de hele buurt te hangen.

34 En toen kwam het, toen begon het.

Op de voorgezette klok was het de hoogste tijd. Opa had zijn regenjas al aan. Hij had haast. Vlug stopte hij ome Hasje een kwartje toe, 'voor 'n fles limonade', want het zou morgen wel warm zijn, zo in het open veld. Meteen na zijn vader verliet ook ome Hasje de poort. Het was dan al wel na sluitingstijd, maar bij het groentezaakje van Axel, enige huizen verderop, kon je ook achterom terecht.

Toen gebeurde het: *nog vóór ome Hasje terug was met zijn limonade, stond opa weer in de kamer.*

Oma en tante Rietje hadden hun regenjassen al aan. Oma had juist de wijzers van de klok weer twintig minuten teruggedraaid. Tante Rietje was nog met haar lipstick in de weer. Oma was net bezig haar tot spoed aan te manen: 'De bus staat op vertrekken.'

'Ik ben toch niet gek!' riep opa alsmaar. 'Ik ben toch niet gek!' En dan: 'Staat de klok hier voor, of hoe... Op de kerktoren is 't pas...'

Ik verwachtte een catastrofe. Mijn wond deed opeens weer heviger pijn. Opa zag nu dat de wijzerstand van de huiskamerklok exact overeenkwam met die van de torenklok.

'En wat staan jullie daar met je jas aan?'

Maar ik kon zien dat hij iets begon te begrijpen. Hij begreep veel, 'mijn baas'.

Oma mompelde iets over 'blokje om', tante Rietje over 'luchtje scheppen' – dat ze dat wel vaker deden na het avondeten.

Opa zei niks, maar richtte zijn aandacht op de fles waarmee ome Hasje zojuist was binnengekomen. Hij nam hem van hem over en bekeek het etiket. 'Citroengele limonadegazeuse.' Hij hield de fles omhoog tegen het licht, dat al aan het afzwakken was. Hij betuurde de bodem: er was hem blijkbaar iets bijzonders opgevallen.

'Dat lijkt wel 'n sigaret,' zei hij ten slotte.

Beurtelings hieven opa en ome Hasje de fles op naar de tuindeuren.

'Iets sigaretachtigs,' zei ome Hasje.

'Ga 'ns uit 't licht staan, mens,' snauwde opa tot oma. 'Doe liever de tl-buis aan.'

Toen het felle licht pingelend was aangeflikkerd, zag ik het ook: iets op de bodem van de fles dat op een sigaret leek.

Ome Hasje schudde de fles. Toen de koolzuurwolk was opgetrokken, lag het 'sigaretachtige' er nog net zo. Er waren geen tabaksdeeltjes van losgeraakt. Het leek in het glas geklonken.

'Ja, zuiver 'n sigaret,' zei ome Hasje.

'Ik zou teruggaan,' zei opa.

Bij het ruilen was er geen citroengele meer te krijgen geweest – alleen nog rode en bruine. Na enig overwegen had ome Hasje voor de bruine gekozen, want 'die rooie was net zuurtjeswater'.

'In de oorlog hadden we dat ook, van die bruine,' zei opa. 'Dat noemden we champagnepils, omdat 't zo schuimde. Die is lang zo fris niet als die gele.'

''t Is net kouwe thee,' zei oma.

35 Die nacht gebeurde er iets vreselijks. Luid geschel aan de voordeur en hysterisch geblaf van het zieke hondje Bobbie, midden in de nacht.

36 Nadat opa, voor de tweede keer die avond, op weg was gegaan naar zijn werk, had tante Rietje zich alsnog naar de danstent gespoed. Voor oma was het te laat: zij miste haar dagelijkse film. De hele avond had ze verongelijkt zitten kijken en geen woord tegen me gezegd. Geen wijn, niks.

37 Ome Hasje had zich teruggetrokken op zijn atelier. Voor het eerst zag ik hem zonder prentbriefkaart werken. Hij schilderde de achtertuinen, met op de achtergrond het achteraanzicht van de huizen uit de buurt. Zomaar, uit het hoofd; buiten was het al donker. Naarmate hij vorderde, begon ik me steeds akeliger te voelen. Akelig precies schilderde hij de symmetrie van de bijgeknipte heggen, het kruiselingse spantwerk van de ramen, de verticale spijlen van de dakterrassen, de flets oranje dakpannen. Nadien heb

ik nooit meer iets zo beklemmends van hem gezien. Het is verloren gegaan, zoals alles van hem verloren ging. Hij had de tuinen van zijn jeugd geschilderd – de achtertuinen van zijn jeugd.

Oma ging vroeg naar bed, die avond, en nam mij met zich 38
mee. Ik zou bij haar in bed slapen – dat was zo de gewoonte, als opa 'de ploeg had'.

Ze kleedde zich beneden al om, dat was ze zo gewend, in het voorkamertje, met de schuifdeuren dicht. Onderwijl schoot ik in de huiskamer een oud versleten overhemd van opa aan, dat me tot nachtpon diende. In het voorkamertje brandt altijd een klein devotielampje voor een Mariabeeldje van nog geen drie decimeter hoog. De gloeidraad heeft de vorm van een klein roodgloeiend kruis. Het was het enige licht, toen oma zich omkleedde. Het geeft een zwak roze schijnsel, waarin oma's grote, bleke, bewegende billen flauwtjes oplichtten. Ik kon zien hoe ze vertraagd meedeinden met elk van haar bewegingen. In dat kamertje ben ik geboren – onder datzelfde lampje.

Oma ging me voor met de grote po. Om er 's nachts niet uit 39
te hoeven, stelde zij haar plas voor het slapengaan zo lang mogelijk uit. Ze liet me wachten op de overloop, tot ze klaar was. De deur van de slaapkamer stond op een kier. Ik luisterde naar het geruis van haar nachtkleding, dan naar haar langgerekte geplas, dat begint met het heldere geluid van een sterke straal op blank metaal, en eindigt in een troebel borrelen en bruisen.

Toen ze klaar was, riep ze me binnen. In de kamer hing de gekruide geur van verse urine.

'Nou jij.'

Ze heeft me altijd als een meisje op de po gezet, en ik heb nooit geprotesteerd. Ik schoof mijn broekje omlaag, hield mijn nachthemd op en ging zitten. De rand van de po sloot warm om mijn lendenen: oma's warmte. Oma's po is er een voor grote mensen: ik zakte er te diep in weg. Ik voelde warmte opstijgen naar mijn zitvlak. De warme damp van oma's urine condenseerde tegen mijn koude billen. Ik huiverde. Om in die houding te kunnen plassen, moest ik mijn hand tussen mijn dijen brengen. Het verbandgaas raspte griezelig langs mijn handpalm.

Oma sloeg het bed open en schudde de kussens op. Hoe vol mijn blaas ook was – ik kon niet plassen. Onder het opwinden van de wekker zei oma nors dat ik voort moest maken.

'Ik hoef niet.'

'Nou, kom dan maar in bed.'

40 Ik schrok eerder wakker dan oma. Er werd, met korte tussenpozen, telkens langdurig gebeld – steeds nadrukkelijker. Daartussendoor was het zieke geblaf van het oude hondje Bobbie te horen.

Oma kwam mopperend overeind. Ik hoorde haar naar haar pantoffels zoeken, en daarna haastig de trap afsloffen. Pas toen merkte ik dat ik in bed had gewaterd.

De slaapkamerdeur was aan blijven staan. Oma opende het luikje in de voordeur – ik herkende het geluid: het klemde.

'Politie,' zei een mannenstem. 'Wilt u maar even opendoen.'

De sleutel knerpte in het slot. Volgde een verbaasde uitroep van oma.

'Weest u maar niet bang, mevrouw – we komen uw zoontje terugbrengen.'

Oma begon gedempt te jammeren. Uit de aangrenzende slaapkamer ving ik nu ook enig gerucht op, waarna ik nog iemand de trap af hoorde dalen, aarzelend ditmaal: mijn tante Rietje.

Het nu volgende gesprek was voor mij goeddeels verstaanbaar, niet altijd even begrijpelijk. Uit een wisseling van stemmen maakte ik op dat er twee agenten moesten zijn. Ik onderscheidde een zware en een lichte mannenstem, die ik toeschreef aan respectievelijk een oudere en een jongere agent. De oudste was het meest aan het woord. Hij ondervroeg tante Rietje, die gretig antwoord gaf.

Toen ze rond middernacht thuiskwam, had ze haar broer 41
nog in de huiskamer aangetroffen. Hij had zitten lezen: een boek lag opengeslagen op tafel – een boek over het leven van Vincent van Gogh. Nog een klein uur hadden ze samen zitten roken, maar niet veel gesproken: hij zat zo vreemd te kijken, 'zo – zo raar'. Ten slotte was ze opgestaan, en of hij nog niet ging slapen.

'Ik rook nog één sigaret,' had hij gezegd. 'De laatste.'

Nu goed dan, toen was ze maar naar boven gegaan, naar bed. En nu dit.

Ome Hasje zelf liet zich tijdens het onderhoud niet of nau- 42
welijks horen. Soms, na lang aandringen, gaf hij mompelend zijn commentaar – ik kon het niet verstaan. Aangevuld door zijn jongere collega, vertelde de oudste agent waar ze hem hadden gevonden: aan de kant van de rijksweg naar het noorden, even buiten de bebouwde kom. Toen ze kwamen aanrijden, had hij aarzelend zijn duim opgestoken. Ze waren gestopt, en hadden geïnformeerd waar dat zo laat nog naar toe moest.

'Naar Amsterdam, meneer.'

'O, stap dan maar in. Wij brengen je wel even.'

Ze hadden zijn adres gevraagd, en hem 'linea recta' naar huis gereden, 'zonder pardon'.

Behalve zijn schildergerei had hij twee droge beschuitjes

bij zich, 'onze wereldreiziger', en verder nog een halfje yoghurt. Niet eens een potje appelmoes, en de fles limonade had hij zeker thuisgelaten.

43 De agenten waren nog niet vertrokken, of ome Hasje werd door oma naar boven gestuurd.

'Maak u maar geen zorgen, mevrouw,' hoorde ik de zware stem nog zeggen. 'Die draait wel weer bij. Zo zijn ze immers allemaal op die leeftijd, als ze nog niet weten of ze er haren of veren op zullen krijgen. 'n Goede nacht nog, verder.'

Er klapte een autoportier dicht. Treurig en verward zat ik op het koude, natte onderlaken, en dacht diep na over die laatste uitspraak. Mijn wond klopte. De urine had er zich schrijnend in uitgebeten. Oma zou wel weer mopperen, en met de wasknijper dreigen.

44 'Dat komt van al die boeken, die-ie 's nachts in z'n bed ligt te lezen, in plaats van dat ie slaapt,' zei opa de volgende morgen, sombertjes. 'Die krijgen 'm zo gek. Hij verleest er z'n hele verstand nog 'ns mee.'

'Ik zal ze op de mesthoop gooien,' zei oma. 'Ik zal ze verbranden.'

'Waag 't 's,' zei opa.

45 Ome Hasje *is* al eens in Amsterdam geweest. Alweer een tijd geleden – met de paasdagen, geloof ik. Opa had hem meegenomen, een paar dagen 'op logeren' bij zijn moeder en zusters: opoe en de tantes, zoals nu – dan kon de jonge kunstenaar 'de ouwe meesters van vroeger' eens gaan zien, 'hoe die 't deden'.

Opa wordt het nooit moe verslag te doen van hun bezoek aan het museum. Hij vertelt dan hoe ome Hasje urenlang stilstond en heen en weer liep voor de Nachtwacht, terwijl hij zelf, een beetje ongeduldig en ‘vervelend van ’t niezen’, rondkeek in de andere zalen. Herhaaldelijk ging hij ‘’ns informeren of ie al uitgekeken was’.

‘Kom nou mee, jongen,’ fluisterde hij dan. ‘’t Ruikt hier zo muf.’

Maar ome Hasje was voorlopig niet te vermurwen geweest.

‘Kom, jongen, we gaan! Er hangt zo’n muffe lucht hier – ’n mens zou er koppijn van krijgen.’

Pas veel later had ome Hasje de Nachtwacht de rug toegekeerd, en zijn vader ‘heel eigenaardig’ aangekeken, ‘om bang van te worden, of om meelij mee te krijgen, ik weet ’t waarachtig niet.’

‘Pa,’ had hij toen hees gezegd. ‘Pa, over tien jaar maak ik dat ook.’

Tien jaar later maakte hij inderdaad schilderijen van grote 46
oppervlakte. Op grote hardboard panelen schilderde hij in langpotige kapitalen de woorden YELLOW, RED, BLUE, ORANGE, VIOLET, GREEN – één woord per paneel. De letters van ORANGE, bijvoorbeeld, werden in blauw geschilderd, die van RED in *groen*, enzovoort, op een fond van zilverlak. Telkens werd een woord geschilderd in een kleur, complementair aan die welke het aangaf. Dat was voor het ‘shock-effect’, en ‘om de impressionistische wet op de complementaire kleuren te ironiseren’.

‘Kijk,’ heeft hij me toen eens desgevraagd uitgelegd. ‘Er bestaan drie elementaire kleuren: *geel, rood* en *blauw*. Als je er twee van mengt, en die mengkleur naast de overgebleven kleur plaatst, dan krijg je het grootst mogelijke contrast. *Groen* en *rood*, bijvoorbeeld. Die mengkleur en die pure kleur heten dan complementair – ze zijn complementair aan elkaar. De impressionisten maakten daar veel gebruik van, tot vervelens toe, mag ik wel zeggen. Bijvoorbeeld de daken van huizen helrood tegen knal*groene* bossen plaatsen, dat soort werk. Of *oranje* laten afsteken tegen de *blauwe* lucht – zoiets.

Kijk, dat wil ik nu een beetje overhoop halen, snap je. Als je één van die kleuren tegen een grijze achtergond plaatst, of tegen een achtergrond van matzilver, dan wordt in dat grijs, of in dat zilver, automatisch de complementaire kleur opgeroepen. Trouwens, dat weet tegenwoordig elke derderangs binnenhuisarchitect. Bijvoorbeeld, bij een overwicht aan *paars* krijgt het grijs vanzelf een gele schijn – dat bedoel ik. De kunst is nu om de mensen in verwarring te brengen. Zo'n paneel van mij, dat hangt aan de muur. Er lopen mensen langs en die denken, nee, die denken niet, die voelen, ze voelen: hee, hier klopt iets niet. *Oranje* in *blauwe* letters – dat strijkt ze tegen de haren in. Terwijl toch, tegelijkertijd, in de zilvergrijze vlakken de genoemde kleur, hoe zal ik het zeggen, als het ware *doorbreekt*. Zie je, zo speel ik met die dingen.'

'O.'

Hij verscheen in die tijd nog wel bij zijn ouders thuis, lacherig: 'poepjes', soms in gezelschap van de jonge en talentvolle dichter Hans V., die wij nu, sinds zijn laatste en definitieve terugkeer uit Marokko, de 'Rimbaud van Den Bosch' noemen. Wat mijn oom nu, weer tien jaar later, maakt, dat weten we niet precies. Hij filmt, geloof ik. En voor de rest hangt hij vast en zeker de godganse dag met zijn lul in de pindakaas – want champagne is er niet in huis, neemt u dat maar gerust van mij aan.

47 Voor ome Hasje braken penibele dagen aan. Hadden de agenten gezegd 'nog wel 'ns te komen horen hoe of dat 't nu ging met de jongen', de volgende dag al stond er eentje op de stoep, en wel de jongste van de twee. Tante Rietje deed open en liet hem binnen. Dat uniform van hem,

dat blies hem enorm op. Hij vulde plotseling met zijn gestalte de hele ruimte. Toch stond hij er houterig en verlegen bij, zo midden in de huiskamer, en nam toen maar zijn pet af. Hij begon al een beetje te slinken. Hij schraapte zijn keel, en keek eigenlijk niemand in het bijzonder aan, toen hij op luchtige toon vroeg: 'Zo! En hoe staat 't met onze jonge kunstenaar? Wil 't schilderen thuis ook wel lukken?'

Niemand gaf antwoord, maar tante Rietje bood hem koffie aan. Hij glimlachte.

'Heel graag, zelfs,' zei hij, met een vreemde breuk in zijn stem. Hij legde zijn pet op tafel en ging zitten. Ome Hasje zag kans zich schielijk op zijn ATELIER terug te trekken. De agent bleef uren zitten. In het begin hadden ze het nog over oom Hasje, maar later kwamen ook andere onderwerpen ter sprake, zoals de jeugd in het algemeen ('geen greintje'), de schilderkunst in het algemeen ('vroeger, ja, maar nu'), het voetbal ('geen inzet meer'), en het weer ('n late zomer, maar we hebben geen klagen'). Al die tijd hield de jonge agent geen oog van tante Rietje af.

Sinds die avond kwam hij iedere avond terug. Volgens oma was hij meteen al 'toen ze onze H. kwamen terugbrengen' verliefd geworden op tante Rietje. Hij kwam dus voor haar, dat was duidelijk. Toch liet hij, in zijn verlegenheid, voor zijn bezoeken nog steeds hetzelfde motief gelden: 'Goedenavond samen! Ik kwam nog 'ns informeren naar onze kleine wegloper. Alles weer in orde?'

Iedereen snapte dat hij voor tante Rietje kwam, behalve misschien ome Hasje, die bij elke bel dieper wegkroop in huis.

Zo was de situatie kort voordat we naar Amsterdam vertrokken. Voor ome Hasje waren het rottige dagen. Maar niet voor ome Hasje alleen.

48 Ik heb nog gezien hoe die jonge agent op een keer door oma een restje koude rode kool van de vorige dag voorgezet kreeg, in een diep bord, eindeloos treurig ronddrijvend in een dieppaars plasje azijn, waarin het wemelde van de haaienvinnen van donkere laurierbladeren. Oma strooide er een schep suiker over, gaf hem een lepel in de ene, en een droge witte boterham in de andere hand: 'alstublieft' en 'smakelijk eten'.

49 Mijn tante Rietje woont nu al vijftien jaar in Dordrecht; zij is een Zuster in de Waarheid van Jehova's Getuigen, maar wordt door haar man 'Kaap Kont' genoemd.

50 Opa was aan zijn vakantie toe. Voor het zover was, is het niet weer goed gekomen tussen mijn opa en oma. Als ze al wat tegen elkaar zeiden – alleen het hoogstnoodzakelijke. Dagenlang heeft er een naargeestig zwijgen gehangen. Oma miste haar bioscoop, en zelfs tegen mij was ze bits. Pas na lang, bijna woordloos aandringen van opa, heeft ze de huisdokter laten komen, voor mijn wond: inmiddels een ruwkorrelig rozenknopje vol kloppend leven.

Al bijna een week (aan het wassen van kleren heeft oma een voorkeurshekel) droeg ik mijn laatste schone onderbroek – mijn laatste, niet schoon meer. Kort voor het bezoek van de dokter liet ze me mijn bovenbroek uittrekken. Ze inspecteerde mijn onderbroek: voor en achter, voor en achter – waarbij ze me verschillende keren om mijn as liet draaien. Het duizelde me. Voor ik wist wat er gebeurde (haar drukke handen), had ze eigenhandig hardhandig mijn onderbroek uitgetrokken, en in een handomdraai weer aangetrokken. Ik droeg nu de gulp van achteren. Van mijn billen straalde dezelfde groezelige zon die ik ongewenst verkreeg als ik met geel kleurkrijt de zwarte cirkelvormige potloodlijn, meestal rechtsboven op het papier, tot de felgele zon van mijn landschap wilde inkleuren – *geel*: de kwetsbare kleur, die minuscule deeltjes zwart koolstof absorbeert. Een groezelige zon, doorspikkeld (*gebloemd*, zou ik nu zeggen: blaadjes, nerven) met de verse afdrukken van mijn stigma. En ik voelde hem branden op mijn zitvlak.

Van voren zag het broekje er op die manier nog tamelijk schoon uit, maar het hing vormeloos om mijn onderbuik, met een vreemde plooi, zonder gulp, als bij een meisje. Ik zag de komst van de dokter met schaamte tegemoet.

Van het samen wijndrinken, het voorlezen is niets meer te- 51
rechtgekomen. Wel heb ik nog een hele middag voor de tuindeuren de tuin in zitten staren. Dat was toen het oude, zieke hondje Bobbie daar lag te sterven, op die oude regenjas. Nog eenmaal richtte het zich schokkend op, en spon, met zijn laatste slijm, tussen sik en voorpoten een glazig web, dat nog zilverig natrilde in de zon, toen het al stijf op zijn zij lag.

Ome Hasje huilde. Opa, thuisgekomen van zijn laatste werkdag vóór de vakantie, heeft het hondje in de regenjas gewikkeld, en in de tuin begraven, aan de voet van een jonge boom. Ik stond achter hem, en luisterde naar zijn geruststellende verhalen over de ‘hondenhemel’, die ‘ergens tussen de zevende en de ijzeren hemel’ moest liggen. Ik stond daar en herinnerde me opeens hoe ik zo’n tweeënhalf jaar geleden, ik was toen twee, op diezelfde plaats Bobbies drollen had geproefd. Ik woog ze in mijn hand – ze waren verdroogd en wit uitgeslagen. Ik proefde ervan, maar proefde niets. Pas toen mijn moeder het huis uit kwam gerend, met gespreide armen (ze droeg een drukgebloemde zomerjurk, die onrustbarend op mij af fladderde) – pas toen begon ik hard te huilen.

52 Die jonge boom is later een perzikboom geworden. Ieder jaar staat hij in volle bloei. Tot op de dag van vandaag is hij vrucht blijven dragen – ieder jaar rijker. Zijn takken hangen zwaar over de heg. Nog jaarlijks voert mijn grootmoeder een verbeten strijd met de kinderen uit de buurt: een strijd van list en bedreiging.

'Hier rust onze trouwe Bobbie – bijgenaamd De Kruisruiker.'

53 De volgende dag nam opa mij achter op de fiets mee naar mijn vader en moeder. Hij koos de binnenweggetjes. De zon scheen fel op de velden. Het koren stond hoog, en ruiste licht. Er hing een geur van rijpheid. Ik zat schrijlings op de bagagedrager. Onder het voorthobbelen begon mijn wond weer te zeuren. Bij elke schok voelde ik een lichte pijnscheut. Ik hield me flink, zette stevig mijn tanden in mijn onderlip. Maar bij de spoorwegovergang kon ik me niet inhouden: ik schrok van mijn eigen kreet. Opa stopte, zette me op de stang. Het hielp weinig, maar spoedig was nu het ouderlijk huis bereikt. Het was nog vroeg. Op het achterplaatsje was mijn moeder bezig wasgoed te sorteren. Mijn vader lag nog altijd boven in bed te kuren op een maagzweer.

We bleven maar even. Mama sprak bezorgd, opa geruststellend. Pap werd niet ingelicht. Ik kreeg schoon ondergoed mee, een zoen – nog voor het middaguur waren we weer terug.

54 Bobbie dood, iedereen treurig, oma betrapt op overspel met de tijd, iedereen sjagrijnig, ikzelf bijna door eigen hand ontmand, wat een pijn, en elke dag politie over de vloer – zo stonden de zaken toen wij naar Amsterdam vertrokken: opa, ome Hasje met zijn ezel, en ik.

Van de treinreis herinner ik me enkel de koeien in de wei- 55
landen, en ook nog de torenspits van Bommel, waar opa me op wees – dat die er niet meer was. Toen de verveling inviel, heeft hij het soldatenliedje opgezegd, dat hij beweerde zelf te hebben gedicht, in zijn huzarentijd (te paard, nacht, verdwaald, koude rivier, kramp, prikkeldraad, slagader, bloed, schot, afgemaakt):

'Er was 'ns 'n soldaatje,
Dat hield van zoet jolijt,
Van (...) en van (...)
En ook 'n fijne meid...' (enz.)

Ook gaf hij enkele proeven van zijn talenkennis: 'Eun, deu, tra, kat, awie m'n knutje'. En 'Majjoer krismus ant nieuwjier bie bles-set wit happie-nes'.

Toen ik hem vragend aankeek, gaf hij van dat laatste de vertaling: 'Beste-zuster-en-zwager-hoe-gaat-het-met-jullie-met-ons-alles-goed-een-zalig-uiteinde-een-goed-begin-en-spoedig-tot-weerziens-dan-maar-weer.'

Thuis, in de kelder, bewaart hij er een hele stapel van, van die kerst- en felicitatiekaarten, met in het Engels gestelde gelukwensen – de 'vertaling' in ballpoint ernaast. Hij ontvangt ze rechtstreeks van zijn dochter, mijn tante Sjaan, uit Australië, of de familie geeft ze hem door. Ze zijn vaak fraai uitgevoerd. De gebloemde kaarten met moederdag geparfumeerd, en met linten versierd. Die met Kerstmis met glittersneeuw beplakt. Die kelder is zijn schatkamer.

Uit zijn laatste levensjaren herinner ik me hem nagenoeg al- 56
leen op de rug gezien. Meestal stond hij op de middelste van de drie treden van de keldertrap, met zijn rug naar het bezoek in de kamer, en rommelde in het donker tussen de

voorwerpen op de schappen: kistjes, doosjes, zijn kaarten, roestbruine foto's, krantenartikelen (ruimtevaart, invriezing), sigaren. Geritsel, geschuifel. De sigaren die hij ten geschenke kreeg, vaak apart verpakt, of in rode imitatiesatijnen bekleding ingelegd, met gouden ringen, liet hij onaangeroerd. Hij spaarde ze op. Hij rookte geknakte, opnieuw geplakte sigaren van de markt, waar hij ook tassen vol overrijp fruit insloeg. Soms diepte hij een bruingebiesde banaan voor me op, of een weke peer. Dan kreeg ik weer even zijn aangezicht te zien. Hij sprak dan over een van zijn beide obsessies: ruimtevaart of invriezing, soms met de krant erbij. Je laten invriezen, dat leek hem nog het beste, om dan in een later tijdperk, 'wanneer de doktoren zo ver zijn, dat ze je twee keer zolang in leven kunnen houden', te worden ontdooid en opgewreven. Ook had hij het over planeten, 'waar 'n mens 't langer kon keren'. Met schatten en al was die kelder zijn sarcofaag, zijn eentrapsraket, zijn diepvriescel. Enkele jaren geleden is hij op de tweede trede van de keldertrap in elkaar gezakt, met zijn rug naar de huiskamer. Wat me van zijn begrafenis het meest bijstaat, is het beeld van mijn moeder, zijn oudste dochter, die gefixeerd aan het graf stond, krampachtig steeds weer dezelfde uitroep herhalend: 'O, God, o, God, alweer 'n mens, die niks aan z'n leven gehad heeft!'

57 Er zijn hier op de tweede en derde verdieping van het huis aan de Wittenkade louter vrouwen: twee zusters en een nichtje van opa, en nog zijn oude moeder: mijn oudtante Nellie, mijn oudtante Cisca, haar zestienjarige dochter Sjaantje, en 'opoe'.

58 Opoe heeft maanden geleden – misschien al een half jaar of nog langer – bij het afdalen van de trap haar enkel gebroken. Het wil niet meer genezen. Met het omzwachtelde

been op de stoel zit zij de hele dag door glimlachend te loeren aan de hor – dat is alles wat ik van haar weet.

Ze is lief.

Tante Nellie gaat overdag uit werken. Studentenhuizen 59
houdt ze schoon – ook de kamer van de burgemeestersdochter, die niet praten kan: 'Is 't niet erg?' Een van de studenten heeft laatst haar portret geschilderd – haar hele trots.

Uit erkentelijkheid, of genegenheid, of gewoon om zich te 60
oefenen – maar *lijken* deed het wel. Verder speelde ze in die dagen, speelt ze in dit verhaal een geringe rol. Ik herinner me haar veeleer van familiefeestjes, waarbij ze vroeg of laat altijd op mijn vaders schoot belandde, waar ze dan met een mond vol gouden tanden zat uit te huilen – dat ze nooit aan de man was geraakt, en dat ze zo graag viool had willen leren spelen. Vroeger had ze ze van de deur gehouden, de vrijers, en nu was het te laat.

Toen een deel van de Wittenkade plat ging, was het huis van mijn tantes het laatste dat daar nog afgekloven overeind stond. Mijn oudtante Nellie was de laatste bewoonster van de tweede en derde verdieping. Aanmaningen van gemeentewege, raadgevingen van de familie – zij bleef volharden. Totdat ze op zekere dag oog in oog stond met een indringer die nog wat waardevols dacht aan te treffen in een uitgewoond huis toen was de dag nabij dat ze zich gedwee liet verhuizen naar een veiliger oord. Ze woont nu ook zo&zoveel hoog op een flat ergens aan de buitenkant van Amsterdam, nog steeds niet uitgebibberd.

'Die vrijer kwam wat laat,' grapte de familie.

Ze voert dagelijks urenlange telefoongesprekken met haar oudere zuster, mijn oudtante Sjaan van de Nieuwendijk – gesprekken die onveranderlijk door een van beiden onverwacht worden afgebroken, uit kwaaiigheid: tuut-

tuut-tuut. Als ze niet telefoneert, doorkruist ze de stad, mijn oudtante Nellie, met de tram, op een speciale kaart, bijvoorbeeld om in onvindbare winkeltjes het statiegeld terug te vorderen voor een enkele lege fles van onbekend merk – een klein, gedrongen vrouwtje, dat viool had willen leren spelen. Misschien komt Simon Carmiggelt haar nog eens tegen.

61 Tante Cisca zorgt hier voor het huishouden.

Ik word al dagen geplaagd door wat ik haar laatst tegen opa heb horen zeggen: 'Als ze de kraan ziet, moet ze drinken. Als ze de plee ziet, moet ze pissen.'

Ik was in de huiskamer. (Opoe zat aan het raam, en knikte naar haar spionnetje.) Het kwam uit de keuken. Het klonk vertrouwelijk, gedempt – maar ik heb het duidelijk zo gehoord: het onherroepelijke 'als ze, moet ze' van de omgekeerde wereld. Het maakte deel uit van een opsomming, waarvan ik de rest gemist heb. Wat er direct aan voorafging, kan alleen maar onschuldig zijn geweest: 'Als ze het brood ziet...'

En ook het onmiddellijke vervolg is niet moeilijk te raden: 'Als ze haar bed ziet, moet ze slapen.'

Maar dan? Wat als ze wakker wordt, en ze ziet, ja, wat ziet ze – het gordijn, het raam? Wat als ze niets bijzonders ziet – wat moet ze dan? Wat als ze mensen ziet, een kind ziet? 'Ze moet' – maar wat?

Het ontbrekende van de opsomming zeurt al dagen door mijn hoofd: de formule lijkt van toepassing op alle mogelijke voorwerpen, al weet ik niet altijd wat ze 'ermee moet'. *Waar houdt zoiets op?*

'Als ze een mes ziet...'

Over wie gaat het – wie is 'ze'?

Ik denk aan haar, van wie verteld wordt dat zij eens, 'uit verstrooidheid', de kolenkit heeft leeggeschud in het toilet. Het was niet eens winter.

'Als ze een touw ziet...'

Tante Cissie en Sjaantje delen een groot verdriet. Toen de oorlog op zijn eind liep, heeft hun man en vader, 'oom Leo', de dood gevonden in een werkkamp, dat onder het vuur kwam te liggen van het wereldbombardement op Duitsland. Ach, bij zijn laatste verlof leek alles zo prima in orde: er was een waterdicht onderduikadres gevonden, en de geallieerden... Maar hij had geweigerd onder te duiken. In het kamp was hij de toeverlaat van een al wat oudere, hulpeloze man, en – *men wist dit.* 'Oom Leo' vreesde dat zijn uitblijven zou worden gewroken op de oude. Hij weigerde, en keerde terug. Hij kwam nooit weerom, en werd nimmer teruggevonden. 62

Als hij ter sprake wordt gebracht, veranderen de stemmen. Hij was "n knappe man'.

Het is hier een huis vol vrouwen, maar er komt geregeld een man over de vloer, voor tante Cissie. Hij komt binnen, en tilt me op, niet zomaar, nee, aan het hoofd. Zijn ijzeren handen klemmen zich om mijn slapen, en ik ben verloren: daar ga ik tot aan het plafond, en kan dan ongeveer een half uur lang niet meer praten. Groot, sterk, bulderend – dat is oom Lood. 63

Nog voor er een dag voorbij was, was ik verliefd op Sjaantje. Ik ben al eerder verliefd geweest, kort geleden nog maar, maar anders. 64

Ik wist al dat ze ouder was dan ik, misschien een jaar. In de tuin achter het groentezaakje van Axel, waar ome Hasje zijn limonade had gekocht, stond ze bij een groepje jongens, dat tussen de lege kratten naar vergeten sinaasappelen zocht. Ze stond wat terzijde. Ik stond aan de poort. Ze zei: 'Als je sinaasappelschil eet, ga je dood.' 65

De jongens hielden onmiddellijk op met zoeken, en kwamen om haar heen staan. Ik ving het woord ‘kinderkanker’ op.

Een paar dagen later trof ik haar opnieuw, in een schuurtje in een van de achtertuinen, waar we waren binnengevlucht voor een plotselinge regenbui. Ze zat tegen de muur een grote rijpe peer te eten. Druipend van de regen stonden we in een halve cirkel om haar heen, en volgden ademloos iedere hap. Ze at bedaard. Ze verslond ons met kalme happen. Ons kleurloos bloed droop langs haar vingers in de mouw van haar trui. Toen ze alles van de peer had opgegeten, behalve het steeltje, sabbelde ze langdurig op het vezelige uiteinde waarmee het in de vrucht had vastgezeten. Ten slotte nam ze het uit de mond, en bekeek het aandachtig. Aan het steeltje was enkel nog een vochtig kwastje van stijf omhoogstaande vezels te zien. Niemand zei een woord. Ze stond op, en hief met een traag gebaar het steeltje op naar het licht, met de vezels omhoog. Ze kneep één oog dicht, tuurde, en zei langzaam en ernstig: ‘Zou hier nog… *peer* in zitten?’

De dag voor ons vertrek naar Amsterdam zag ik haar voor het laatst. We liepen elkaar tegen het lijf in een van de donkere steegjes tussen de hoge heggen van de achtertuinen. We draaiden afwachtend om elkaar heen. Ze plukte wat aan de heg, en keek langs me heen in de verte toen ze zei: ‘’n Klein kindje is nul jaar, en tegelijk honderd miljoen jaar – dat is ’t zelfde.’

66 Op Sjaantje ben ik verliefd met een verscheurdheid die de volwassenen om me heen volledig ontgaat. (Zoals volwassenen alles lijkt te ontgaan wat er in kinderen omgaat, omdat de wereld hen heeft doen vergeten wat zij zelf als kind ondergingen.) Een voor een buigen zij zich kwijlend van behaagzucht over me heen. Friemelgebaartjes, zoete woordjes. Geknuffel – er druipt kwijl in mijn haar.

Sjaantje behandelt dagelijks mijn wond. Hij is droog nu, en lijkt snel te genezen. Haar vingertoppen zijn koel van de groene zalf waarmee ze de wond bestrijkt voordat ze een schoon verband aanbrengt. Zij zit op haar hurken, gaat aandachtig te werk. Ik zie neer op haar gefronste voorhoofd. Op haar gezicht lees ik de pijntjes die ik zelf voel als zij voorzichtig de oude pleisters van de huid trekt.

Soms neemt ze me mee uit wandelen.

's Avonds gaat ze uit dansen – net als tante Rietje. Als ze van 67
huis gaat, voel ik me nog verscheurder dan in haar nabijheid. Ze gaat niet alleen. Ze wordt afgehaald door de dochter van oom Lood en Rietje, de dochter van mijn oudtante Sjaan, die op de Nieuwendijk woont. Zij zijn even oud als zij. Tante Ciska laat me hen uitzwaaien. Ik zie ze gearmd vertrekken – Sjaantje in het midden. Zij hebben alle drie donker haar – het danst op hun schouders. Zij dragen rokken die nauw om hun knieën sluiten. Ik zie ze in de diepte hooggehakt de brug overtrippelen, en om een hoek verdwijnen. Ik zie alleen maar Sjaantje, naar beide zijden verdubbeld.

Als ze 's avonds laat thuiskomt, ben ik nog op met opa, ome Hasje, en de tantes. Opoe is al in bed getakeld. Ik heb donker bier te drinken gekregen, uit het roze limonadeglas. In mijn lichte roes geniet ik van haar geschminkte gezicht, dat lacht onder het licht van de schemerlamp.

Ik word bij ome Hasje te slapen gelegd, zoals bij oma thuis, als opa de dagploeg heeft.

In haar keukentje, twee of drie hoog vóór, aan de Witten- 68
kade, verdeelt tante Cissie de spiegeleieren met tomaat over de diverse borden. Als ik haar met een dienblad de kamer in zie verdwijnen, durf ik op de keukenstoel te klimmen die onder het raam staat. Met mijn ellebogen zoek ik steun op de vensterbank, waaraan met ijzerdraad een bloembak is

vastgehecht. Ik buig me over de bloemen heen, en kijk in de diepte van de gracht. Mijn onderlijf drukt tegen de muur. De wond doet pijn, en klopt: mijn tweede hart, onder de gordel. Hij is weer opengegaan, gisteren. Ik was bij ome Hasje, op de kolenzolder: we zaten opgesloten.

69 Gistermiddag ben ik met hem mee naar boven gegaan, om hem aan het werk te zien. Hij is aan iets nieuws bezig. Hij nam me mee tot waar de trappen ophouden, waar het schemerig is, en stoffig. Daar is tussen de kolenboxen een kleine bergruimte, met smalle ramen, en net voldoende licht. Daar werkt hij.

Hij nam me mee naar binnen. De deur ging dicht – en niet meer open. (Later bleek dat aan de buitenkant door de schok 'de haak in de ring was gevallen' – een haak en een ring die hem niet eerder waren opgevallen. Waar kunnen ruimtes die alleen aan de buitenkant te vergrendelen zijn anders toe dienen dan tot het opsluiten van mensen en dieren?)

'Herstellen, herstellen, herstellen.'

Maar we zaten opgesloten. Ik was gedwongen de hele middag bij hem in het berghok door te brengen, tot tante Cissie ons zou komen roepen voor het avondeten.

Ome Hasje is bezig aan een doek met veel pruisischblauw en feloranje strepen: een avondhemel met zware wolkpartijen. Tot voorbeeld dient hem een kleurenreproductie, voorstellende de Hemelvaart van Christus, die ik hem thuis, 'poepjes', uit een groot bijbels boek heb zien scheuren. Christus zelf komt, wonderlijk genoeg, op zijn doek niet voor.

Het was er saai – ik verveelde me algauw. De dikke toetsen pruisisch-blauw maakten me somber: er was te weinig oranje in. Ik kon niet naar buiten kijken: de smalle horizontale ramen zijn voor ome Hasje nog te hoog. Het zonlicht hing diagonaal door het vertrek, duidelijk zichtbaar in het ronddwarrelend stof. In schuine banen viel het op het schilderij, en op ome Hasjes hoofd en schouders. Als ik me tegenover het raam tegen de wand aandrukte, scheen de zon nog net in mijn gezicht. Voor de rest bleef het in mijn regionen donker. Mijn wond was gisteren al zover genezen, dat ik met een hand in mijn broekzak de jeuk moest verdrijven. De veldezel stond zo opgesteld, dat het volle licht op de bovenste helft van het doek viel. De verf glom. Ome Hasje moest ver voorover gaan hangen om wat schaduw te maken – soms te ver: er kleefde olieverf aan zijn neus. Hij leek geïrriteerd, zei vaak 'herstellen', geen enkele maal 'poepjes', en – wat bedoelde hij met "n kamer op 't noorden'? In het begin leek hij nog tevreden over zijn werk, toen afwisselend tevreden en ontevreden, en ten slotte helemaal niet meer tevreden. De verveling was compleet. Totaal, absoluut. En we konden er niet uit.

'Waar komt Jezus?' vroeg ik.

'Luister 'ns, klein piemeltje,' zei ome Hasje. 'Zullen wij 'ns 70
'n spelletje doen?'

Hij legde palet en penselen voorzichtig op de grond.

'Luister,' zei hij. 'Wij waren cowboys. Wij waren cowboys en wij waren verdwaald. Verdwaald op de prairie.' (Hij bezigde die eigenaardige vertellerstoon in de onvoltooid verleden tijd die kleine kinderen bij hun spelletjes zo instinctief gebruiken.)

'Twee eenzame cowboys waren we. Toen vonden we 'n hut. 'n Hut op de prairie.'

Ik kende het verhaal maar al te goed.

Het was op een zondagmiddag. We waren net terug van een 71
wandeling: opa, oma, en ik. Opa schakelde de bandrecorder in: maar in plaats van zijn favoriete levensliederen liet

de band alleen een regelmatig geklop horen, dat heel in de verte aan het galopperen van een paard deed denken. Ook leek het of iemand af en toe met zijn tong klakte. Toen het geklop plotseling afbrak, hoorden we duidelijk het gekreuk van papier, en dan de holle adem van iemand die een ballon opblaast. Stilte. Dan een luide knal, gevolgd door een schelle menselijke kreet, elektronisch vervormd. Dan weer gekreuk, en hernieuwd geklop, wilder ditmaal, maar niet lang. Het galopperen stierf weg, en de stem van ome Hasje begon het verhaal dat hij nu voor mij herhaalde – zij het in beknopter vorm, en met iets andere woorden.

72 'We waren moe,' zei ome Hasje. 'We waren moe, en eindelijk vonden we 'n hut. We gingen meteen slapen.'

Hij dacht even na.

'Cowboys slapen altijd kriskras over elkaar heen.'

Hier nam het verhaal een andere wending.

'Schots en scheef slapen ze op elkaar,' zei hij. 'Dat deden wij ook. Zo...'

En hij deed me voor hoe ik op mijn buik over de schilderkruk moest gaan hangen. Toen ik daar zo hulpeloos hing, legde hij zich kruiselings over me heen: ik was zijn dwarshout. Hij leek het verhaal nog even mompelend voort te zetten, maar ik kon hem niet meer volgen. Hij schoof een beetje met zijn lichaam heen en weer over het zitvlak van mijn broek. Ik begreep het niet. Hij had natuurlijk weleens zijn hand van achteren in mijn broek geschoven, en 'lekker bipsje, lekker bipsje' gelispeld, maar dit was nieuw. Ik hing met mijn hoofd omlaag. Ik zag hoe ome Hasje nu eens met zijn rechterhand plus linkervoet, dan weer met zijn linkerhand plus rechtervoet, steun zocht op de grond. In mijn mond sloeg het stof neer dat opwolkte onder zijn handen en voeten. Hij drukte zwaar op me. Het bloed bonsde aan mijn slapen. Voor mijn ogen schoven donkere vlekken over elkaar, donkere zonnen, die zich na verloop van tijd haarscherp formeerden tot de illustratie die ik eens in een tijdschrift heb gezien. Het lag opengeslagen op de tafel, waarop mijn moeder mijn kleine broertje een schone luier omdeed. De illustratie, een waterverftekening, overwegend donkerblauw, gaf twee mannen te zien, cowboys, met het geweer in de aanslag, omhoog gericht. Hoeden, halsdoeken. Stoppelbaarden. Afzichtelijke zweetkoppen. Cactussen rondom.

'Mama, waar schieten die mannen op?'

'Op de zon,' zei ze afwezig, onduidelijk, met haar mond vol veiligheidsspelden. 'Op de zon, dat zie je toch.'

'Op de zon?'

Ik volgde de geweerlopen tot bovenaan de bladzij. Daar hing een donkerblauwe vlek: een vormeloos brok blauw, waar puin afbrokkelde.

'Op de zon – waarom?'

Bij het spreken spanden de spelden tussen haar tanden – een mondharp die al haar woorden vervormde tot 'plonk, plonk'. Toch verstond ik: 'Ze zijn verdwaald. Verdwaald in de woestijn. Ze zijn gek geworden. Ze zijn gek van de hitte, en van de eenzaamheid. Ze hebben 't heet. Ze willen de zon uit de lucht schieten. En dat doen ze. Ze zijn wanhopig.'

In de verte sloeg een klok. Ome Hasje stond op. Hij had het niet te lang laten duren, maar lang genoeg om met zijn gewicht mijn wond weer open te drukken.

Nadat tante Cissie ons van beneden al een paar keer ver- 73
geefs had geroepen, kwam ze ons op het roepen van ome Hasje algauw bevrijden. Het viel Sjaantje het eerst op: 'Hij heeft gebloed!'

Een dun bloedspoor, dat vanonder de pijp van mijn korte broek tot halverwege mijn bovenbeen liep. Het was al gestold en donker geworden. Ik werd opnieuw behandeld.

Het verbandgaas zat in de opdrogende wond gehecht. Sjaantje deed haar werk met zorg, herinnerde me aan mijn laxerende chocoladepastille. Ik huilde, en huilde en hield niet meer op.

74 Gisteravond, toen Sjaantje thuiskwam, heb ik een extra flesje donker bier te drinken gekregen. Ik heb er stil van gedronken, dat laatste uur van de avond, en over de rand van mijn glas naar Sjaantje getuurd. Het is doorzichtig roze, maar van de rand tot de bodem schakeert de tint van licht tot donker. Het stervormige voetstuk is roodbruin. Het drukt een zespuntige ster in de palm van mijn hand. Gevuld neemt het glas de diepdonkere kleur van de drank aan. Behalve de rand: een roze cirkel boven het groezelige schuim. Ik heb het glas met beide handen omhooggehouden, voor mijn gezicht: het drukte tegen mijn neus en voorhoofd. Van zo dichtbij kon ik het schuim horen kraken – het leek bijna geluidloos te exploderen. Toen het was gezakt, zag ik door het bewolkte glas Sjaantjes donker opgemaakte ogen. De glasrand omcirkelde haar voorhoofd, als een aureool. Sjaantje – ik heb alles van haar ingedronken, tot op de bodem.

75 Ik hoefde vannacht niet bij ome Hasje in bed. Tante Cissie en Sjaantje hebben mij tussen zich in te slapen genomen, in het grote zachte bed in de alkoof.

Terwijl zij zich nog gereedmaakten voor de nacht, lag ik al roerloos in het midden van dat kolossale bed, en hield me slapende. Ik lag op mijn zij, mijn gezicht naar Sjaantjes kant gekeerd. Het wachten was op haar grote warmte. Toen ze klaar waren, bogen ze zich, met het licht nog aan, fluisterend over me heen. Hun handen liefkoosden me, bijna zonder me aan te raken. Ik was koortsig opgewonden, had zin om op te springen, te schreeuwen, of hard te huilen.

'Voel 'ns – hij gloeit.'
'Ja, hij gloeit helemaal.'
'Wat 'n knap kereltje, eigenlijk – niet?'
'Te knap eigenlijk, voor een jongen.'
'Ja, hij zal 't nog moeilijk krijgen.'

Toen ze hun goede en boze wensen over mij hadden uitgesproken, ging het licht uit. Twee grote lichamen schoven naast mij onder het dek. Ik rondde mijn rug tegen tante Cissie, en lag met mijn open zijde klaar om Sjaantje te ontvangen. De zoete nachtgeur van Sjaantje – *wat een troost!* Haar zoete geur in bed – de intieme nachtelijke pendant van wat ik overdag op afstand aanbid: haar lipstick, haar rimmel, haar rouge. En dan de troostende zachtheid van haar nachtpon – de warmte van haar lijf, die door de dunne stof heenstraalde. Stijf tegen Sjaantje aangedrukt, voelde ik zacht mijn wond kloppen. Maar de koorts, die met schokjes kwam, samen met de ijle koorts van het bierdrinken, was nu een weldadige koorts. Mijn verdriet van die dag werd een weldaad. Aan mijn slapen, in mijn onderbuik suisde en klopte een zoete koorts. En dan was er nog de vage angst om in bed te wateren.

Mijn wond klopte koortsig tegen de muur. Over de bloem- 76
bak gebogen, volg ik wat er diep onder mij, in de gracht, voorbij komt gedreven: trage schuiten, een onbeholpen vlot – en dan zie ik het tafereel ontstaan dat ome Hasje nooit zal schilderen.

Van rechts, uit het niets, komt een oude, vermolmde roei- 77
boot aanglijden. Daarin drie personen – opgeschoten jongens: veertien- à vijftienjarigen. Ze zijn sjofel gekleed – niet echt voddig: schamel. Twee ervan zitten: een voorin, een achterin. Beiden dragen jasjes van grauwe kleur: grijs, grijsgroen, mogelijk geruit. Tussen hen in torent, wijdbeens, de

derde op: in groezelig onderhemd, de schouders ontbloot. Hij hanteert een zeldzaam lange kanopaddel: lichtgewicht, lichtgetinte houtsoort; spanen aan beide kanten.

De zon valt door de bomen gezeefd op de gracht. Over het water ligt een net van schaduw, vol scheuren. Het bootje trekt strakke plooien over de vlakke waterspiegel. Onder overhangende takken spat het zonlicht in vlekken over de jongens heen. Glanzend gevernist flitst de paddel door het gefilterde licht – fonkelend nieuw, en dat bij een zo oude boot.

De jongen staat fier rechtop – hoofd omhoog, blik vooruit. Links en rechts doet hij de bladen in het water neerkomen, zonder ze met zijn ogen te volgen. Het maaien van zijn armen is machtig en harmonieus. De paddel behoudt zijn draaipunt precies ter hoogte van zijn borstbeen: een gelijkmatig draaiende propeller. Hij is niet breedgeschouderd, niet buitensporig gespierd – toch duwt hij het bootje met grote kracht vooruit. Alleen zijn bovenlichaam draait mee: zijn heupen blijven roerloos, zijn benen kaarsrecht in spreidstand. Nergens mist hij het water: links, rechts, links, rechts. Ik ben verrukt.

78 Als zij naderen, bereikt mij vanuit de diepte de stem van een van hen: de achterste. Ik hoor niet wat hij zegt of roept – de woorden verwaaien. Het klinkt opgewonden. Geen van beide anderen reageert. De voorste zit gehurkt in de boot, kijkt uit over de gracht. Hij droomt misschien, misschien hangt zijn hand in het water. De paddelaar blijft trots en verbeten voor zich uitzien. Hij heeft slordig uitgegroeid haar.

De achterste verheft zijn stem – nog kan ik hem niet verstaan. Hij heeft zich uit zijn zittende houding half opgericht. Hij speelt op tegen een van de anderen – nog weet ik niet tegen wie. De voorste blijft onbewogen. De middelste – plotseling staakt hij zijn gepaddel, en draait zich met een ruk om. Ik raak in verwarring. De regelmaat van zijn bewegingen is plotseling afgebroken. De paddel heeft hij nu naast zich staan, rechtop, als een lans: het ding is langer dan hijzelf. Met een snauw of een vloek heeft hij zich omgedraaid. Ook de voorste draait zich nu om, maar blijft op zijn plaats. Hij mengt zich niet in de ruzie die nu ontstaat.

Als het bootje na de laatste slagen is uitgedreven, komt het schommelend tot stilstand, schuin op de vaart, recht beneden het keukenraam, dicht bij de brug. Hoewel op luide toon gevoerd, kan ik geen woord van het twistgesprek verstaan. De achterste staat nog steeds half opgericht, met zijn handen aan weerszijden op de rand van de boot. Bij zijn laatste uitval schiet zijn nek even naar voren, zoals je dat bij kwaaie honden ziet. Dan komt de middelste in beweging. Hij staat met zijn rug naar me toe. Met een ruw gebaar plaatst hij de paddel schuin in de boot. Hij steekt een van de bladen onder het voorste zitbankje, en beweegt de steel met grote kracht over het achterste bankje omlaag. Ik zie het ding weerspannig doorbuigen. Als het hout niet meegeeft, tilt de jongen driftig zijn voet op. Het volgend moment klinkt luid gekraak. Tussen zijn benen schieten splinters op.

Ik heb een scherp geheugen – een hoedanigheid die ik afwis- 79
selend als een zegen en als een vloek ervaar. Als een vloek eerder dan als een zegen. Mijn geheugen kwelt me – bijna onophoudelijk, want het laat me nooit in de steek: *zelden* of nooit.

Toch staat het hier beschreven beeld, met alles wat er aan vastzit en voorafgaat, helderder in mijn geheugen gegrift dan menig ander – verblindend helder zelfs.

Hoe komt dat?

IJskoud analyserend heb ik de verklaring aanvankelijk gezocht in *het breken van de paddel* zelf. Die paddel het was het enige voorwerp dat opblonk uit zoveel omliggend grauw: die arme jongens, hun sjofele kledij, hun verveloze boot, het kleurloze grachtwater, het donkere gesteente van de kade en de huizen. En dan het binnenhuisgrauw, vanwaaruit ik plotseling op een stoel was gestapt om de wereld in te kijken. Het eerste waar mijn blik aan bleef hangen, was dat glanzende ding, dat alle zonlicht naar zich toe trok, en waarop alle handeling gericht was – zoveel *tegenstrijdige* handeling. En toen die ranke, flitsende paddel in tweeën brak, werd de werking nog verhevigd: hij versplinterde. Hij brak zowat in de lengte doormidden, met een kam van splinters: binnenin was het hout nog witter!

Het breken van de paddel had de uitwerking van een bliksemschicht: het knetterde en weerlichtte over de stille, donkere gracht. Ik hoorde het zondige geluid van iets dat breekt, en niet breken mag – het hoge, heldere, pijnlijke gekraak van een splinternieuw voorwerp van een dure houtsoort, dat onder geweld bezwijkt.

Maar – dit zijn nog slechts optische en akoestische aspecten: *er is meer!*

Is er meer?

80 Als het bootje zijn cadans hervonden heeft, zie ik hoe de paddelaar de gebroken paddel opneemt, en de laatste vezels verbreekt die beide stukken nog verbinden. (Hij verbreekt de zegels van zijn trots.) De paddel is niet precies op de helft in tweeën gebroken, maar op ongeveer eenderde van de lengte.

Er valt geen woord meer. Het is extra stil nu, na de grote klap. Heel in de verte roezemoest de wereld.

Zonder omhaal steekt de middelste de achterste het kleinste deel van de paddel toe. Zelf behoudt hij het grootste. Hij keert hem onmiddellijk de rug toe, en neemt zijn plaats weer in. Als hij zijn deel van de paddel in het water wil steken, moet hij bukken: zelfs tweederde van de lengte blijkt niet toereikend om staand verder te roeien. Hij neemt plaats op het voorste bankje. Ze beginnen gelijktijdig te roeien: hij rechts, dus van mij af, de ander links. Deze zit laag in de boot: op de bodem. Gezien de lengte van het stuk roeituig dat hem is toebedeeld, is zijn zitplaats te laag, het achterbankje te hoog. Hij hangt ongemakkelijk overboord, en in deze potsierlijke houding probeert hij met kleine rukjes te roeien. Soms mist hij het water, soms schept hij het klaterend omhoog. De ander roeit met kalme slagen, en stuurt zo het bootje steeds naar één kant. Het begint te wentelen. Voordat het zijdelings de donkere tunnel van de brug binnenglijdt, is het al tweemaal om zijn as gedraaid. Het wentelt nog door: het laatste wat ik ervan te zien krijg, is de voorsteven, met daarboven de jongen die, onverstoorbaar als een boegbeeld, zijn elleboog op de voorplecht, een hand achteloos in wat nu het kielzog is, onverschillig de afgelegde vaarroute overziet. Dan staat opeens tante Cissie naast me. Ik schrik. Ik heb haar niet horen binnenkomen.

'Vertel me toch 'ns, Pietertje – wat zie je daar allemaal?'

Ik heb naar woorden gezocht: 'Norse vriendschap.' 81

'Grimmige genegenheid.'

'Verwilderde sympathie.'

'Liefde door merg en been.'

'Verloederde solidariteit.'

'Agressieve inschikkelijkheid.'

De mooiste woorden heb ik uitgeprobeerd: 'Wildgroei der verbroedering.'

En nog in de ijlkoorts van mijn dweepzucht heb ik durven schrijven: 'Hun vingertoppen bloedden aan de breuk die hen vijandig verbroederd had.'

Mooie woorden, stuk voor stuk, maar zij voldoen niet – geen van alle. Alleen al het moment waarop de jongen zijn voet optilde en met grote kracht op de paddel liet neerkomen: op dat moment *deelde* hij hem niet met de ander – hij *vernietigde* hem.

82 Ik laat het maar zo.

En toch.

En toch – waarom ging mijn hart zo sterk naar hen uit? Waarom werd het, misschien wel voorgoed, meegezogen in die tunnel, die geen einde kent? Wat maakt het beeld van drie jongens in een gammele boot, met een gebroken pagaai – die negatieve illustratie bij een veelgebruikt spreekwoord – voor mij tot het onofficiële wapen van Amsterdam?

Het enige dat ik met zekerheid weet, en voel, is dat al het voorafgaande (ome Hasje, Sjaantje, al het andere) in dit tafereel, en het beeld dat ik ervan behouden heb, samenvloeide, en afbrak.

Er is iets geknakt, en nooit meer geheeld.

Ik kan me niet herinneren dat ik het bootje aan de andere kant weer onder de brug vandaan heb zien komen. Zij zijn voorgoed in die tunnel verdwenen.

83 Tante Cissie tilt me van de stoel, 'nu, wat heb je gezien', en zet me op de grond.

Ik geef geen antwoord.

'Hun handen bloeden.'

De gedachte gonst zacht door mijn hoofd, maar ik spreek hem niet uit. Ik heb geen bloed gezien. Toch zijn mijn gedachten aan hun vingers blijven hangen: zij zullen zich snijden aan de gebroken uiteinden van de paddel, aan splinters en scherpe kanten.

'Hun handen bloeden.'

Door tante Cissie van het gebeuren afgeleid, voltooit de ramp zich binnenin mij. Door het ongelijkmatige roeien raakt het bootje in het donker onder de brug steeds sneller aan het draaien. Ik zie een draaikolk ontstaan, even bodemloos diep als de tunnel eindeloos lang is. De horizontale en verticale bewegingen vervloeien. Het bootje vervliegt in het niets, met gebroken propeller, en drie jongens die 'nog niet wisten of ze er haren of veren op zouden krijgen'.

Ik zwijg. 84

De laatste keer dat ik me spontaan heb uitgelaten over wat ik buiten zag gebeuren, is me noodlottig geworden. Dat was bij mijn oudtante Sjaan, een andere zuster van opa, op de Nieuwendijk. Daar heb ik een dag of wat geleden ook zo'n jongen voorbij zien gaan – in een verschoten spijkerpak. Hij hield de vingers van beide handen in de nauwe zakken van zijn strakke broek geklemd, tot iets onder de knokkels, waarbij zijn duimen, naar elkaar toe, door de broeklussen staken. Hij liep met trage passen. Zijn gang was zwaaiend, slungelachtig. Bij elke stap veerde hij ietwat door de knieën. Ik keek van bovenaf neer op zijn hoofdhaar, dat los en slordig achterover lag, en bij elke stap even opveerde. Hij had geen haast. Hij nam de straat in een zigzagmanoeuvre: van de ene winkel naar de andere. Naar de overkant, en weer naar deze kant. Zonder zijn pas in te houden, keek hij nonchalant in de etalages – zonder de uitgestalde waar te zien. Het was hem alleen om zijn spiegelbeeld te doen: hij zag alleen zichzelf. Onder het openstaande raam van tante Sjaan verloor ik hem uit het oog: zover kon ik niet naar buiten leunen, en ertegenover is geen enkele ruit. Toen hij weer naar de overkant slenterde, zag ik hem voor het eerst in volle breedte op de rug. Hij liep met zijn kont wat achteruit – draaide er een beetje mee. *Pas toen zag ik de grote boerenzakdoek, die uit zijn kontzak puilde.* De strakke broek borg maar een kleine prop de rest hing in plooien naar buiten: een grote rode dot op het vaalblauwe zitvlak van zijn broek. De punten van de zakdoek vlagden mee op het ritme van zijn verende tred.

De vorige keer dat ik zo iemand gezien had, was tijdens een wandeling met Sjaantje.

'Kijk, Pieter,' had ze toen gezegd. 'Kijk 'ns – wat 'n lekker nozempie.'

Zo lang ik kon, volgde ik de op en neer wippende rode pluimstaart. Toen die in de menigte dreigde te verdwijnen, alleen nog een rode stip was, en ik me wat verder uit het raam wilde buigen, was tante Sjaan op dezelfde manier naast me opgedoken als daarnet tante Cissie. 'Wat zie je toch allemaal, kleine vent?'

Wel droop er kwijl in mijn haar – maar ik merkte het niet meteen. Ik bootste onbewust het Amsterdamse accent van Sjaantje na, toen ik argeloos antwoordde: ''n Nozempie, 'n lekker nozempie.'

Ze keek nog, met haar kippige spleetoogjes – maar het wonder bestond al niet meer. Toch bleek er genoeg aanleiding tot hilariteit.

''n Nozempie, zegt-ie,' zei tante Sjaan, en wendde zich tot de anderen. ''n Lekker nozempie. Waar haalt-ie 't vandaan?'

Iedereen lachen, en ik moest het nog een paar keer herhalen: ''n Lekker nozempie.'

En als er iemand binnenkwam nog eens, en nog eens – in totaal enkele tientallen keren die dag: ''n Nozempie, 'n nozempie.'

Dat was eergisteren. En gisteravond weer, toen ze een borreltje ophadden, en ik niet langer huilde om mijn opengesprongen wond: ''n Nozempie.'

85 Ik heb geleerd. Wijselijk houd ik mijn mond tegen tante Cissie. Ze kijkt me nog even vragend aan.

'Ach ja,' zegt ze dan. 'Er is zoveel te zien in de wereld. En ga je nu fijn mee eten? Ik heb 'n lekker eitje voor je.'

'Ik wil tomaat met suiker,' durf ik ineens te zeggen.

‘O, maar natuurlijk,’ roept ze uit. ‘Wat stom van me.’

Vertederd tilt ze me op, en klemt me aan haar boezem. Langzaam raak ik ingesponnen in een cocon van volwassen kwijl.

‘Wat stom van tante Cis, om daar niet aan te denken. Natuurlijk krijgt Pietertje tomaatjes met suiker. Zoveel alstie maar wil. Kom maar.’

Zo draagt ze me de kamer in, waar de anderen al aan tafel zitten: Sjaantje, ome Hasje, opa, opoe, en oom Lood, die me met zijn bulderstem verwelkomt: ‘Zo nozempie!’

Enkele jaren nadien – opoe was inmiddels gestorven – stierf 86
mijn oudtante Ciska vrij plotseling aan een zware hersenbloeding. Ik was er niet bij, op de begrafenis – mijn moeder wel: zij is een volle nicht, zowel van tante Ciska als van Sjaantje. Bij haar terugkeer uit Amsterdam vertelde zij mijn vader over de chaos, ‘alle melk verzuurd, alle fruit beschimmeld’, en de wanhoop – Sjaantjes aanval van hysterie – op twee- of driehoog aan de Wittenkade. Ze had om een bijl geroepen.

‘“Een bijl,” riep ze,’ vertelde mijn moeder. “Ik zal een bijl daar in die kast zetten.”’

Verdrietig huilend, zacht snikkend kon ik me haar nog wel voorstellen, mijn Sjaantje – maar zo niet: niet gillend, niet met wijd opengesperde ogen.

Des te scherper werd nu mijn voorstelling van de dood: een korte, brute aks niet eens scherp: bot, plomp, roestig – tussen het rozige glaswerk achter de glas-in-looddeurtjes van het dressoir. Rustig maar dreigend rechtopstaand, met zijn vettige steel tegen de dunne achterwand. En dat alles omgeven met een geur van bederf: zure melk, beschimmeld fruit, as, sinaasappelschil.

Binnen enkele jaren (oom Lood hoefde niet aan de drank – dat was hij al) trad tante Sjaantje in het huwelijk. Weer een paar jaar later stierf plotseling haar man, tijdens een vakantie in Zwitserland. Toen ik ervan hoorde, een kort visioen van een omgevallen bijl. Hij ligt met zijn steel tussen het glaswerk. Scherven. Er gaat een lichte huivering door het dressoir. Gerammel, gerinkel. De ingelijste foto's wankelen – er valt er een om. Meer niet, dat is alles.

Zij woont nu met haar dochtertje in een van de nieuwbouwwijken. Ik zal hen eens gaan opzoeken, als ik toch in de buurt kom te wonen.

87 Het beeld van de bijl in de kast heeft zich in de loop van de tijd steeds verder geabstraheerd: het is donkerder geworden, dreigender, maar minder tastbaar. De bijl staat te schemeren in de hoek van een lege kast (waar staat die kast? Niet op de Wittenkade. Hij lijkt een beetje op de kelder van mijn grootvader): een licht vlak, een donker vlak – en van de bijl is niet meer dan een diagonale schaduw over.

Ook de geuren zijn zwakker geworden – onbestemder, en daardoor dreigender. Zij laten zich allang niet meer vergelijken met de geur van vochtige appelschillen in een kolenkit vol sigareas.

88 Het versteningsproces in mijn buik heeft rommelend doorgezet: alle fossiele resten van de vier-, bijna vijfjarige zijn er nog in aanwezig – alleen de wijn laxeert nog. Het litteken van mijn wond, mijn stigma, is na het eerste voorzichtige dons sinds lang overdekt – niet met haar, maar met veren. Zo hang ik, ondersteboven aan de hanebalken, in de kroeg mijn geilheid te verroesten. 'Als ik de kraan zie, moet ik drinken.' En het cinefiele heb ik van mijn grootmoeder.

89 WHY DOES YOUR MEMORY LET YOU DOWN?

(Ziedaar de oplossing, dacht ik – zomaar in de krant. Lezen! Maar dan:) 'A well-known international publisher reports that there is a simple technique for acquiring a powerful memory (...). It works like magic (...). The details of this method are described in his fascinating book, 'Adventures in Memory', sent free on request.'

(Sunday Express)

'Er is iets geknakt, en nooit meer geheeld.' 90

Nu zegt men dat drinken doet vergeten – tijdelijk, en, daar alcohol de hersenen doet vermolmen, op den duur ook voorgoed.

Ik heb gedronken, en ik drink.

Maar hoe zou ik ooit genoeg kunnen drinken om het herinnerde verleden uit te wissen, als ik – de vleesgeworden herinnering zelve ben?

Dat is niet in hectoliters uit te drukken.

Memini, ergo sum.

'Je me souviens, donc je suis.'

In alle talen: ik herinner mij, dus ik ben. Met heel de overbodigheid van dit *ergo/donc/dus*: de exponenten zijn onderling verwisselbaar. Ik herinner me: ik ben. Ik ben: ik herinner me. Ik herinner *mezelf*. Ik *ben* herinnering.

Schot met een glasplaat een deel van het aquarium af, en 91
breng er een vis in groot. Bij verwijdering van de hindernis zal deze niet het vrijgekomen deel binnenzwemmen: hij zal steeds tegen de denkbeeldige glazen tussenwand zijn neus blijven stoten, en rechtsomkeer maken.

O, en dan heeft die vis nog '*wat ik niet heb: verheffenis / op eigen kracht en zinken / door drempels van verdrinken*'.

Geldrop, zomer 1976

Een gondel in de Herengracht

Bruno Tirlantino of *De bruiloft van prinses Anne*

Het was – aan de vooravond van iets, een koninklijke bruiloft: de prinses ging trouwen. Emily en ik waren al een paar dagen te gast bij Bruno Tirlantino (begenadigd dichter, docent Romaanse talen aan de universiteit van Oxford), maar pas nu kregen we hem wat langer van nabij te zien: aan tafel.

Sinds haar oversteek naar het continent had Emily steeds schriftelijk contact met hem onderhouden. Zelfs in tijden dat ze maar wat rondzwierf, geen vast adres had, voor iedereen onbereikbaar was, liet ze brieven van hem poste restante bezorgen. Ze reisde soms helemaal van Dijon naar Lyon, of van Quimper naar Parijs, enkel en alleen om op het postkantoor navraag te doen. Bruno Tirlantino. Ik herinner me zijn brieven uit de tijd dat we nog samenwoonden in Den Haag. Op de plaats van de postzegel zat onveranderlijk zijn portret vastgelakt – steeds weer een ander (soms in kleur, meestal zwart-wit; nu eens en face, dan weer en profil), maar met steeds dezelfde opzettelijke glimlach: overbeminnelijk, en een tikje arrogant. Kleine portretjes op pasfotoformaat, afgesneden net onder de boordpunten van nooit hetzelfde hawaïshirt: palmbomen, scheepjes, ukelelemeisjes… In de rode lak het stempel van een olifantje met een obelisk op zijn rug. Door de posterijen werd gek genoeg nooit een vergoeding gevorderd voor verzuimde porto, behalve die ene keer toen de foto ontbrak: op vier plaatsen afgebrokkelde lak. (Later bleek dat juist op die foto Tirlantino zich met een tamboerijn gekroond had laten afbeelden.) Tientallen foto's had ik op die manier van hem onder ogen gehad; minutenlang stond ik ze 's morgens in het matglazen licht van de voordeur te beturen en bestuderen, zonder bril, in pyjama nog, mijn blote voeten op de harige mat. Hij moest een kleine tien jaar ouder zijn dan ik, Tirlantino, maar zag er net zo jong of nog jonger uit. De zelfverzekerde glimlach van de eeuwige jeugd... Ze brachten me in verwarring, die portretjes: vaak was mijn dag al bij voorbaat verpest, en dat twee tot drie keer in de week... Dronk ik te veel? Altijd opgewekt brassend tussen twee katers door, of terneergeslagen katerend tussen twee braspartijen, dat was in die tijd zo ongeveer mijn leven. (Niet lang na Oxford ben ik ermee gestopt. Ik vond het welletjes. Maar ik had toen ook al genoeg gedronken om voor de rest van mijn leven volkomen droog mijn roes uit te zingen – zonder gemaal op de dijk.) De drank, of at ik te veel vlees? Of – dééd ik het te weinig? Aan Emily heeft het niet gelegen.

Wát ze elkaar dan wel te schrijven hadden, daar had ik al die tijd geen flauw benul van; ik vroeg er ook niet naar. Later kwam ik het bij toeval aan de weet. Bijna dagelijks raadpleegde Emily Tirlantino schriftelijk inzake de *I Tjing*, het Boek der Veranderingen. Wel wichelde ze er zelf mee (in het geheim, op haar kamer, waar ze haar stokjes op een zijden doek liet vallen: zo had hij het haar tenslotte geleerd), maar ze wantrouwde de uitkomsten. Die legde ze hem dan voor. Hij moest ze bekrachtigen, of weerleggen, uitleggen, 'interpreteren'... (Toen nog weer later bleek – maar toen hadden we Oxford allang achter de rug – dat ze zich ook bij ernstige aangelegenheden tussen óns blindelings op de *I Tjing* en Tirlantino's commentaar verliet, betekende dat meteen het einde van onze verhouding. In mijn huis geen toverkunsten.)

Door al die verschillende fotografietjes had ik langzamerhand het gevoel verworven die Tirlantino door en door te kennen. Maar toen ik hem bij aankomst in Oxford even vluchtig te zien kreeg, herkende ik hem op het eerste gezicht niet eens. Ondanks de schemering in de hal (om de een of andere of juist om die reden deed hij het licht niet aan) meende ik duidelijk te zien dat hij *grijs* was aan de slapen, en zijn gezicht leek me geplooider en schaduwrijker dan ik me van de foto's herinnerde. Van een glimlach geen spoor, hij keek eerder gekweld. En zeker na een verraste uitroep van Emily ('Bruno, je wordt grijs!') scheen hij pas écht in verlegenheid gebracht met onze komst; we kwamen onverwacht: híj hield niet van afspraken. Tobberig, opgelaten en nerveus – dat was mijn eerste indruk van hem. Er werden handen geschud (waarbij hij afwezig van me wegkeek), en toen was hij plotseling weer verdwenen, naar boven, ons verder aan zijn huisgenoten overlatend.

Emily had me mee naar Oxford genomen voornamelijk om me haar 'picassootje' te laten zien: een sculptuur van nog geen twee decimeter groot uit Picasso's 'morsige periode', zoals ze dat noemde. Het moest iets van een *engel* weg hebben, volgens haar – en wat Picasso er verder ook in gelegd mocht hebben, voor haar wás het een engel. Het was een geschenk geweest van iemand die ze eigenlijk nauwelijks kende: Tirlantino's gewezen echtgenote. Een kerstgeschenk, reden waarom steeds sprake was van een 'kerstengel'. Bij haar vertrek naar Parijs (bij ons bezoek aan Oxford net twee jaar geleden) had ze hem Tirlantino in bewaring gegeven, natuurlijk niet voordat eerst grondig het Boek geraadpleegd was. Een hoop georakel, gewichtigdoenerij, flauwekul – maar een duidelijke afspraak kon er niet af. En dat bij een toch al zo vreemde gang van zaken, want de engel had vroeger juist aan hém toebehoord: pas bij de boedelscheiding was hij in handen van de vrouw overgegaan. En niet zomaar – er was nog heel wat touwtrekkerij aan te pas gekomen, als ik Emily mocht geloven, juridische én persoonlijke. Al dat gelamenteer, zoveel verspilde energie, nodeloos kwaad bloed – en nog voor het jaar ten einde liep schonk de vrouw haar engel weg alsof het er een van suikergoed was. En nog wel aan een van zijn huisgenoten, die zij bovendien nauwelijks gekend had. Zij was tegen haar wil gescheiden. Schuldeloos. Dit geschenk, was het niet een uiterst subtiele steek onder water, een uitstekend bedachte kleine wraakoefening...? En hij, toen hij zijn vroegere eigendom zo onverwacht in bruikleen kreeg, was dat niet voor hém weer een kleine triomf...? Maar nu was ze terug, Emily – om haar engel weer op te eisen? Was Tirlantino daarom zo uit zijn humeur?

Tirlantino's ex-vrouw was volgens Emily ongelooflijk mooi: 'about the best-looking woman I ever met' – een uitspraak die in ieder geval niet werd weerlegd door de foto die ze me liet zien: tot op de dag van vandaag hangt hij in mijn herinnering onuitwisbaar naar dure bloemen en wierook te geuren. Emily was altijd goed op de hoogte. Zo wist ze me haarfijn te vertellen hoe Tirlantino zijn toekomstige echtgenote op cynisch-ouderwetse wijze het hof had gemaakt. Hoe hij haar met veel strijkages een dure hotelsuite had binnengeloodst, en – iets met bloemen, peperdure bloemen; het fijne ervan ben ik vergeten. Maar hoe ik hem ook gekend heb, Tirlantino, na alles kan ik me hem moeiteloos voorstellen met een arm vol bloemen, peperdure bloemen: hij stapt er de kamer mee binnen als om hem te verkennen. De bruid moet buiten wachten, maar mag wel kijken. Een voor een begint hij ze naar alle kanten uit te strooien, achteloos; hij *werpt* ze, de steel vooruit, als pijltjes. Op het kleed, op de sprei, de hoofdkussens, op de kast, ín de kast, in de wasbak, in het bad... Niets blijft gespaard; de laatste krijgt zij, en ze mag binnenkomen... Als ik Emily mocht geloven (en daarmee Tirlantino), brachten zijn attenties haar in een soort extatische verdoving, waaruit ze pas op het allerlaatste moment ontwaakte – om verschrikt te protesteren 'dat haar geloof dit niet toestond'.

'Religion – what religion?'

'For God's sake – I'm a member, stupy, of the Roman! – Catholic!! – Church!!!'

Tirlantino, nooit hulpeloos verslingerd waar het om vrouwen ging, veinsde onmiddellijk respect. Hij stelde zelfs voor de volgende ochtend samen een Heilige Mis bij te wonen in de katholieke kerk. Ze namen waardig afscheid – en nog diezelfde avond maakte Tirlantino een afspraak met de priester voor een *privé*-mis. De priester was aangenaam verrast na al die jaren.

'Een privé-mis, zei u? Voor u en uw verloofde? Vanzelfsprekend.'

Vanzelfsprekend inderdaad: wat zij niet wist, de priester wel, was dat de Tirlantino's een oud-adellijk Portugees geslacht zijn, en uit dien hoofde een zekere aanspraak op de kerk kunnen maken. 'Bruno's some kind of a marquis,' volgens Emily.

De volgende ochtend waren zij de enige aanwezigen in de kerk. Lang voor de mis begon zaten zij op initiatief van Bruno reeds stijf geknield in de voorste bank van het middenschip; het meisje had al een paar keer over haar schouder gekeken. Toen de bel klonk en de priester opkwam, verhief Tirlantino zich met een ruk (zij schrok ervan), en beende resoluut op hem toe. Hij nam de drie treden naar het altaar met kleine sprongetjes, en zeeg terstond op de rode loper neer. Het stomverbaasde meisje zag nu hoe de twee mannen beurtelings voor elkaar neerknielden, en elkaar de zegen gaven: eerst de priester hem, dan hij de priester, en vervolgens weer omgekeerd, verschillende malen achtereen – alles in dodelijke ernst, de misdienaars devoot ter zijde, in afwachting. Snelle, geroutineerde kruisjes sloegen zij in de lucht, waarbij de markies voor de geestelijke bepaald niet onderdeed, integendeel: het was of hij nooit anders gedaan had, er kwam geen eind aan. Ook werd er van alles bij gepreveld; zij kon niet verstaan wat. En aan het slot van de mis zou het ceremonieel zich nog eens herhalen.

'Een oud gebruik,' had hij weten te fluisteren toen de priester even met de rug naar hen toe stond. 'Het laatste vleugje kerkelijke macht van onze adel.'

'Een diepgelovig man,' had zij in stilte geconcludeerd. 'En van adel op de koop toe. Hij heeft mooie, zalvende handen: lang, slank en bleek, tegelijk die van een priester en van een pianist. Ik neem hem.'

Voor het eerst in haar leven had zij tijdens het communiceren van de gouden kelk mogen drinken. Ze had gehuiverd van aandoening. Welbeschouwd was de mis hun huwelijksmis geweest. En ook zij was een goede partij: zij stamde uit een aanzienlijke familie, waarvan de voorvaders belangrijke liberale staatslieden waren geweest. Zij bracht een flinke buit mee.

Hoewel al spoedig na de huwelijksvoltrekking Tirlantino's ware aard en gerichtheid zich deden gelden, duurde het toch nog enkele jaren voor zij officieel zouden scheiden. Inmiddels had hij in dienst van Groot-Brittannië een diplomatieke betrekking in Brazilië aanvaard. Zijn vrouw liet hij in Londen achter. In Brazilië, waar in die tijd weinig omging ('er is hier veel te zien, maar weinig te doen,' klaagde hij in een brief), begon hij uit verveling gedichten te schrijven, aanvankelijk in zijn moedertaal, later ook in het Engels. Hij won zelfs een of andere prijs – met een bundeltje 'metafysische poëzie', die hij later in Engeland zelf nauwelijks meer kon ontraadselen, zozeer kleefde er de klamme bedwelming van Latijns-Amerika aan. Toen de termijn waarvoor men hem aangesteld had verstreken was, keerde hij terug naar Londen en dong naar een vacante leerstoel Spaans en Portugees aan de universiteit van Oxford. Hij werd enthousiast binnengehaald. Zijn carrière lag voor hem open. Bovendien leerde hij kort na zijn aanstelling de jonge, briljante student Simon Fringle kennen. Tirlantino was in hem geïnteresseerd geraakt omdat hij steeds op college verscheen in gezelschap van een zeldzaam afzichtelijk meisje. Alles wat mooi was aan hem, was lelijk aan haar. Hij had opvallend lichte ogen, die onophoudelijk van kleur veranderden, maar altijd licht bleven. En deze Simon Fringle was niet alleen jong en briljant en student en mooi, hij was ook een veelbelovend dichter. Misschien (*ongetwijfeld*, volgens Emily) mochten ze elkaar op het eerste gezicht al. Toch bleven ze elkaar nog lange tijd afwachtend uit de weg gaan, maar met een trots die de wederzijdse sympathie nauwelijks nog verhullen kon. Het lelijke meisje verdween steeds meer naar de achtergrond en verscheen op het laatst helemaal niet meer op college. Hoe en waar het wonder zich uiteindelijk heeft voltrokken, dat weet zelfs Emily niet – op zeker moment was er sprake van liefde, en het duurde niet lang of de twee gingen samenwonen. Tirlantino kocht een huis in het centrum van Oxford, en maakte een begin met zijn echtscheiding.

Het was een preuts huis van onder koningin Victoria, met een opzichtige voordeur, overdreven grote kamers, maar met een onvindbaar weggeborgen toilet. Steeds smallere trapjes af, souterrain door, piepklein binnenplaatsje over, getrap tegen emmers, gestruikel over bezems (de onvermijdelijke nekslag met de steel), allerlei ergernissen die je alleen nog in de krochten van Londense pubs meemaakt – en daar was het dan: een smal hokje, waar iemand van het formaat van koningin Victoria zich zeker niet zou hebben kunnen keren. Spinnenwebben, schimmelculturen, gebarsten tegels, gebarsten pot, en de geur van een laboratorium waar de urine van zieke Belgische paarden wordt onderzocht. Tirlantino had op de eerste verdieping zo spoedig mogelijk een moderne badkamer laten aanleggen, maar net toen de wastafel en het ligbad waren ingemetseld, kwamen er financiële moeilijkheden. Een uit de tegelvloer omhoogstekende pijp verwees bezoekers nog altijd door naar het toilet beneden. Tegen de binnenkant van de deur hingen daar nu de zogenaamde 'kuisheidsringetjes' gespijkerd; Bruno had er ongeveer anderhalf dozijn van op de kop getikt op een rommelmarkt in Chelsea. Een soort omgekeerde ruitersporen waren het: stalen ringetjes ter grootte van een gewone trouwring, maar dan met venijnig scherpe tandjes aan de binnenkant. Ze stamden uit de tijd waarin het huis gebouwd was. Elf, twaalfjarige jongetjes kregen ze omgeschoven, vlak voor het slapengaan: ze hadden tot taak opkomende erecties te doen slinken, natte dromen te voorkomen, en de lust tot masturberen te vergallen.

Na een halfjaar al begonnen de moeilijkheden – en dat niet alleen door de devaluatie van het pond. Zo viel bijvoorbeeld de scheiding financieel duidelijk in Tirlantino's nadeel uit – en dat terwijl zijn jonge vriend juist te ver was gegaan in zijn liefde voor de poëzie, en zijn studiebeurs verspeeld had. Hij leefde nu op kosten van zijn partner, en niet zo zuinig ook: wat dat betreft was het een echte Rimbaud. Maar wat het leven pas echt duur maakte, dat waren de steeds hogere bedragen die zij aan cocaïne uitgaven – aan 'cocococo', zoals Tirlantino het noemde (die overal nog koosnaampjes, maar nergens meer geld voor had). En uit angst hun neus te bederven moesten zij altijd de beste en de zuiverste en de duurste hebben. Zij lieten hun dealers per taxi aan huis komen. De 'coco' was hun troeteldier, hun enig kind, en zuiver of niet: zij offerden er hun hele neus aan op – en niet hun neus alleen.

Ik had het kunnen weten. Emily. Toen ik tegenover haar kwam te zitten in de trein van Quimper naar Parijs, en haar later weer tegen het lijf liep in de Jardin des Plantes, was mij een minuscuul zilveren lepeltje opgevallen dat zij in haar oor droeg. Ik dacht eerst dat het een tot oorbel gestileerde traan was – het schitterde in de zon – maar het bleek wel degelijk een lepeltje. Met een bijna onzichtbaar sluitinkje zat het aan haar oorringetje geklonken: alleen zíj kon het loshaken. Op de juiste wijze gehanteerd, sloot het precies je neusgat af...

Ik kwam van Douarnenez. Ik had er mijn broek versleten op de rotsen. Twee weken lang had ik er over de groene baai uitgekeken en steeds was mijn blik blijven hangen aan twee landtongen, waartussen de zee begon. Ik loensde van het turen. Op een dag was er een hengelaar naast me komen staan. Hij ging niet zitten, hij bleef staan. Ook gooide hij zijn hengel niet uit. Na een hele poos zwijgen begon hij me ongevraagd te vertellen over de stad Is, die daar volgens de legende ooit tussen die landtongen ingeklemd had gelegen. Ze was door eigen zondigheid vergaan – gewoon in zee gegleden. Ik had er maar weinig van verstaan: hij sprak dat gezellige Bretonse doedelzaktaaltje. Maar door delen van zijn verhaal af en toe beknopt in het Frans samen te vatten, had hij me toch nieuwsgierig weten te maken. In souvenirwinkeltjes trof ik op een enkele ansichtkaart een korte, voorgedrukte tekst aan over deze zondeval, maar het was niet veel meer dan de visser me al verteld had. Bretagne. Het was 13 juli. De nacht voor mijn vertrek durfde ik niet te gaan slapen, bang mijn trein te zullen missen. De volgende ochtend zou vanuit Quimper om half negen de eerste sneltrein naar Parijs vertrekken. Ik móést die veertiende juli terug zijn in Den Haag. Ik móést terug – en wel op dát uur, niet later. Dus zegde ik mijn hotel in Douarnenez op, nam een taxi naar het centrum van Quimper, en zwierf al vanaf tien uur 's avonds door de uitgestorven stad. Ik zwalkte een paar keer het domplein over en verwonderde me over een enorm podium dat daar tegen de trappen van de kathedraal was opgericht. Dranghekken rondom. In lantaarnpalen zwijgende luidsprekers. Geen mens te zien... Maar tegen twaalven zwaaiden plotseling de kerkdeuren open. In een mum van tijd was het podium bevolkt met personen in middeleeuwse klederdracht, die chaotisch door elkaar heen krioelden, tot een man in witte coltrui via een megafoon aanwijzingen begon te geven, waarna allen zich opstelden in een zekere orde ten opzichte van elkaar. Bleek dat tussen twaalf en twee uur 's nachts de generale repetitie plaatshad van een toneelstuk over de ondergang van de stad Is. Het zou de volgende dag, Quatorze Juillet, publiekelijk worden opgevoerd... Alles in vol ornaat. Geen toneelattributen, de attributen werden gespeeld door personen: de steeds dreigend aanwezige golven bijvoorbeeld door rondwervelende meisjes in turkooizen tule. De toornige stem Gods door luidsprekers versterkt vanuit de klokkentoren, gelui van de klokken zelf toen de ramp op komst was. Ademloos was ik toeschouwer. Het spel legde me de mythe beter uit dan ooit enige encyclopedie het gedaan zou hebben – het was de mythe zelf. (De dialoog tussen de uil en de kikker! Het geschreeuw om de sleutel!)

De rest van de nacht bracht ik door in een gelukzalige stemming. Ik liep nog wat door de stille stad en zat toen urenlang op een bank aan de openbare weg. De nacht was donker – het regende even. Terwijl ik een appel at, stond er plotseling een man voor me, een donker type, vermoedelijk een Algerijn: 'bon appétit' – en of ik zin had een eindje met hem op te rijden. Het kostte me geen moeite hem af te wimpelen. Met tussenpozen van een kwartier kwam steeds een soort boevenwagen van de plaatselijke politie voorbijrijden, die ter hoogte van mijn bank vaart minderde (bepette koppen achter tralievensters) en dan weer doorreed. Wat lette mij in hen mijn lijfwacht te zien?

Emily kwam van Mont Saint-Michel. Ze zat vol schrammen. Haar gezicht, haar hals, haar handen, alles wat onbedekt aan haar was zag ik vol schrammen. Verse schrammen nog. Pas in de Jardin des Plantes durfde ik te vragen wat haar overkomen was. Op Mont Saint-Michel had ze een landgenoot leren kennen: hij was het rossige type, niet mooi, maar 'bijzonder aardig'. Zonder verliefd op hem te zijn, raakte ze vertederd door zijn hofmakerij, en op de avond voor haar vertrek wilde ze eindelijk met hem uit wandelen. In een klein parkje (of grote achtertuin) werden ze wat intiemer. Emily liet zich zowaar kussen, wat maakte dat de Amerikaan in een wip uit al zijn kleren was (hij droeg het soort gemakkelijke tuinbroek waar je zo in en uit kunt stappen: een kruippakje voor infantiele volwassenen). In zijn naakte vel hurkte hij bij Emily neer, maar nog voor hij aan haar begon te sleutelen zei hij met vreemde, schorre stem: 'Tell me: is that a man... or a tree?'

Emily verstijfde. Ze durfde niet op of om te kijken. Ze hoorde geritsel van bladeren en voor ze het verwachtte stond er iemand naast hen. Een man – geen boom. 'Een donker type.' Eerst keek hij van de een naar de ander, vervolgens wees hij van de een naar de ander – en toen naar zichzelf. En toen nog eens: hen met zijn wijsvinger alledrie afprikkend. In al zijn naaktheid begreep haar minnaar beter wat er bedoeld werd dan zij.

'Oh, my God, no!' had ze hem horen zeggen. 'Two makes a couple – three makes a crowd.'

En daarop had hij haar bij de hand gegrepen en met een ruk meegetrokken, de diepte in. In hun ademloze vlucht steil bergafwaarts waren ze dwars door alles heen gevlucht – door aanplantingen, tuintjes, struiken, prikkeldraad; één onafgebroken val was het geweest. Tot de zee hen tegenhield. Buiten adem waren ze op het eerste het beste verlichte venster afgestormd. Binnen zat een man te schrijven. Hij schrok niet toen ze aanklopten – noch keek hij vreemd op toen hij zag dat een van hen naakt was en met striemen overdekt, en dat van de ander de kleren aan flarden hingen. Hij vroeg nergens naar, maar haalde gauw een oude broek en een oud shirt tevoorschijn, vermoedelijk van hemzelf. 'Een christen,' volgens Emily. Van liefde was verder niets meer gekomen. Bibberend en klappertandend hadden zij de nacht doorgelegen. Gehavend maar rein liep zij de volgende dag mijn armen binnen. Achteraf maakte zij zich vrolijk over haar Amerikaan. Emily, wier wezen geheel uit taal bestaat, beweerde geen verschil in uitspraak te hebben gehoord tussen het 'tree' in zijn eerste, en het 'three' in zijn tweede uitroep. Maar toen ik haar vroeg wat dan de boventoon had gevoerd: de 'boom' of de 'drie' (of hij, met andere woorden, aanvankelijk getwijfeld had tussen een 'man' en een 'drie', of dat hij het later met een boom erbij een bende vond worden) – toen gaf ze geen antwoord, en glimlachte alleen.

Na aankomst in Parijs hielden we elkaar nog wat gezelschap. Ik vergezelde haar naar het postkantoor, waar zij haar post opvroeg (twee brieven van Tirlantino). We dronken koffie op een caféterras en namen toen de metro naar het Gare du Nord: zij moest naar Lille, ik via Brussel naar Den Haag. Haar trein vertrok eerder dan de mijne. We namen afscheid. Voorgoed, dachten we: er waren geen adressen uitgewisseld. Zij stond al in de trein toen we ons laatste praatje maakten. Ik wachtte niet tot hij vertrok. Terug in de grote hal van het station begon mij plotseling duizelingsgewijs de verzuimde slaap te overvallen. Die goddelijk doorwaakte nacht... toen ik even mijn ogen sloot, nam hij wraak met een kort, maar glashelder visioen van verkoolde bossen. Naaldwoud. Het dunne laagje zwarte sneeuw... Ik had al mijn concentratie nodig om mijn geld te tellen. Wankelend zocht ik mijn weg in de gangen van de metro. Ik vergiste me. Herstelde me. Vergiste me andermaal... En steeds die geblakerde bomen – steeds als ik ook maar even met mijn ogen knipperde... Op het Gare d'Austerlitz kocht ik een tweemaands-retour Barcelona. Ik besprak een couchette. De middag liep ten einde – om 8 uur zou mijn trein vertrekken. Volstrekt zonder gedachten, met alleen een verraderlijke zoeming aan de slapen, wandelde ik de Jardin des Plantes in. Daar zat Emily op een bank met haar brieven op schoot. We hebben elkaar niet meer losgelaten. Op weg naar Spanje vertelde ze honderduit over 'Bruno Tirlantino'...

Verpauperende adel. Ook de afbetaling van het huis wilde maar niet vlotten. Hypotheek op hypotheek. Ten einde raad begonnen zij kamers te verhuren. Aanvankelijk alleen de kinderkamer (twaalf pond) en de donkere kamer (tien pond) op de eerste verdieping – aan respectievelijk een balletlerares, die je 's avonds kon horen springen, en een verschrompeld, vroegoud heertje, dat na sluitingstijd van de pubs in de hal met gebroken stem 'Cool Britannia' stond te zingen, omdat hij niet naar boven durfde: 'It's so bloody dark up there.' De ballerina verdween algauw wegens klachten over de soepelheid van de houten vloer: hoe ze haar pick-up ook zette, steeds wipte de arm op juist als zíj neerkwam. En ook het heertje was op een dag niet meer teruggekomen. Maar er kwamen anderen en spoedig werd ook de rest van de eerste verdieping verhuurd: de grote slaapkamers, voor hogere bedragen. Vervolgens alle kamers van de tweede verdieping en ten slotte waren ook de derde verdieping, het souterrain (aan Emily) en een deel van de parterre verhuurd, behoudens de huiskamer en de keuken, die van nu af als gemeenschappelijke ruimtes dienst gingen doen. Zelf trokken zij zich naar de zolderverdieping terug, Tirlantino en Fringle. Twee berooide dichters op kamers in hun eigen huis, dat nu wemelde van de studenten en katten en zonderlingen – en daartussen Emily. Hij mocht dan wel hoog wonen, Tirlantino, en Emily helemaal beneden, toch werd zij algauw zijn adept – in alles zo'n beetje. Hij introduceerde haar zelfs bij 'een kleindochter van Jung', die haar als proefkonijn in therapie nam, onder invloed van 'iets zwaars'. En met ijzeren consequentie stak ze vervolgens over naar de landen van het Oude Europa, waar haar leermeester zijn cultuur vandaan had. Maar toen ik haar op weg naar Spanje wat beter leerde kennen, was er van die intellectuele afhankelijkheid niet veel meer te merken – behalve dan drie of vier van zijn gedichten, die ze vanbuiten kende, en een steeds roekelozer hantering van de *I Tjing*, met alle correspondentie van dien.

Tirlantino en Fringle lieten zelden iemand tot hun kamers toe. Sommige huisgenoten wisten te vertellen dat het er buitengewoon zindelijk was, hoewel het er vol stond en vol hing met de meest vreemdsoortige voorwerpen (de moederplant van de 'coco' onder ultraviolet licht; een gevernist spinnenweb in een telraam; een babyaap op sterk water in een grote weckfles, met op het etiket: 'doodgebeten door de moeder'; in vol ornaat een wassen beeld van de koningin op ware grootte; et cetera). Wel aten zij vaak beneden in de huiskamer, samen met de anderen (voorzover aanwezig) – zoals nu, aan de vooravond van de nationale feestdag.

Het was voor het eerst dat ik hen aan tafel meemaakte. 'Brilliant, just brilliant' – dat was het ene woord waarmee Emily mij Tirlantino altijd had willen kenschetsen. Volgens haar stond zijn aanwezigheid altijd borg voor de meest hoogstaande en levendigste conversatie. Zijn brille, zijn eruditie… gevoegd nog bij de ongewone helderheid die de 'coco-coco' hem vermocht te schenken. Maar we waren nu al aan het nagerecht toe, en er was nog nauwelijks een woord gewisseld. Ja, tijdens de soep was ik enthousiast over Emily's picassootje begonnen (sinds wanneer hield Picasso zich met engelen bezig? was het wel een engel? geen duif? wanneer kon ik hem eens zien? et cetera) – maar het onderwerp was door het gezelschap uiterst koeltjes ontvangen. Zelfs Emily leek enigszins gegeneerd dat ik het had aangeroerd. Wel wilde Tirlantino even uitweiden over de omstandigheden waaronder hij de sculptuur van de meester cadeau had gekregen. Dat was tijdens een verblijf in de Provence, nu tien jaar geleden, toen hij 'via via' aan Picasso werd voorgesteld, omdat deze iemand zocht die 'redelijk goed' Italiaans kon schrijven. Tirlantino bleek de aangewezen persoon. Er moest een brief geschreven worden aan een bevriende Italiaanse familie; dat kon niet in het Spaans of Frans. Picasso dicteerde in het Frans ('in high speed'), maar Tirlantino bracht de tekst zonder haperen rechtstreeks in het Italiaans over. Toen de brief af was, gebeurde er iets vreemds: Picasso trok ruwweg het papier naar zich toe, en zette er zonder omhaal zijn handtekening onder, onder protest van Tirlantino: 'Maar, maestro...'

'Wat nog?'

'Dat kunt u toch niet doen...'

'Wat niet?'

'Uw handtekening zetten...'

'Waarom niet?'

'Die brief... Het is uw eigen handschrift niet eens. En stel dat ik me ergens vergist heb...'

'Nu, en?'

'U kunt de tekst niet corrigeren...'

'Kom, niet zeuren. Hoe meer fouten, hoe beter. Mijn biografen, begrijp je, die moeten straks ook nog wat te doen hebben. Dat is trouwens de enige reden waarom ik nog schilder: om de critici bezig te houden. Nu, nog iets van uw dienst?'

Ja, Tirlantino wilde met de schilder op de foto – de fotograaf stond al klaar, buiten, bij de poort. Picasso weigerde beslist. Al dat gefotografeer, daar had hij nu juist een gruwelijke hekel aan. Hij wilde desnoods een recent werkstukje afstaan, als hij maar niet hoefde te poseren. Tirlantino hield zwakjes aan, maar Picasso kwam al met de befaamde engel aandragen. Simon vond het tekenend voor Bruno's ijdelheid dat hij liever met Picasso op de foto ging dan een authentiek kunstwerk van hem aan te nemen.

'Authentiek, authentiek...' begon Tirlantino nu opeens te smalen. 'Een authentieke Picasso... Hij heeft ook weleens een rotte pruim tegen een leeg doek gesmeten, die ouwe gek, en daar zijn naam onder gezet. Of een eenvoudige duif getekend op een tien-francs-bankbiljet, waardoor het plotseling het duizendvoudige waard werd... Praat me niet van authentieke Picasso's; wat dat betreft had hij me God weet wat voor afval in handen kunnen duwen. De afdruk van zijn duim in het staartstuk van een tube pruisisch-blauw...'

Tirlantino wist zich vervolgens nog zeer goed te herinneren hoe Picasso hem zacht voor zich uit naar buiten had geduwd. (Er school iets onbehaaglijk nadrukkelijks in dat duwen.) Buiten bij de poort, in het volle zonlicht, stond inderdaad de fotograaf. Hij droeg een witte pet. Zijn camera rustte op een wijdbeens statief, maar het was denkelijk vooral om de daarop gemonteerde parasol dat Picasso plotseling in luid gelach uitbarstte, en opnieuw iets onverwachts deed: hij sloeg zijn arm om Tirlantino's schouders, zette grote ogen op, en – zo stonden ze achteraf toch nog op de foto: Picasso breeduit grijnzend, Tirlantino enigszins geschrokken... De foto hing 'boven', upstairs, waar ook de engel stond (of *hing*, wat moest ik me erbij voorstellen?). Upstairs... ik ben nog nooit in een huis geweest waar dat begrip zo mysterieus was als hier. Upstairs, upstairs, alles upstairs. Noch de foto, noch de engel heb ik ooit te zien gekregen. Hun hele bestaan kwam voor mij van Emily's getuigenis af te hangen. En Tirlantino's erfstukken, zijn juwelen, de adellijke tekenen van zijn waardigheid ('those ugly and yet beautiful things'), dat lag allemaal opgeslagen in de kluis van het Portugese consulaat. Adel was me beloofd, maar ik had er tot nu toe verdomd weinig van gemerkt.

Het was geen ontspannen stilzwijgen, daar aan tafel, eerder drukkend: ieder leek in zichzelf naar woorden te zoeken. Onder onze tafelgenoten was een stille jongen (zijn naam ben ik kwijt) – hij sprak nooit veel. Het praten liet hij liever aan anderen over, maar nu dat niet opging, kreeg hij het er zelf benauwd van. Met zachte, onvaste stem begon hij aan een zuurzoet gniffelgrapje uit de academische wereld: over de conservatieve professor die tijdens de discussie volgend op zijn gastcollege woedend de zaal had verlaten: 'From now on, gentlemen, thinking of ordinary English, I shall think of Oxford-English.'

Alles met veel gevoel voor intonatie naverteld, dat wel, maar daar bleef het voorlopig bij: het vond weinig weerklank. Stilte, zwijgen – gelepel, gekras.

Ook was er een klein meisje, Gwennie, dat ik al die dagen niet veel meer heb horen zeggen dan: 'You know... I keep lookin' through things, you know...' – waarna ze minutenlang naar een zeker punt op plafond, behang of in de verte kon blijven staren. Zij was klein van stuk en gedrongen: een klein, dik propje. Die meervoudig gelaagde rokkenlast droeg ze waarschijnlijk om haar wanstaltigheid te camoufleren. Sinds kort wist ze dat ze zwanger was, maar ze had zich door Emily gerust laten stellen; die had inzicht in kruiden en grassen, en kende een soort ('a heavy one') dat zwangerschap ongedaan kon maken. Binnenkort zouden ze samen het veld in trekken.

Maar ook Thelma hield zich koest, praatzieke Thelma, met wie Emily indertijd haar 'korte alcoholische periode' had doorgemaakt ('the black rum: our murderer...'). En dan waren er natuurlijk Tirlantino en Fringle zelf. Simon maakte volgens Emily een 'creatieve periode' door; dat zou zíjn zwijgzaamheid kunnen verklaren. En Bruno... Bruno was een dag of tien geleden met Simon teruggekeerd van een reis door Italië, waar van de ene week op de andere (bijna van de ene *dag* op de andere) zijn blauwzwarte haar voor minstens de helft grijs was geworden. En dat terwijl hij tussen zijn achttiende en drieëndertigste (zo oud was hij nu) uiterlijk nauwelijks ouder geworden leek. ('Op foto's uit verschillende tijden zie je geen verschil in leeftijd.' – Nu, dat hoefden ze míj niet te vertellen.) 's Morgens waren ze nog hoog de heuvels in geklommen, naar Fiesole. Simon zou er 's middags het klooster bezoeken en het archeologisch museum bij het kleine amfitheater. Tirlantino nam de bus terug naar Florence om in de Biblioteca Nazionale het plan uit te werken voor een nieuw gedicht. Hij had het de vorige dag 'geconcipieerd' (zoals Emily het noemde) bij een bezoek aan de kelders van de Duomo. Het moest gaan over die kleine heilige daar beneden, Santa Reparata, die bij de bouw van de dom in de vijftiende eeuw zo meedogenloos was vervangen door de Madonna: Santa Maria del Fiore. In de bibliotheek sloeg hij er historische boekwerken op na (hij wilde zijn gedicht naar exacte bronnen gedocumenteerd hebben), maar zag al zijn gissingen en vermoedens bevestigd. Twaalf versies schreef hij die middag. Net toen hij aan de dertiende wilde beginnen, tikte de bibliothecaris hem op de schouder: het liep tegen vijven, ze gingen sluiten. Het stoorde hem, maar toen hij, eenmaal in de buitenlucht, langs de Arno in de richting van de Ponte Vecchio wandelde, vielen hem als vanzelf de ontbrekende regels in. Hij bleef ze in zichzelf herhalen tot hij ze vanbuiten kende – zijn eigen woorden. Aan de ingang van de Ponte Vecchio aarzelde hij even; hij overwoog naar het Palazzo Pitti te lopen, om in de

Bobolituin de kleine Bacchino nog eens over zijn gladde buik te aaien; op de tribunes zou hij dan zijn gedicht afmaken. Maar halverwege de brug (hij omzeilde net een fluwelen doek met sieraden, die een hippiemeisje daar had uitgestald: ze deed hem aan Emily denken) bedacht hij dat ook de tuin om vijf uur sloot. Dan maar terug naar het hotel, hopelijk zou Simon nog even op zich laten wachten. Onder de arcaden die naar het Piazza della Repúbblica leiden, kreeg hij een beter idee. Hij ging het postkantoor binnen, zocht een plaats en schreef in één ruk de definitieve versie van zijn nieuwe gedicht, gezeten tussen een vrouw die luid smakkend circa twintig brieven van postzegels voorzag, en een man die zwaar steunend ('porco dio, porco dio') een of ander formulier probeerde in te vullen. Santa Reparata leaves Florence, heette het nu. Terug in het hotel las hij het enthousiast aan Simon voor. Hoewel gewend goedkoop te eten in het keldertje van Nello ('da Nello'), waar op ronde houten borden in minstens dertig verschillende talen de tekst 'Buiten schijnt de zon' aan de muur hangt, waren zij allebei zo verrukt over het resultaat dat onmiddellijk werd besloten duur te gaan eten aan de Piazzale Michelangiolo, met uitzicht op de Duomo, die Bruno's hand immers zoveel moois had ingegeven. Geen vuiltje aan de lucht tot zover. Ze waren gelukkig. Het duurde lang voor ze bediend werden, maar dat was juist het fijne: zo konden ze om beurten van tafel opstaan om op het toilet schielijk een snuifje te nemen. De 'coco-coco' was in de vorm van hoofdpijnpoeders met hen meegereisd. Vis aten ze, met een uitstekende fles witte wijn erbij.

'Denk om de graatjes, Simon. Je weet wat er vorige keer gebeurd is.'

Toen ze na het eten en eindeloos proosten weer buitenstonden, besloten ze de bus te laten schieten en een taxi te nemen. Aan de voet van de 'groene David' (het woord is van Simon) stonden er drie gereed; de chauffeurs zaten bij elkaar in de auto. Zij lieten zich naar het Piazza della Repúbblica rijden, en afzetten voor Donnini, waar zij een laatste caffé corretto dronken. Bruno nam brandy, Simon sambuca.

Tot zover was er niets aan de hand.

Er werd niet veel meer gesproken, alles was al gezegd. Alles blonk bij Donnini. Wat niet van zilver was, was smetteloos geel en wit. Bruno en Simon raakten niet uitgekeken op enkele fraai uitgedoste exemplaren van de plaatselijke decadentia. Donnini was hun trefpunt. Het waren de meer gesettelde nichten, die daar toen nog bij elkaar kwamen. Ze verschenen zelden zonder hun vrouwen: vreemde, opzichtig opgedofte wezens, die onmiddellijk na binnenkomst als vissen op elkaar af schoten, en hun eigen taal leken te spreken. Veel bont. Lange jurken. De heren stonden er geen moment stil. Onder het felle licht draaiden zij zich onophoudelijk rond op hun spits geneusde schoenen met hoge hakken; met hun rusteloze, maar trefzekere ogen schenen zij steeds weer iemand anders te zoeken. Peperdure leren jasjes. Strakke broeken. Akelig precies stijfgekapt haar. Bruno en Simon begrepen niets van dit wereldje. Na een felgekleurd likeurtje of snel kopje koffie (kleine gebakjes, poedersuiker als stuifsneeuw op dure kleding) verdwenen zij weer, de gladde nichten van Florence, vrouwen bungelend aan hun arm.

Hun hotel was verderop. Het was nog vroeg toen ze de lift uit stapten, nog geen tien uur, maar van al dat gewroet in spelonken waren ze allebei zo moe dat ze besloten niet meer te lezen, en meteen te gaan slapen.

Goed, die dag had hij een gedicht geschreven, een zeer geslaagd gedicht nog wel, maar daar was geen huiveringwekkend inzicht aan voorafgegaan. Of op gevolgd. De volgende ochtend beweerde hij zelfs zeer sereen te hebben gedroomd – 'als een kleine jongen'. Zijn overleden moeder kwam erin voor... een hotelkamer in Venetië... uitzicht op het Lido... heiig boven zee... – *zacht gesnik uit een aangrenzende kamer.*

'Gesnik?' vroeg Simon slaperig. 'Zielig. Wie was het?'

'Dat is nu juist het gekke,' zei Bruno. 'Ik weet het niet. En toch heb ik het gevoel dat ik dat huilende wezen heel goed ken. Of gekend héb. Vroeger. Van zeer nabij.'

Bruno Tirlantino verliet het bed. Hij stond altijd een halfuur eerder op dan Simon – het kostte hem gemiddeld twintig minuten om zijn contactlenzen op hun plaats te krijgen.

'Had het een naam?'

'Nee.'

'Was het een *hij*?'

'Ja.'

'Wist je zijn naam maar.'

'Namen...' schamperde Bruno. 'À propos: die Bacchino waar jij zo gek op bent... Gisteren in de bibliotheek kwam ik nog een afbeelding van hem tegen. Een kopergravure. "Het zogenaamde Bacchusje" stond eronder.'

'Zogenaamd?'

'Ja. Il cosiddetto Bacchino. Net wat je zegt. Een pseudo-Bacchusje dus. Daar ga je met al je gedweep. Het was oorspronkelijk helemaal niet als een voorstelling van Bacchus bedoeld. Pas in de volksmond is het Bacchino gaan heten. Vanwege die wijnbuik natuurlijk. Het oude liedje. Het volk kiest altijd wat het meest voor de hand ligt.'

'Wat stelde het oorspronkelijk dan voor?'

'Een dwerg. Een hofnar. De hofnar van een van de Medici's. Van Cosimo, geloof ik. Wanstaltig in zijn soort. Indertijd de talk of the town natuurlijk, hier in Florence. Een gedrocht van jewelste. Morgante heette hij.'

'Morgante? Kom, kom. Morgante een dwerg? Dat maak je mij niet wijs. Morgante is de naam van een reus, dat weet ik zeker.'

'Natuurlijk! Natuurlijk! Maar wat is er nu aantrekkelijker voor de mens dan een dwerg te bedenken met de naam van een reus! Zeker als het ook nog een nar is... Maar zeg eens, over welke reus heb je het eigenlijk?'

'Die uit dat gedicht, je hebt het me zelf ooit voorgelezen. De naam van de dichter ben ik kwijt...'

'Pulci. Luigi Pulci. Hij schreef het voor de moeder van weer een andere Medici. Lorenzo, als ik me niet vergis.'

'Lorenzo il Magnifico. Wie heeft dat beeld trouwens gemaakt? Van Morgante, bedoel ik.'

'Een zekere Cioli. Hoogstwaarschijnlijk, dat zeg ik er eerlijk bij. Valerio Cioli. Van hem is ook die andere dwerg, die we in de Boboli gezien hebben: Pietro Barbino, dat slimme ventje, waarover ik je heb verteld.'

'En die schildpad, waar die Morgante op zit, wat heeft die te betekenen? Er zitten er ook een paar onder die obelisk daar, bij die badkuip. Kleintjes.'

'Weet niet. They call them magic tortoises. Cioli heeft Morgante willen uitbeelden als een soort Silenus...'

'Silenus?'

'Ja, Silenus – Bacchus' voogd. Of laten we zeggen... zijn hoeder. Begleiter, lees ik bij Nietzsche.'

'Dan bestaat er dus toch een link.'

'Ja, en zo krijgt het volk langs een omweg toch nog een beetje gelijk, met zijn Bacchino. Weet je dat ik nu al zin heb in een verse neus?'

'Onzin! We zouden tot vanavond wachten. Ik herinner me die Silenus eerder als een wijs man dan als een dwaas.'

'Dat ligt aan jou. Hij was beide. Een wijze *en* een dwaas. Toen koning Midas hem eindelijk te pakken had en hem vroeg wat nu eigenlijk het allervoortreffelijkste voor de mens was, weet je nog wat hij toen als antwoord gaf?'

'Ik dacht dat hij toen hardnekkig was blijven zwijgen.'

'Fout! Helemaal fout! Toe, Simon, wees eens lief, kom uit

bed, en doe de luiken open: ik heb een lens laten vallen. Hij moet op de grond gerold zijn. Ik kan me niet bewegen. Ik heb mijn schoenen al aan. Bovendien wil ik me zo dadelijk scheren. Het is te donker zo, met dat rozige licht. Wat heeft de directie toch met ons voor? Is dit een bruidsnachtsuite of zo? Nee, je hebt in zoverre gelijk dat hij eerst een hele poos is blijven zwijgen. Maar net toen je dacht: nu komt er niets meer, toen begon hij te lachen. Van dat echte demonische gelach. Hoongelach.'

Simon opende een voor een de ramen, en klapte de luiken naar buiten. De kamer stroomde vol licht. Fel, meedogenloos daglicht.

'En, wat had hij te zeggen?'

'Ah, hier ligt hij. Het allervoortreffelijkste, zei hij, is voor de mens tevens het onbereikbaarste: namelijk... nooit geboren te zijn.'

Tirlantino spoelde zijn lens schoon onder de kraan en balanceerde hem vervolgens op het puntje van zijn wijsvinger naar zijn oog, dat hij met de vingers van zijn andere hand wijd opengesperd hield. Hij hing met zijn gezicht boven de wasbak. Toen de lens pakte, knipperde hij een paar keer met zijn ogen. Hij traande.

'En het op één na voortreffelijkste...'

Hij richtte zich op en – toen hing daar plotseling die grijze kop in de spiegel.

'Simon...'

Hij draaide zich om.

'Bruno!'

Van de eerste schrik bekomen (Tirlantino had zich niet kunnen scheren: zijn handen wilden maar niet tot rust komen), hadden zij er eens flink de draak mee gestoken, met dat grijze haar.

'Het staat je wel,' had Simon gemeend. 'Deftig – hoe zal ik het zeggen: gedistingeerd.'

'Ja ja,' zei Bruno. 'Alles goed en wel, maar alles op zijn tijd. Ik ben net drieëndertig...'

'Drieëndertig! Wat wil je? Op die leeftijd begon Christus te lijden. Drieëndertig... Bijna al het "midden des levens", volgens Dante. Jij met je babyface... Wat dacht je: dat er nooit een eind aan kwam? Dat je de eeuwige jeugd had? Je mag dan sinds je achttiende geen dag ouder geworden zijn... maar zal ik jou eens wat vertellen, mannetje: je ware leeftijd laat zich gewoon niet verloochenen. Die ware leeftijd van jou heeft zich vijftien jaar lang misschien heel diep in je schuilgehouden, maar breekt nu mooi in enkele vlagen naar buiten! Zonder pardon. Nog enkele van die sabelhouwen, en je ligt geveld, dear fellow. God weet wat voor duivel je al die tijd voor de gek heeft willen houden. Misschien de spiegel zelf wel. God weet welke gek in het geniep je portret geschilderd heeft... Hier beneden, onder de arcaden, daar heeft een zekere Cooperis Dorian Gray ontmoet. In levenden lijve. Oud en vergrijsd en verarmd. Begin deze eeuw. Je bent gewaarschuwd.'

'Cooperis? Wie is Cooperis?'

'Cooperis. Van *Footsteps of Fate*. Een Hollands auteur.'

'Nooit van gehoord. Dorian Gray ontmoet... Zal wel gelogen zijn. Wat kan er nu voor goeds uit Holland komen? Uit Holland! *Nothing can be more disagreeable than that heap of dirt and mud and ditches and reeds, which they there call a country, except the silly collection of shells, and clipped evergreens, which they call a garden...*'

'Shakespeare?'

'Hume. Poor ol'fellow...'

'David Hume? Hoe kwam die in Holland terecht?'

'Op doorreis. Hij was met zijn neef. Een verre neef, een hele verre. James. Een luitenant-generaal. James St. Clair. Op weg naar Wenen waren ze. In verband met de Oostenrijkse Successieoorlog...'

'1740 tot 1748.'

'Braaf zo. Luitenant-generaal James St. Clair... In ieder geval was Hume zijn secretaris. Eerst naar Wenen, en dan naar Turijn. De vorstenhoven langs. Ze waren erop uitgestuurd om pressie uit te oefenen op de koning van Sardinië en die doorluchtige del van Oostenrijk. Hoe dat zat met de steun die ze Engeland hadden toegezegd in de oorlog met Frankrijk. Want daarom moesten ze over Holland. Frankrijk kwamen ze niet binnen. Onder geen beding. Via Hellevoetsluis liep de reis – dat zou ik weleens vertaald willen zien. En Breda, en Nijmegen. Ze konden hun lol op. James vond het er tochtiger dan in Londen, maar David liep de verkoudheid op. En hij had nog wel zijn warmste wollen pruik opgezet. Hoe dan ook, toen ze eenmaal in Turijn waren, kwam de vrede van Aken erdoor. Was het meteen gedaan met de bemiddeling. Daar stonden ze. Maar het had in ieder geval tot voordeel dat ze rechtstreeks over Frankrijk konden terugkeren. En niet over Holland. *Adieu canaux, canards, canaille!*'

'Maar daar kreeg hij het weer met Rousseau aan de stok.'

'Later pas. Veel later.'

De vergrijzing had doorgezet: Tirlantino was nu alweer een stuk grijzer dan bij zijn terugkeer uit Italië. De gespannen stilte duurde voort tot halverwege de yoghurt – tot aan het moment waarop Emily en Bruno precies tegelijkertijd iets wilden gaan zeggen. Zij bleven ook op hetzelfde moment weer in hun woorden steken, om elkaar voorrang te verlenen. Hun woorden haakten in elkaar en – de rest was gelach. Tirlantino mompelde iets over 'magische yoghurt', en Emily maakte van het ontspannen moment onmiddellijk misbruik door zijn gedicht over de 'magic tortoises' verminkt op te zeggen:

they call them magic yoghurts... etc.

Maar dit ontstemde hem zo zichtbaar dat zij er gauw mee ophield.

'Wat had je eigenlijk willen zeggen?' vroeg hij.

'Nee,' zei Emily. 'Eerst jij.'

'Ik eerst? Waarom? Waarom jij niet?'

'Jij bent de gastheer. Jij eerst.'

'Gastheer? Ik? Huisbaas, zul je bedoelen.'

'Níét van Attilio en mij. Voor óns ben je de gastheer. Vooruit, over de brug ermee.'

'Ik ben het vergeten.'

Wéér die stilte – nog tastbaarder nu. Die vervloekte yoghurt, niemand kon nog een hap door zijn keel krijgen. Iedereen keek naar Bruno, die in zijn yoghurt staarde. De rorschachtest van bessensap.

'Ik ben uitgenodigd,' zei hij ten slotte.

Uitgenodigd. Iedereen wist blijkbaar wat hij bedoelde. Stilte, zwijgen, alle lepels tot rust gekomen. Met een woest gebaar schoof Tirlantino zijn stoel achteruit en siste tussen zijn tanden. (Ik kon niet verstaan wat. Een vloek in zijn moedertaal?) Ik zag iets wits van zijn lippen op zijn broek spatten.

'Je bent immers hun vertegenwoordiger geweest in Brazilië,' opperde Simon, afwezig.

'En,' zei Emily, 'after all you're some kind of a marquis, aren't you?'

Weer was het even stil. Toen klonk het smartelijk: 'En mijn haar dan? Ze zullen denken... O, nee, ik ga niet. Beslist niet. Geen sprake van. I feel terribly embarrassed. Ik zou te veel coco nodig hebben om dat te overleven...'

Die avond zou er een kleine party worden gehouden voor een aantal studenten van Tirlantino: de afdeling Spaans. Gevierd werd het eenjarig bestaan van hun informele conversatiegroep. Na de maaltijd en de afwas ging iedereen druk in de weer met het bereiden van grote karaffen sangria. Mij lieten ze vruchten snijden. Tirlantino zelf mat de hoeveelheden likeur, sterkedrank en wijn tegen elkaar af. Sangria, mits niet te eenzijdig van samenstelling, heeft de naam een onverhoedse drank te zijn: hij verlamt eerst de benen en het onderlijf, maar laat de geest voorlopig ongemoeid – om dan langzaam het hart te overmeesteren, en pas veel later naar de slapen op te stijgen. Intussen kan men naar hartelust cocaïne snuiven, zonder deze onverzoenlijke elementen met elkaar in oorlog te brengen. Om de genodigde upper-middleclass-kinderen niet te shockeren, werd vooraf gesnoven. Emily haakte haar lepeltje af, maar Simon en Tirlantino zwoeren bij hun roze limonaderietjes. Ik nam van Thelma de bankbiljetmethode over. Gwennie deed niet mee (zij dacht aan haar kind) en de stille jongen gebruikte 'iets anders' – hij zei niet wat. Na deze 'fresh nose' sloeg de geladen stemming plotseling om en werd ongewoon luchtig. Nog voor de eerste gasten verschenen trippelden Simon en ik aan de hand van bedekte toespelingen en omgebogen citaten de hele Engelstalige poëzie van Keats tot Yeats door, op het puntje van onze tong, waarin hij duidelijk mijn meester was. Vanuit de coulissen begeleidde ons nu en dan enthousiast Bruno Tirlantino.

De studenten bleken voor het merendeel meisjes – een enkele bedeesde jongen. Er zou uitsluitend Spaans gesproken worden: daarom hadden wij, de anderstaligen, de mindertaligen, beloofd ons gedeisd te houden, zacht te spreken, en voor de sangria te zorgen. Spaans. Maar onder invloed van het een en ander was Emily al bij hun binnenkomst onstuitbaar aan het vertellen in een Engels dat niet alleen bij elke zinswending aan Oxfordglans verloor, maar ook steeds meer op het onvervalste Amerikaans van haar geboortegrond ging lijken: Texas. Zij had juist verteld hoe op kostschool ('tuchthuis', volgens haar) een meisje uit afgunst haar lange, donkere vlecht had afgeknipt, terwijl zij weerloos in bad zat. Eén onverhoedse uithaal met de schaar – en zij was haar hele trots kwijtgeraakt. Maar het was weer aangegroeid, want dit opgerakelde voorval rakelde onmiddellijk een soortgelijk voorval op, dat al niet minder te maken had met haar lange haren, en nóg een – in feite een hele reeks van voorvallen, die alle betrekking hadden op dat 'lange, lange' haar van haar: vlechten, knotten, paardenstaarten. De meeste waren haar overkomen op weg van Texas naar New York, een afstand die zij als elfjarig meisje liftend had afgelegd. In New York woonde haar pasgetrouwde zuster. Weggelopen van haar alcoholistische moeder (tequila), wilde zij zich door haar zuster de weg laten wijzen naar haar vader, die om dezelfde reden was uitgeweken naar Europa, naar Zweden, zoals later bleek. Haar haar was toen langer dan ooit, maar zij droeg het opgestoken met behulp van wat zij haar 'geheime wapen' noemde: een circa twaalf centimeter lange pin uit de huid van een zeldzaam soort stekelvarken. Hard, onbuigzaam en van een griezelige scherpte, en met de schutkleur van een gewone huishoudkam. Als de handelsreiziger of veeboer die haar een lift had aangeboden handtastelijk werd, trok zij vliegensvlug die pin uit haar kapsel en haalde daarmee uit naar zijn afgedwaalde hand. Eens, zo vertelde zij, was haar angel zó diep doorgedrongen dat zij de hand van de bestuurder aan haar eigen bovenbeen had vastgenageld. En met rappe gebaren haalde zij haar jurk op om ons trots haar kleine, paarse stigma te tonen – een speldenknop, meer niet. Natuurlijk kende ik het verhaal, maar wat mij nu pas dromerig stemde, dat was dat lange, lange haar van haar: hoe zij het in één beweging moet hebben losgegooid, hoe het over haar gezicht viel, haar oren, haar schouders, rug, jonge borsten, tot in haar schoot, en hoe vanachter dat gordijn, uit die dansende verwarring, haar gewapende hand te voorschijn schoot, en toestak... Of het de 'coco' was, de sangria... ik zag haar staan aan de kant van de weg, zojuist uit de zoveelste auto gestoten (een bebloede hand die het portier opent), maar triomferend: haar haren richten zich losjes op in de wind en voor zij de volgende auto aanhoudt heeft zij ze alweer opgestoken met haar schoongeveegde pin. Zij droeg het kort nu, en zij was werkelijk onstuitbaar, Emily, in haar verteltrant. Doorgaans was zij een lieve meid, die met iedereen goed kon opschieten. Er waren maar twee groepen van mensen waarmee zij níét overweg kon: rijke snobs en extreme marxisten. Voor hen hield zij altijd twee troeven achter de hand: ter wille van de snobs had zij van alle blikken en blikjes kaviaar die haar ooit onder ogen waren gekomen de prijs vergeleken en de etikettekst vanbuiten geleerd – en wat de andere partij betreft wist zij alles van de allerminst revolutionaire werken voor blokfluit en orkest die Karl Marx ooit schijnt te hebben gecomponeerd (zij speelde er zelfs stukjes uit voor). Met deze schamele eruditie wist zij enorm te woekeren. En nu, net op het punt te gaan vertellen hoe zij op haar zesde door haar broers voor de eerste keer was dronken gevoerd met tequila, werd zij prompt overstemd door de sectie Spaans. Ook hier zocht de sangria zich een weg omhoog. Tot nu toe was er beschaafd gediscussieerd over de isolatie van de Italiaanse vrouw, maar men begon luidruchtiger te worden. Met wat ik nog aan Spaans verstond uit mijn Barcelonese tijd hoorde ik nu plotseling een meisje op luide toon betogen over de verschillen tussen de Spaanse en Italiaanse taal: 'Het Italiaans is zoveel zoeter,' meende ze. 'Honingzoet. Melodieuzer ook. Maar dan het Spaans! O, God, het Spaans...!'

(Emily zweeg. Ik zag haar mond vertrekken.)

'Het Spaans!' ging ze door. 'Je kunt het droge stof van zo'n dorre vlakte op die tongen horen neerslaan. In hun kelen hoor ik uitgedroogd kreupelhout kraken. Hun tongen zijn van leer, je hoort ze tegen hun verdroogde gehemelte klappen. Woorden als zweepslagen! Korte zinnen, gebarsten zinnen... scherven...'

Maar hier begon zij over haar woorden te struikelen. Zij stapte mis en kon zich niet langer aan de spelregels houden.

'Oh, my God!' riep ze verschrikt. 'Die gemene wijn – my tongue already splits what it speaks. Ik geloof dat ik toch meer van Italiaans houd. Ja, ik houd beslist meer van Italiaans. Because... because it's so... so... so romantic!'

'Ah, piss off!' hoorde ik Emily op dat moment zeggen. En met een gilletje wendde de aangesprokene zich tot haar vriendin: 'Good heaven! Did you hear that, Maud? Oh, Bruno's got such rude friends!'

Maar zíj was het die vervolgens met een onbeheerst gebaar haar glas sangria over Emily's witte avondjurk stootte. Er ontstond een woordenstrijd (later zelfs een licht handgemeen), waardoor het feestje onherstelbaar aan flarden ging. Ook Tirlantino, die met de zoutpot tussen beide dames in sprong om Emily's wijnvlekken te bestrooien, kon niets meer goedmaken. Binnen twintig minuten waren alle gasten vertrokken. Om de nerveuze stilte, die nu voor de tweede keer die avond intrad, te bezweren, zette Thelma een plaat van Aïrto op: een Braziliaanse groep met een overdaad aan percussie. Ik zag Tirlantino nog een snuifje 'coco' nemen – en voor we het beseften, was iedereen aan het dansen: één lange, wervelende dans tot in het diepst van de nacht, op steeds dezelfde plaat: Aïrto. Het laatste beeld dat ik ervan behouden heb, is dit: Tirlantino, met tamboerijn, in trance dansend op een tafel, de ogen gesloten, zijn mond iets tussen een glimlach en een grijns. Ik ben op de grond in slaap gevallen – en na mij Emily.

Tirlantino zagen we de volgende dag pas weer: op televisie. Net toen ik voor zijn vorm van adel een nieuwe troon had ontdekt, verscheen hij op de beeldbuis, met al de tekenen van zijn waardigheid: zijn sieraden, zijn onaardse grijns: die van zijn stand én van zijn dichterschap. In Napels had ik hem zien staan, die troon van hem, aan de monding van een van die smalle straatjes van de Quartieri, op een hoek van de Via Toledo, nu Via Roma, waarvan hij de vorige avond nog zo boeiend had weten te vertellen dat Stendhal het 'de drukste en vrolijkste straat van het gehele universum' vond. Het was de hoogpotige stoel van een Napolitaanse schoenpoetser, waarop ik hem had laten plaatsnemen – met van die malle voetsteuntjes. Een vervallen regisseursstoel was het, verveloos, naamloos, maar met een op de leuning gemonteerde parasol; driekleurig nog wel, en met franje. Daarop kon hij zich voor 500 lire minutenlang de koning te rijk voelen, Bruno Tirlantino. Met drie, vier verschillende borstels werd hij bewerkt – een oude tandenborstel voor de kieren.

'Senza colore,' heeft de heer bevolen. Hij houdt zijn broekspijpen op. Aan zijn voeten knielt de oude schoenpoetser en buigt nederig het hoofd met de roodwollen schippersmuts. Hij draagt wollen handschoenen.

'Tegen de koude?' klinkt het vanboven.

'Tegen de smeerpoets.'

Een collega die langskomt geeft hij geen hand, maar een pink, een pink in de holte van zijn hand – en inderdaad: het is het enige onbesmeurde deel van de handschoen. Zijn neus zweert van weer en wind en ouderdom. Lappen, een drijfriem. Ondertussen praat hij honderduit. Hij citeert Dante over de maan en vergelijkt hem met de maan die nu door mensen is betreden. En kardinaal Alfrink mag dan wel de leider van de progressieve katholieke kerk zijn, het christendom heeft meer misdaden op zijn geweten dan het communisme, ook al zijn die niet weg te cijferen. En koningin Juliana is geen koningin, maar een moeder. Alstublieft, mijnheer. En Bruno Tirlantino kon opstaan en verdergaan. Het zonlicht sprong nu in zilveren banen van zijn ene schoenpunt naar de andere. Feilloos schopte hij het bij beetjes terug de blauwe hemel in, tot het stof weer op zijn schoenen neersloeg, nog voor hij het Piazza Dante had bereikt... Toen ik wakker werd merkte ik dat iemand een tafelkleed over me heen had gelegd; het was het kleed dat Bruno van tafel had gedanst. Verderop lag Emily. Onbedekt. Bevlekt en gepekeld in haar witte jurk. Van de andere bewoners geen spoor. Koppijn, koppijn. Ik kroop naar Emily, schudde haar schouder. Zij kreunde en vroeg hoe laat het was. Ik kon haar geen antwoord geven. In de keuken probeerde ik me voorzichtig te wassen, me steeds oprichtend om het bonzen aan mijn slapen te laten bedaren. Sangria. In de kamer hoorde ik Emily rondscharrelen. Zij leek knoppen om te draaien, of toetsen in te drukken. Geklik, geruis, gepiep, gebrom – en toen was daar plotseling de harde, metalige stem van een omroeper of verslaggever. De radio? *De televisie*. De rechtstreekse uitzending van de huwelijksplechtigheid bleek net begonnen. Voorhoofd betten, tandenpoetsen, voorhoofd betten – door de openstaande tussendeur ving ik er af en toe een glimp van op. Emily zat in ondergoed op haar knieën voor het toestel. Op een moment dat ik niet keek, hoorde ik haar Tirlantino's naam roepen.

'Bruno!'

Het was of zij hem riep. – Aan het raam? Onderaan de trap? Maar toen riep ze míj.

'Attilio! Look! It's him! It's Bruno!'

Maar toen ik de kamer in liep, was hij verdwenen. In beeld waren de gasten die hun auto's verlieten voor de ingang van de kerk. Van Tirlantino geen spoor.

'Ach, welnee,' zei ik. 'Je bent gek. Die ligt immers boven in diepe slaap. Half bewusteloos, wie weet. Je hebt hem gisteren toch bezig gezien! Je gelooft toch niet... En bovendien, hij zou niet gaan. Daar was hij absoluut zeker van. Die grijze kop... je weet wat ik bedoel. Je moet je vergist hebben.'

'Nee, nee, nee. Ik weet het zeker. Hij is in het voorportaal verdwenen. Ik zag hem uit de auto stappen. I'm sure. Het was een auto van het Portugese consulaat. Ik ken dat model.'

Op dat moment werd overgeschakeld naar de camera die binnen stond opgesteld. De deuren zwaaiden open en twee aan twee betraden de leden van het gezelschap de kerk, de voornaamste personen voorop. Langzaam stroomden de banken vol. Nog steeds geen Tirlantino.

'Fuck!' zei Emily. 'Waar blijft hij nu? Misschien is hem de toegang ontzegd. Je weet nooit. Hij heeft vast een heleboel coco genomen.'

Toen kwam, achter een rijzig paar, een klein en tenger heerschap de ruimte binnen, fonkelend als een kroonluchter.

'Bruno!' riep Emily. Hij was het echt.

Hij was zonder gezelschapsdame, en niet in rok. Hij droeg een jasje van moderne snit en daaronder een van zijn hawaïshirts met losgeknoopte boord, zonder das. Maar zijn schouders en zijn borst waren overdekt met een wirwar aan sieraden: grote edelstenen, onderling verbonden door twee, drie, vierdubbele strengen kleinere stenen. Hij ving het licht. In de waan hier met een uiterst belangrijke gast te doen te hebben, zoemde onmiddellijk de camera op hem in en liet hem niet meer los. Pas nu viel ons zijn gedaantewisseling op: hij was niet langer grijs.

'Zijn haar!' riep Emily uit. 'Hij heeft zijn haar geverfd! The bastard!'

De camera volgde hem door het middenpad en tussen de banken door op weg naar zijn plaats. Er was geen verslaggeversstem op dat moment, enkel een nadrukkelijk schuifelende, kuchende stilte.

'You see his grin? Dat doet de coco.'

Inderdaad zag ik hem enigszins ontstegen in het rond grijnzen, en met dezelfde grijns knikte hij de dame toe naast wie hij had plaatsgenomen: prinses Gracia van Monaco. Zij knikte terug en glimlachte, waarop Tirlantino haar wel een minuut lang van ter zijde bleef aangrijnzen. Voor het altaar werd inmiddels het huwelijk voltrokken aan de prinses en haar manegeknecht: een 'mariage hippique' – de term was van Bruno. Steeds als de camera van het bruidspaar afdwaalde langs de rijen toeschouwers, bleef zijn oog aan de flonkerende Tirlantino hangen, die niet langer grijnsde, maar nerveus in het rond keek.

'Het is weer zover,' zei Emily. 'Het begint uitgewerkt te raken. Of hij heeft te veel genomen. Dat kan ook.'

Bij de zoveelste close-up waren de sieraden plotseling verdwenen. De camera scheen te aarzelen, als zocht hij iets. Zo vingen wij nog net een glimp op van het grote, glinsterende kluwen, dat nu tussen Bruno's handen in zijn schoot rustte; op zijn gezicht een brede, rustige glimlach.

Na afloop van de plechtigheid bleef Tirlantino nog wat natreuzelen op zijn plaats. Hij was al een paar keer opgestaan, maar ook weer gaan zitten, nog steeds met die vreemde bal in zijn handen. Hij kon er blijkbaar niet toe komen weg te gaan. De camera, de menigte in de rug vooruitduwend, zwenkte steeds naar hem terug. Een volledige closeup liet zien dat hij zich steeds opnieuw aarzelend over een voorwerp boog, dat prinses Gracia daar had achtergelaten (zij bevond zich al bij de uitgang) – iets van bont: een muts of opgerolde stola of iets dergelijks. Ook nu zweeg de verslaggever. De echoënde stilte was luider nu en werd, met het heen en weer springen van de opnamen, af en toe afgewisseld door geluiden van buiten: stemmen, dichtslaande autoportieren. Nog eens keek Tirlantino behoedzaam om zich heen, nam toen het ding op, stopte er snel de sieraden in en stak er aan beide kanten zijn handen in: het was een mof. Zo, met de weggemoffelde tekenen van zijn waardigheid, verliet hij met snelle passen de kerk, breeduit grijnzend, geschaduwd door de camera.

'O! Did you see that! Did you see that!'

Toen ik tegen middernacht die avond mijn tanden wilde gaan poetsen, de deur van de badkamer openduwde en het licht aandeed, deed ik het onmiddellijk weer uit. Op mijn netvlies bleef nog even hangen wat ik in die halve seconde gezien had: Tirlantino in bad met al zijn sieraden over zijn blote lijf. Those ugly and yet beautiful things. Hij hield zijn arm gestrekt, zijn hand in een afwerend gebaar naar het licht, de andere hand beschermend voor de ogen, de palmen naar buiten gekeerd. Saulus ten naaste bij reeds Paulus. Ook meende ik een veeg bloed gezien te hebben. Ik verontschuldigde me.

'Wat voor stenen zijn het eigenlijk?' vroeg ik haastig, om maar wat te zeggen.

Hij gaf geen antwoord. Daardoor, maar vooral ook door het bloed, vond ik het plotseling gênant om meteen weer weg te gaan. Het was geen volledig duister dat inviel na het omdraaien van de knop. Het had iets flakkerends, als de schemering bij een verborgen kaarsvlam op de tocht. Maar de zachte warmte van kaarslicht ontbrak hier; deze schemering was kil, blauwachtig, doods. Toen ik een stap voorwaarts wilde doen, raakte ik iets, iets wat aanvoelde als een dunne, lichtmetalen pin, die meeboog. Ik schrok. Bij mijn volgende stap achterwaarts zwiepte het ding terug en tikte mij zacht in het gezicht. Wat voor web hing hier? Pas toen mijn ogen zich geheel aan het duister hadden gewend, viel mij op de rand van het bad, aan het voeteneind, een klein, draagbaar tv-toestel op. Het stond ingeschakeld, maar er was geen geluid. De antennes staken als voelsprieten het donker in. Ik bevond mij áchter het toestel, het beeld was naar Tirlantino gericht. Ik zag het ozonblauwe licht over hem heen dwarrelen: over zijn gezicht, zijn bovenlijf, zijn sieraden. Het *besprong* hem, steeds als het beeld wisselde. Hij zat roerloos in bad, ik hoorde geen geluid van water. Zijn huid was bleek als die van een lijk, in dit licht. Nu zag ik pas hoe tenger hij eigenlijk was, hoe weerloos. Tenger en weerloos als een knaap. Maar op zijn schouders en armen en tussen de juwelen op zijn borst zag ik het gitzwarte haar van een volwassen man. Het televisielicht streek flakkerend langs de witte tegels, de handdoeken en de spiegels. Ik probeerde uit te rekenen wat er zo laat nog op het scherm kon zijn: het slot van een film, of het late journaal?

'Die stenen van je...' begon ik weer.

'Ssht!' deed Bruno. Met veel geklater boog hij zich voorover naar het toestel en verschoof een knopje.

'...some person,' klonk plotseling, ijl en blikachtig, de stem van de omroeper. 'But it must be *someone*!'

Een samenvatting van de huwelijksplechtigheid. Akelig gegrinnik van Tirlantino. Ik keek over het toestel heen op hem neer en probeerde me te herinneren wat hij nu zag. Als inderdaad te zien was wat wij die ochtend gezien hadden, dan zag ik nu zijn eigen filmbeelden op hem terugflitsen. Over zijn gezicht en door de wirwar van colliers op zijn borst flitsten ze; ze bleven hangen aan de druppels op zijn schouders. Elkaar verdringend schoven ze in spiegelbeeld over het water, waarin flauwtjes zijn onderlijf schemerde (hij had geen badschuim gebruikt): de breekbare taille, de donkere vlek onder zijn buik, de dunne benen... Onherkenbaar tot indrukken verknipt moest hij zichzelf nu terugzien, maar halverwege de samenvatting kwam plotseling Simon binnengestormd.

'Bruno! Listen!'

Opnieuw ging het licht aan en onmiddellijk weer uit. Ik had nu duidelijk gezien dat Tirlantino uit een van zijn neusgaten bloedde: de 'coco' was bezig zijn neus te verwoesten. Het bloed lag donkerrood op zijn bovenlip. In een dun, waterig straaltje sijpelde het via zijn mondhoek langs zijn kin en hals omlaag en verdween tussen de edelstenen. Dof had ik zijn geverfde haar zien glanzen, dof als pek. En vlammend, blond, helblauw, bezield had Simon in het volle licht gestaan. Maar ook nu, in de kilblauwe onderwereldschemering, kreeg het flakkerende dodenlicht geen vat op hem. Hij was jong.

'Bruno! Luister! Het is me gelukt! Nu heb ik écht een gedicht geschreven. Geen bullshit deze keer. Nee, echt – dit móét je horen. Het heet "*Sancho and his Master's Answer*".'

'Please, Simon,' hoorde ik Tirlantino vermoeid mompelen. 'Ask me not... this late... to renounce this folly... please...'

Maar in zijn enthousiasme hoorde Simon het niet eens.

'"Sancho and his Master's Answer" heet het voorlopig,' herhaalde hij. 'Het antwoord van Don Quichot heb ik nog niet rond. Het wringt nog. Maar het Sancho-gedeelte is grandioos. Luister zelf maar.'

Hij knielde met zijn map bij de tv neer, die het weer van morgen gaf ('kans op mist').

'Christ! Het is nat hier.'

Hij trok zijn knie weer op, maar bleef gehurkt zitten en begon ongeduldig in zijn papieren te bladeren. Intussen wenste een omroepster ons goedenacht. Even was het stil. Het geflakker kwam tot rust en verstarde tot testbeeld. Toen begon een sloom muziekje te spelen. Tirlantino zat roerloos rechtop in bad. Over het pantser dat zijn borst bedekte, lag nu een kalme glinstering. Getwinkel van sterren in de sneeuwnacht. Blauwig viel het schijnsel op het witte papier in Simons handen. Hij had gevonden wat hij zocht. Zonder te beseffen dat de meester het antwoord al mompelend gegeven had, begon hij hem met heldere stem zijn monoloog van Sancho Panza voor te lezen. Hij was nog niet begonnen, of de muziek hield op. De tv gaf een pieptoon en begon luid ruisend te sneeuwen. Simon verhief zijn stem. In het nerveus dansende grijze licht dat nu de badkamer vulde, zag ik duidelijk hoe Tirlantino onophoudelijk met zijn tong het gestaag druppelende bloed opving. Het leek zwart in dit licht. 'Coco-coco'. Aan het slot van de monoloog gekomen, richtte Simon zich langzaam op en zonder nog op het papier te kijken, zijn ogen strak op Tirlantino gericht, sprak hij plechtig en met nadruk de laatste woorden uit: '*How to proceed, master...? To retreat...? Or return...?*'

Een gondel in de Herengracht

'Emma Rosa, mama. Honderd trouwringen en geen Emma Rosa. De bijl, mama, de bijl in de kast viel om. Tussen de roze glazen. Alles kapot. En de foto's vielen om. En oom Lood deed haar ogen dicht. En hun boot, mama, hun boot vaarde zo mooi in de gracht! Maar ze kregen ruzie en toen brak... Gisteren is mijn zweer opengegaan, toen ik onder zi'Gino sliep. Hij bewoog in zijn slaap, nee, we speelden dat we sliepen. Ik droomde, ik speelde dat ik droomde dat ze op de zon schoten. Waarom schieten mannen op de zon, mama, waarom...? En wat is dat voor iemand die bij alles wat ze *ziet* iets moet *doen*? Of er nog peer in zat, vroeg ze. Peer, mama, toen de peer allang op was. Zijn handen bloedden. De korst is eraf. Ik heb gebloed en ik heb gehuild. De groene zalf is zo koel, de vingers van Ornella... Er is hier niemand die mij voorleest, maar het donkere bier van Amsterdam is lekkerder dan de wijn bij oma Santini. Van een zwadesasmeester, mama, en van ruimnoblesserag. En van trarinkelbommen en eedgenoottranen. Zo mooi, mama, zo mooi. Maar wat noeneringreesta is, weet ik niet. Ze laat alles vallen tot het van goud is. En zi'Gino ook. Iets sigaretachtigs. Is... is hij er nog? De slang, mama, de slang moet je weggooien. Dan kom ik terug.'

Een bamboeslang en een jamlepel

Het begint met eiervergiftiging, het eindigt met maagzweren. Geen maagzweer – maag*zweren*, hebben de artsen gediagnosticeerd. Eerst de legerarts, en nu de scheepsarts weer. Die vergiftiging was de eerste tegenslag na een onbezorgde begintijd. Toen we er zo'n tweeënhalf jaar geleden voet aan wal zetten, bleek er weinig urgents te doen. Het was afwachten geblazen. Uit verveling roofden we af en toe een Engelse legerauto leeg. Eerder een spelletje dan wat anders. Levensmiddelen, uniformen, gereedschappen – allemaal troep waar we, behalve met de sigaretten, eigenlijk niets mee konden doen: onze superieuren mochten er geen lucht van krijgen. We verborgen of begroeven het zaakje, en vergaten het. Pure verveling. Voor de rest doodden we de tijd met eten en drinken; met vrijen waren we nog wat voorzichtig. We dronken voornamelijk rode port, spotgoedkoop geïmporteerd uit of via Engeland. Cognac werd alleen gebruikt om in combinatie met de oranje dooiers van eendeneieren advocaat te maken. Oranje advocaat. Eendeneieren genoeg – in overvloed zelfs, veel te veel, *moordend* veel. Voor wie net de oorlog achter de rug had (en wie van ons had dat niet; we hadden er bovendien nog een voor de boeg) was het ook ál te verleidelijk; we verzwolgen ze bij tientallen: tot spiegeleieren of omeletten gebakken, hardgekookt, zachtgekookt, rauw – en tot advocaat verwerkt. Tien tot twaalf eendeneieren per man per dag was heel normaal. Tot er slachtoffers vielen. Ik was de tweede of de derde van mijn afdeling die met eiervergiftiging in het hospitaal kwam te liggen. Míj hield het gif hardnekkig lang aan mijn bed gekluisterd. Toen ik ontslagen werd, waren mijn kameraden inmiddels stuk voor stuk ingezet in de rimboe. (Zo van: 'ik ken hem niet, hij mij niet – vuren maar'.) Ik kreeg de opdracht zo gauw mogelijk mijn vrachtwagenrijbewijs te halen. Snel van begrip en reactievermogen als ik toen nog was, had ik het binnen enkele weken voor elkaar. Voortaan was ik als chauffeur verbonden aan de radiostudio waar programma's voor militairen werden opgenomen. Af en aan rijdend tussen vliegveld en studio vervoerde ik in de loop van de tijd tal van belangrijke personen: sprekers en zangeressen uit het vaderland, maar ook hooggeplaatste militairen die voor de microfoon hun opwachting kwamen maken. In de bestuurderscabine hield ik een zelfgetemde tamme klapperrat, die zich meestal onder de zitbanken verschool, maar vooral de dames soms danig de stuipen op het lijf wist te jagen. Ondanks die klapperrat – juist dankzij mijn chauffeurspositie – zat ik voor een gewoon soldaat buitengewoon goed in de vrouwelijke relaties. Waar mijn vrienden het met inlandse baboes moesten stellen, kreeg ik de blanke vrouwen als het ware uit het vaderland *overgevlogen.* En waar zij eenzaam onder hun klamboes lagen, lag ik met een langwerpig zweetkussen tussen de benen en een revuemeisje naast me in een groot bed in een van de villa's buiten de stad van tijdelijk of voorgoed gerepatrieerde exkoloniale families. Soms was er een badhuisje in de tuin, met een glazen koepel. Op een keer heb ik er 's ochtends een brunette uit moeten ontzetten, die niet meer naar buiten durfde. Zij had zich met gesloten ogen behaaglijk achterover in bad liggen koesteren in het zonlicht, dat warm door de glazen koepel scheen, toen zij plotseling een schaduw over zich heen voelde glijden. Vanaf dat moment kreeg zij in toenemende mate de indruk dat zij op de een of andere manier bespied werd. Zij sloeg haar ogen op en het eerste dat ze zag was een ‘grillige, kruisvormige schaduw’ op de tegelvloer van het badhuisje – ‘als van een Christusbeeld’. Nog sterker dan voorheen waande zij zich nu bespied. Zij durfde niet op of om te kijken. Zij bleef maar naar die schaduw staren en zich inprenten dat het ‘niets voorstelde’. Tot er iets aan begon te bewegen: iets langs en duns. Met een schreeuw keek ze omhoog. Met zijwaarts gestrekte armen en samengevoegde benen lag daar een *aap* de diepte in te kijken. Roerloos. Het enige dat bewoog was zijn staart. Het leek of hij de koepel omklemd hield. Zijn gezicht zat monstrueus vervormd tegen het glas gedrukt. Na haar schreeuw bleef hij nog even zo liggen. Toen sprong hij op en begon heftig naar haar te gesticuleren. Instinctief legde zij haar linkerhand over haar buik, en haar rechterhand op haar linkerschouder om met haar bovenarm haar borsten te bedekken. De aap maakte een rondedansje over de koepel en stond toen weer stil. Hij wreef over zijn gezicht en legde net als zij een hand over zijn buik. Vervolgens ging hij, behaaglijk leunend op zijn elleboog, languit op zijn linkerzij liggen. De brunette fixerend begon hij zich even later met een verzaligde glimlach af te trekken.

In een soortgelijke tuin, maar dan zonder badhuisje, herinner ik me aan de rand van een vijver een hemelsblauwe kinderwagen te hebben zien staan. Hij hing vol roze en blauwe linten en strikken, en was schaars bespat met het zonlicht dat door een dicht bladerdak heen sijpelde. Waar en bij wie het was, ben ik vergeten: de familie stond op vertrekken. Hoe gewichtloos ze ook leken, die linten, het was zo'n zinderend windstille dag dat ze onbewogen omlaag hingen. Van tijd tot tijd bewoog er iets in de vijver: de rug van een krokodil, waarvan dan een vogel opvloog, en op een volgende weer neerstreek, tot ook die weer bewoog. Soms kroop er een traag tegen de kant op, en ging in de zon liggen, of in de schaduwstrook waar ook de kinderwagen stond. Roerloos lagen ze. Aan de duwstang van de kinderwagen was met een eenvoudige knoop een pluizig wit koord bevestigd, dat over een afstand van een kleine tien meter laag boven het gras de oever van de vijver langs voerde, en eindigde om de pols van een gebruinde hand links van mij. Op gezette tijden wond het koord zich om de hand, en liet zich een ruk geven. Onder het met Franse lelietjes ingeweven muskietengaas dat de kinderwagen afdekte, begonnen dan onmiddellijk in allerlei toonaarden glasheldere belletjes te klingelen – tot de baby zijn gekir hervatte. Toen de hand lange tijd lusteloos in een schoot had gelegen, werd de absolute stilte plotsklaps verbroken door iets wat rammelend uit de kinderwagen viel. Het kwam eerst op het verchroomde spatbord van het hoge achterwiel terecht, en rolde toen nog een meter of anderhalf door in de richting van de krokodil die op dat moment verderop in de schaduw lag te dutten. Verschrikt sprong hij op en sneller dan je van die korte poten zou verwachten, rende hij naar de oever van de vijver, waar hij zich zonder plonzen het water in liet glijden.

'Als ze zich maar op tijd kunnen volvreten,' klonk een stem, begeleid door getingel van ijs in een glas in een hand. 'Dan laten ze zich desnoods door een rammelaar intimideren.'

Ik had mij na de eiervergiftiging uitstekend hersteld. Enthousiast manoeuvreerde ik mijn truck door het centrum van de stad. Nerveus werd ik pas van een moord die ik van nabij zag plegen. Ondanks mijn lage militaire rang had ik als chauffeur toegang tot de officierssociëteit, die op een heuvel aan de rand van de stad lag. Niet officieel, maar ik moest er zo vaak iemand ophalen dat ik automatisch werd toegelaten. Niemand die me terechtwees als ik alleen maar wat te drinken bestelde. Ik kwam er ten slotte zo vaak dat ik volledig op de hoogte begon te raken van de grotere en kleinere vetes in officierskringen. Vetes waarvan soms iets in mijn cabine bleef weergalmen, als ik een van de twistende partijen, nooit allebei tegelijk, ergens had afgeleverd. Drank doet het hart luchten, zelfs tegen chauffeurs. Van een bepaalde vete tussen twee hoge pieten was ik wel érg goed op de hoogte: ik kreeg ze zeer regelmatig, om en om, in de wagen. Waar het om ging – het moet iets van het grootste gewicht zijn geweest – ben ik volledig vergeten: de shock die het gevolg veroorzaakte, heeft de oorzaak uit mijn herinnering gewist. Zeker is dat ik op een dag, omstreeks het middaguur, in die sociëteit een Hollandse krant zat te lezen. Het was niet druk, maar onder de weinige aanwezigen bevond zich in ieder geval één van de polen van het grote meningsverschil. Ik zat op hem te wachten. Hij moest ergens heen, waar hij nooit is aangeland. Zijn laatste tocht geschiedde met een andere wagen. De krant was al een paar dagen oud: ik las oud nieuws. Maar in wat er momenteel *buiten* dat vergeelde kamerscherm stond te gebeuren, snelde het laatste nieuws mij nog ongeschied tegemoet. Ik schrok op van een schot; de krant plotseling een verward ineengeslagen vod in mijn schoot. Een spiegel of een glas – er was iets op of achter de bar geraakt. In de deuropening stond de tegenstander uit eigen gelederen van de persoon die ik zou wegbrengen. Hij zag er onberispelijk uit: geperst en opgepoetst uniform, het haar keurig in de scheiding gekamd. Hoewel hij maar één holster droeg, had hij in elke hand een pistool, zoals je dat alleen nog in bepaalde westerns ziet. Het tweede geleend zeker. Mijn man zat lijkbleek aan zijn tafeltje, de handen met gespreide vingers ter weerszijden van het glas waaruit hij whisky had zitten drinken. Wie goed keek, zag dat hij zich met die handen ópdrukte; hoewel zijn lichaam de zithouding handhaafde, bestond er geen direct contact meer met de stoel. Even leek het erop of de belager zijn tegenstander een van beide pistolen wilde *aanbieden*, waardoor het tafereel de schijn van een ouderwets duel zou hebben gekregen. Maar als hij dat al van plan was geweest – hij kreeg er eenvoudig de kans niet voor. Met twee enorme stappen was de bedreigde bij het open raam en verdween met een sprong over de vensterbank uit het zicht. Wát de ander aanvankelijk ook van plan geweest mag zijn, het was of deze vlucht zijn bloeddorst pas goed wekte. Hij rende naar het raam en vuurde enkele schoten af. Vervolgens stapte ook hij over de vensterbank, daarmee voor ons, evenals de ander, geheel uit het zicht verdwijnend. Nog enkele schoten. Toen de barman en ik, onmiddellijk gevolgd door de overgebleven bezoekers, op het raam waren toe gerend, zagen we de gevluchte officier met zijn armen om zijn hoofd allerkomiekst de heuvel af buitelen. De ander beende er met grote stappen in een niet te stuiten vaart achteraan, de pistolen beurtelings opheffend en op zijn kopjeduikelende slachtoffer afvurend. Het tafereel bood een dermate koddige en speelse aanblik dat tot geen van ons toeschouwers de ernst van de situatie wilde doordringen. Een van ons begon zelfs te grinniken: misschien ik wel. Ook van wat er tijdens de schermutseling bergafwaarts over en weer zoal nog geroepen werd, is mij geen woord bijgebleven. Het klonk als een op de spits gedreven woordenwisseling tussen twee aangeschoten studenten. Aan de voet van de heuvel bleef het slachtoffer pas bewegingloos liggen, toen beide pistolen tot op de laatste kogel waren leeggevuurd. De moordenaar deed geen enkele poging tot vluchten of zelfs maar om zijn daad te verbergen. Toen de MP ten tonele verscheen stond hij daar nog net zo: ongekreukt, onkreukbaar, alsof hij, met twee pistolen in de hand, over het stoffelijk overschot stond te *waken*. De reden van zijn daad zou van dien aard geweest kunnen zijn dat hij tot en met het laatste schot dacht volledig in zijn recht te staan. Hij werd hoe dan ook voor de krijgsraad gesleept en na een voorlopige veroordeling op transport gesteld naar Holland – toevalligerwijs tegelijk met mij. Toen ons schip, De Waterman, enkele dagen geleden bij Port Saïd voor anker ging, is hij 's nachts overboord gesprongen met de bedoeling naar land te zwemmen. In de wandelgangen van het schip wordt steeds nadrukkelijker gefluisterd dat hij van plan zou zijn aan te monsteren bij het Egyptische leger om daar een nieuwe militaire carrière op te bouwen. Toen de volgende dag voorbereidingen werden getroffen het anker weer te lichten, werd het schip plotseling omzwermd door de kleine bootjes van Egyptische kooplui. Waar ik over de reling hing, hield pal beneden mij een man een kleed uitgevouwen van het soort waarop doorgaans hertenfamilies in herfstige landschappen staan afgebeeld. Ik kon van zo grote hoogte niet zien of mijn veronderstelling juist was, maar de kleurencombinatie beviel me en ik maakte alvast een vragend gebaar aangaande de prijs. Geen enkele buitenlandse vlag brengt hen in verlegenheid. Ze houden alle koersen bij, en weten hun vraagprijs feilloos om te rekenen in vreemde valuta. Hij stak tien vingers op, vervolgens vijf, wat niet anders dan 'vijftien gulden' kon betekenen. Ik stak er acht op, en toen hij er vervolgens twaalf opstak, aarzelde ik niet langer, stopte een tientje in mijn tas en liet hem zakken aan het touw dat ik voor de gelegenheid door de hengsels had gehaald. Bij het ophalen bleek de tas *twee* ineengerolde kleedjes te bevatten: het ene voorstellende de drie piramides van Gizeh, met een sfinx op de voorgrond, het andere de trappiramide van koning Zoser, omkaderd met flarden spijkerschrift. Een vergissing natuurlijk – en toch kan ik niet nalaten die extra vangst te associëren met het plotselinge verdwijnen overboord van de omstreden moordenaar, tegen wie ik voor de krijgsraad nog als getuige heb moeten optreden.

We varen nu aan Malta voorbij. Verderop ligt Sicilië. 'Hier scheiden onze wegen,' zeurt het in mijn hoofd. In dezelfde ruimte, maar in verschillende tijden: toen, nu – er ligt zo'n vier jaar tussen. Sicilië: hier splitsen zich onze wegen, maar ze voeren allebei naar Amsterdam. De mijne van de gordel van smaragd naar de grachtengordel waar ik haar heb leren kennen. De hare...

Ornella.

Ze kwam helemaal uit Praag, die tot oorlogsstad verduisterde stad van goud, waar ze de gewonden van het oostfront had verpleegd. Helemaal naar Sicilië kwam ze, om er haar broer te zoeken, die na de slag bij Messina als vermist was opgegeven. Ze had maar een enkele aanwijzing: een of ander klooster. Verder leek de onderneming hopeloos en bij voorbaat tot mislukken gedoemd. Het klooster bleek niet eens meer te bestaan: in de strijd met de grond gelijkgemaakt, of een kwarteeuw tevoren al afgebroken – niemand kon het haar precies zeggen. Een onpartijdige Florence Nightingale, die haar gewonden kwam zoeken op niet-bestaande plaatsen. Ze *verzon*, zo leek het wel. Inmiddels begon ze steeds zichtbaarder zwanger te raken van een officier in Duitse dienst die ze in Praag verpleegd had. Een Hollander. Hij had een kogel in zijn kop van het oostfront en was zolang hij haar gekend had blind geweest. De verwekking schijnt te hebben plaatsgevonden onder dermate onuitsprekelijk bizarre omstandigheden dat ze me het relaas tot op de dag van vandaag schuldig is gebleven. Ik zal er bij terugkomst nog eens met klem naar informeren; of misschien is het ook maar beter dat ik er helemaal onkundig van blijf. Zeker is in ieder geval dat ze door die bizarre omstandigheden haar ontslag als verpleegster kreeg. (Daar zal in díé dagen meer voor nodig zijn geweest dan de sprong van een klapperrat door een open portierraam. Ze *verpleegde* de rat die op het punt stond het zinkende schip te verlaten.) Verloor ze hem door dat ontslag al zo goed als uit het oog, definitief gebeurde dat pas toen ze korte tijd later op eigen houtje haar reis naar Sicilië ondernam. Wegens gebrekkig of stilliggend treinverkeer ging ze in Messina scheep op een vrachtboot met twijfelachtige passagiersaccommodatie, die naar Genua moest. 'Hier scheiden onze wegen.' Er stond een hoge zee. Dubbele deining voor het kind. Een binnenzee in een binnenzee. Zo volgde zij in omgekeerde richting de route die Columbus voer voordat hij zijn ontdekkingsreis op Amerika begon. Van Genua naar Messina: de korte reis die Nietzsche hem een kleine vier eeuwen later in geestesvervoering dacht te moeten nadoen, toen hij op het punt stond de definitieve versie van zijn leer van de *Ewige Wiederkehr* te ontdekken. Ze hebben hem in Messina doodziek aan land moeten dragen, en dat voor een binnenzeetje. Hij die, naar eigen zeggen, op jeugdige leeftijd 'als een matroos' zo stevig op zijn benen stond wanneer hij sterkedrank ophad, moest op rijpe leeftijd als een beschonkene in bed worden gelegd toen hij een paar dagen volkomen nuchter naast de stuurman op de brug had gestaan. In Genua kreeg Ornella na omslachtig navragen te horen dat haar officier kort na haar vertrek het ziekenhuis verlaten had en aan het zwerven was geslagen. Toen de oorlog zijn laatste dagen beleefde, had hij via het Vaticaan ('mijn arme Duitse kinderen') naar Zuid-Amerika willen uitwijken. Men veinsde echter niets voor hem te kunnen doen: zijn geval was niet zwaar genoeg; er waren zwaardere die voorgingen. Maar misschien was er alleen rancune in het spel, omdat zijn vlucht uit het ziekenhuis in feite als desertie gold. Waar hij nu was, wist ze niet. Had ze aanvankelijk willen terugkeren naar Praag, nu besloot ze naar Holland te reizen en contact met zijn familie op te nemen. De reis naar Holland hield zoveel onderbrekingen in dat ze er hoogzwanger aankwam. Van zijn familie, of wat ervan over was, kreeg ze te horen dat hij kort na de bevrijding in België was opgepakt en nu in een kamp op zijn berechting zat te wachten. Ze bracht haar kind ter wereld ten huize van haar Hollands-Italiaanse ouders, bezuiden de grote rivieren. Na een knallende ruzie aangaande háár oorlogsverleden trok ze voor onbepaalde tijd bij haar Italiaanse familie in Amsterdam in: de Santini's, aan de Herengracht. Een grootmoeder, tantes, een nichtje – alleen vrouwen. Daar heb ik haar leren kennen. Ik kwam er aan de deur als vertegenwoordiger in mijn eigen producten: kinderkroesjes. Een van haar tantes trok aan het touw.

'Kinderkroesjes?' herhaalde ze vanboven. 'Voor kleine kinderen, zegt u? Kleuters? Dan is mijn dochtertje er al te groot voor. Die is elf. Maar wacht, ik zal u mijn nichtje sturen. Die heeft een kleintje van anderhalf.'

Even later kwam het nichtje de trap af. Ornella. Beneden in de hal hebben we uren over mijn kroesjes staan praten. Ik vertelde haar hoe ik al tijdens de bevrijding, nog voor ik goed en wel wist wat ermee aan te vangen, was begonnen met het verzamelen van de lege blikjes die Engelse, Canadese en Amerikaanse militairen hier achterlieten. Ze waren van een degelijk soort. Later, op een idee gebracht, had ik alle exemplaren van een bepaald klein model uit de verzameling gelicht. Uit onbruikbare blikjes sneed ik langwerpige stukjes, die ik in verbogen vorm bij wijze van oortje aan de bruikbare blikjes soldeerde. Een likje verf, en zo waren de kinderkroesjes ontstaan. Later had ik de primitieve soldeerbout, die nog in een gasvlam voorverwarmd moest worden, vervangen door een elektrische, en de kwast door een hogedrukspuit, en nu was ik al zover dat ik met twee vrienden in het zuiden een eigen werkplaatsje had.

'Daar wonen mijn ouders,' zei ze. 'Maar ik heb met ze gebroken.'

Ik vertelde haar nog dat we nu bezig waren met kroezen

van een groter formaat, en met theebusjes. Maar ook zonder dat was ze al enthousiast genoeg over mijn verhaal.

'Het begin van een successtory,' zei ze, met dat prettige accent van haar. Ornella heette ze. Haar vader had het uit d'Annunzio. 'Or*di*nella' meende ik aanvankelijk verstaan te hebben: ze leek het uit te spreken als 'Ord'nella'. Maar toen ze het voor me opschreef stond er 'Ornella'. Ze bestelde terstond drie kroesjes. Hoewel ik nog met de trein terug moest, had ik, toen ik wegging, zowaar de moed haar 's avonds uit te vragen – waar ze spontaan op inging. Zo is het begonnen. Na nog geen halfjaar vertrok ik naar Indië. Tweeënhalf jaar heeft ze op me gewacht. Onevenredig lang. En dat terwijl ik daarginds de beest uithing. Steeds als ik te ver was gegaan, schreef ik haar dat ze me maar moest vergeten. Maar ze vergat me niet, ze vergáf me, mijn misstap wijtend aan de gekmakende moesson of aan de invloed van witte hadjis waar ze thuis boeken over las.

Niet lang na de moordzaak in de officierssociëteit werd het gezin van een oranjebeklante kampongbeheerder (door ons 'burgemeester' genoemd) afgeslacht door subversieve elementen uit zijn eigen dorpsgemeenschap. Het incident werd gemeld door een jongetje dat tijdig de hanenbalken in had weten te vluchten en daardoor gespaard gebleven was – niet echter voor de aanblik van zijn vader en moeder en broertjes en zusjes, die een voor een door kapmessen geveld en gevild op een bloederige hoop gegooid werden. Een jonger broertje, dat zijn voorbeeld had willen volgen, werd sarrend de weg versperd, en met een gracieuze slag het hoofd van de romp gescheiden. Het lichaampje lag schijnbaar onbezoedeld ter zijde van de ondefinieerbare familiehoop darmen, drek en lichaamsdelen. De heren moesten er halsoverkop naartoe. Al op de heenweg hing er iets van een schooljongensavonturenstemming in de wagen. Bij aankomst werden ginnegappend met een amateuristisch boxje kiekjes geschoten. 'Leuk voor later.' Ik was zo beduusd dat ik zelf ook maar alvast een exemplaar van elke geslaagde foto bestelde. Zo van streek was ik dat in de daaropvolgende dagen mijn berucht behendige manier van rijden een stuk onzekerder begon te worden. Toen ik op een dag een hoge piet van de radiodienst naar de studio's moest brengen (er was haast bij) sprong in de drukke binnenstad plotseling mijn klapperrat door het open portierraam naar buiten. Dat had hij nog nooit gedaan. Een moment later kwam uit een zijstraatje een riksja de weg op gesneld. Ik kon hem nog net ontwijken, maar raakte aan het slippen en sloeg over de kop. We kwamen met de schrik vrij. Geen schrammetje hadden we. Terwijl we al naast de truck stonden, draaiden de wielen nog een tijdje zinloos door. De riksja was inmiddels in de drukte opgelost. Míj werd de schuld in de schoenen geschoven. Het ging om de tamme klapperrat. Of ik wel wist hoe onverantwoord het was er een dergelijk onberekenbaar beest op na te houden in een wagen waarin ik belangrijke personen moest vervoeren. Mijn meerdere passagier was er namelijk heilig van overtuigd dat door de onverwachte sprong van de rat mijn aandacht van het verkeer was afgeleid. Niets was minder waar. Juist door mijn concentratie had ik de riksja kunnen ontwijken, die híj weer niet gezien had. Ik kon niemand aan het verstand gebracht krijgen dat de rat het ongeluk *per instinct* moest hebben voelen aankomen en in een impuls de wagen verlaten had. Het draaide erop uit dat ik, ontslagen als chauffeur, voorlopig op non-actief gesteld werd.

De verse maar nog onverschillige haat die ik mijn superieuren toedroeg, werd pas tot verschrikkelijke proporties vergroot door het onbewijsbaar moedwillig achterhouden van een telegram waarin het overlijden van mijn moeder werd meegedeeld. Als het me tijdig bereikt had, hadden ze me onmiddellijk op het vliegtuig moeten zetten. Nu het toch te laat kwam, hoefde dat niet meer. Of het nu ging om het uitsparen van de dubbele vliegreis, dan wel bedoeld was als vergelding voor de klapperrataffaire, heb ik tot nu toe niet kunnen uitvissen. Maar dat het telegram *moedwillig* is achtergehouden, staat voor mij als een paal boven water. Halfdronken ben ik met een geladen geweer het hoofdkwartier binnengedrongen. Ze hebben me met de grootste moeite in bedwang weten te houden; anders was ik in het wilde weg gaan schieten en waren er de grootste ongelukken gebeurd.

'Rossaerts, ik sleep je voor de krijgsraad,' heb ik de commandant nog theatraal horen roepen terwijl ik afgevoerd werd. Maar of het nu aan hun schuldbewustzijn lag of aan iets anders, het incident werd in de doofpot gestopt en ik heb er nooit meer iets over gehoord.

Maar de melancholie had al toegeslagen. Ik voelde hem als een worgende klem rond mijn maag zitten. Niet alleen begon ik als een gek te drinken, ik begon ook dwangmatig sentimentele beelden op te roepen, die mijn zwaarmoedigheid steeds nieuw voedsel gaven. Noem het heimwee. Goed. Tropenkolder was het niet. Eerder waanzin. Toen de monsterlijke schuldgevoelens over de dood van mijn moeder eindelijk begonnen af te nemen, ontving ik een ogenschijnlijk luchtige brief van Ornella, die tot op de dag van vandaag niet is opgehouden mijn dagen maar vooral mijn nachten te vergiftigen. Die brief heeft mijn toekomst bepaald. Ik weet nu al dat ik niet meer terug kan.

'De kleine heeft twee weken in een donkere kamer moeten liggen,' schreef ze, 'zo slecht kon hij het daglicht nog verdragen. Op een gegeven moment had hij het zo zwaar te pakken dat hij volgens de dokter helemáál blind was. Maar nu hij zijn mazelen achter de rug heeft, kan ik hem weer met een gerust hart aan de tantes toevertrouwen. Ik heb een baantje gevonden bij een rijke fabrikant. V... aan de R...-straat. Je kent hem wel, van naam tenminste. Het is een echte rijke stinkerd. Maar jij streeft hem nog weleens met kop en schouders voorbij, daar ben ik overtuigd van. Ik gelóóf in je, Ros! De mevrouw is erg aardig. Het is meer koffieën geblazen dan wat anders. Met gebak, iedere ochtend. Ik zal nog dik worden. Mollig ben ik al. Maar nu ligt ze voor een paar dagen in het ziekenhuis, voor observatie. Het heeft iets met haar nieren te maken. Er is nu een zuster van meneer in huis. Echt een kreng. Ze bedenkt net zo lang karweitjes voor me tot mijn tijd erop zit. Vanmiddag nam ze de kinderen mee naar het ziekenhuis. Om hun moeder op te zoeken. Ik was boven bezig geweest en toen ik beneden kwam, waren ze al weg. Ze had mijn middagboterham op de keukentafel klaargezet. Nou, ze had wel de jamlepel gebruikt en de boterfiguurtjes, maar ze was mooi vergeten een mes en een vork klaar te leggen. Al was het alleen maar een mes geweest! Die lagen achter slot en grendel in de kamer. Alles is hier van zilver, dat begrijp je. Ik kon het toch moeilijk met mijn vingers doen! Toen heb ik maar naar het midden toe gegeten. Droog brood en toen de volle mep. Niets is viezer, weet je, dan een klinkklare hap boter. Om van te griezelen. En zo'n hele mop jam in één keer is ook niet te genieten. Ik was blij toen ik alles had weggewerkt. Dat was míjn twaalfuurtje. Maar verder gaat het wel. Hoe gaat het met jou...?'

Het voorval dat zij in haar brief zo luchtig schetste, is zich vanaf de dag van ontvangst tot op de huidige dag met steeds pijnlijker scherpte aan me gaan opdringen. Er vloeit slechts jam in, geen bloed, en toch is het de slopendste ervaring uit mijn Indische jaren, die alleen al daardoor dubbel tellen.

'Ik was boven bezig geweest,' schreef ze, 'en toen ik beneden kwam, waren ze al weg.'

Ontelbare malen heb ik haar sindsdien vanboven horen komen, terwijl ik de verlaten keuken voor me zag. In het begin klonk het traplopen nog normaal, maar door de dikke loper zijn haar voetstappen steeds gedempter gaan klinken.

Ik hoor het ruisen van haar gesteven schort, en ik kan me voorstellen hoe zij met niet meer dan de toppen van haar vingers in een strelend gebaar de gladgeboende trapleuning aanraakt. Zij begint zich de maniertjes van haar mevrouwen eigen te maken. Ik zie haar de keuken binnenkomen. De keuken is hoog en ruim en koel. Alles smetteloos betegeld. De klok tikt zacht, maar klinkt in deze hoge, koele ruimte luid en helder en toch niet opdringerig. De tijd verstrijkt er half zo snel. Het is half twee, woensdagmiddag. Niemand thuis. Op de tafel, die met een van de korte zijden tegen de muur is geschoven, staat een omgekeerde kristallen schaal, die zij als de slakom herkent. Er bevindt zich iets donkerroods onder, dat ontelbare malen vermenigvuldigd naar alle kanten vervormd door het geslepen glas heen breekt. Zoals de schaal daar staat, heeft hij iets van een reusachtige robijn. Wanneer zij, geen oog van de schaal afhoudend, behoedzaam om de tafel heen loopt, ziet zij hoe door de veranderende optiek al die rode vlakjes en driehoekjes en zigzaggende rode schichten zich naar een andere orde rangschikken, als in een caleidoscoop. Met beide handen tilt zij hem op: eronder staat een goudomrand ontbijtbord met drie hagelwitte sneden witbrood. Op elk van de sneden liggen, half over elkaar heen, twee precies uitgesneden vijfpuntige sterretjes roomboter naast een ruime klodder bessenjam. Zij is verrukt. Dit is de 'chic' van de rijken, die voor haar vooral in de kleine en haast ongrijpbare dingen ligt. Zij benijdt ze die kleine dingen, vooral als zij in de keuken de dienstmaagd de attributen voor ontbijt of lunch ziet klaarzetten. Zij kijkt toe hoe ze met een soort stempel de vijfpuntige sterretjes uit de harde roomboter vormt, en die in groepjes van drie op de verse sneden witbrood schikt. Het oppervlak van de boter in de vloot bewerkt ze met een soort krultang, waardoor een reliëf van roosjes ontstaat. Maar de meeste indruk maakt op haar de zilveren jamlepel, die met zijn lange, ranke steel uit een uitgespaarde opening in het zilveren jampotdeksel te voorschijn steekt. Hij is zo lang, die lepel, dat men hem gemakkelijk tot op de bodem van de diepste jampot kan hanteren zonder kleverige vingers te krijgen, zodat de servetten smetteloos kunnen blijven dienen tot waar ze uiteindelijk voor bestemd zijn: de afronding van een gebaar. En nu, bij afwezigheid van haar mevrouw, zijn die boterstempel en die jamlepel voor één keer voor háár gebruikt. Ze is verrukt. Ze gaat zitten en schuift het bord naar zich toe. Ze vindt het zonde eraan te beginnen. Dit is chic; zo wenste zij het zich altijd. Zij neemt een boterham op en legt hem met een glimlach weer neer. 'Hoe dom van me.' Zoiets *neem* je niet in je handen, zoiets prik je, in partjes gesneden, aan je vork. En die combinatie van botergele sterretjes en donkerrode jam mag er dan nog zo smakelijk uitzien ('zonde om stuk te maken'), vóór zij haar tanden in het brood zet, zal zij de boter en de jam toch eerst moeten uitsmeren. Zij strekt haar hand al uit naar de plaats rechts van haar bord, waar normaal een mes zou liggen, maar bedenkt dan dat zij het bord van de muurzijde van de tafel naar zich toe heeft geschoven zónder mes. Zij speurt de tafel af; nergens een mes te bekennen. 'Zeker vergeten.' Ze schuift haar stoel naar achter en staat op met de bedoeling er een uit de la te nemen. Ze trekt de la onder het aanrecht open – geen fruitmesje, niets – en bedenkt dan dat alles hier immers van zilver is. Alle tafelzilver ligt achter slot en grendel weggeborgen in de ladekast in de huiskamer. Zij gaat weer zitten. Wat nu? De boter en de jam met haar *vingers* uit te strijken zal niet bij haar opkomen: daarmee zou zij haar eigen droom verloochenen. Keer op keer zijn mijn nachten tot slapeloosheid vergiftigd door de ingebeelde aanblik van haar hulpeloosheid. En nog. Ik zag en zie haar blozen. Elke nacht. Zij bloost van schaamte. Zij schaamt zich. Nee, geen tranen (die zijn aan mij) – schaamte. Waarvoor? Voor haar eigen verwachtingen. Tot sterretjes omgevormde roomboter en met een zilveren lepel opgeschepte jam: dat alles is niet voldoende. Je moet ook nog de sleutel van de zilverkast hebben. Je moet *rijk* zijn. Ze bloost van schaamte, en schaamt zich voor haar blos. Uiteindelijk zal ze toch een boterham opnemen, en zich door het droge gedeelte heen bijten tot ze de boter bereikt. De sterretjes zijn nog hard en stevig; het is winter: de koelte van de koelkast zet zich voort in de keuken. Om rillingen over haar rug te voorkomen, zal ze de sterretjes in één keer doorslikken, zonder ze met haar tanden aan te raken. Als hosties. Ook het mopje jam laat zij in één keer door haar keel glijden. Zo heeft zij op nederige wijze deel aan de chic van de rijken. Zij communiceert hun lichaam en bloed. Tot drie keer toe. Hoe mild ook de boter, hoe zoet ook de jam, zij laten in haar mond een bittere smaak na. Ze is triest en heeft het gevoel zélf tekortgeschoten te zijn. 'Ik ben ook zo onhandig.'

Ornella! Ornella!

Ík zal haar rijk maken. Ik zal net zoveel roestvrijstalen huishoudelijke artikelen produceren tot zíj haar zilveruitzet bij elkaar heeft. En net zolang zal ik in gebroken wit en tomaatrood gespoten keukenmeubelen aan de man proberen te brengen tot ik stinkend rijk ben, en alles in volle gemeenschap van goederen op háár afstraalt. Ik heb haar heilig verklaard. Als martelares van een verkeerde wereld in een verkeerde tijd maakt ze ten volle aanspraak op het paradijs dat ik voor haar ga scheppen: een van vers witbrood en roomboterroosjes en jam van een zilveren lepel. Tijdens mijn afwezigheid is de driemanswerkplaats in het zuiden uitgedijd tot een aardig bedrijfje met een kleine twintig werknemers. Ze zijn me niet vergeten: als ik terugkom, vind ik mijn plaats nog open. Ik heb me per post geregeld op de hoogte laten houden van de laatste ontwikkelingen, hen per kerende post steeds met raad en in het vooruitzicht gestelde daad bijstaand. De voorraad legerblikjes is sinds lang uitgeput, maar nog voor het zover was, hadden mijn vrienden al een methode bedacht om de blikken cilindervorm zélf te produceren. Ze fabriceren nu ook andere huishoudelijke artikelen: fluitketels, koffie, thee en suikerbussen, broodtrommels, enzovoorts. Het laatste snufje is een rekje waarin in één keer alle doosjes van een heel pak lucifers kunnen worden gedeponeerd, en wel zodanig, in stapelvorm namelijk, dat steeds na het uitnemen van het onderste doosje, door verzakking van de rest, voor een speciale opening een volgend doosje ter beschikking komt. Het ontwerp stamt uit de rimboe. Toen ik alle tekeningen rond had, heb ik ze aangetekend opgestuurd, en binnen een maand had ik een foto van het eindresultaat in de bus. Op het programma staan verder keukentrapjes en strijkplanken. Er wordt hard gewerkt daar. Bij terugkomst wil ik zo gauw mogelijk aan de slag. Ik wil dichtbij mijn bedrijf wonen. Een halfjaar geleden heb ik een van mijn medefirmanten schriftelijk verzocht uit te kijken naar een huis voor mijn toekomstige gezin. Hij vond een ruim huis, een beetje achteraf, waar echter veel aan opgeknapt moest worden. Ik heb Ornella aangeraden de ruzie met haar ouders bij te leggen en tot aan het gereedkomen van het huis bij hen in te trekken: zij wonen er maar enkele kilometers vandaan. Zij zou dan een oogje in het zeil kunnen houden bij de werkzaamheden en er tevens het hare toe bijdragen. Uit haar brieven heb ik kunnen opmaken dat de verzoening voorspoediger is verlopen dan verwacht. Momenteel woont ze nog bij haar ouders, maar het huis nadert zijn voltooiing.

Glashelder herinner ik me de avond die aan alles een eind maakte. Ik zie mezelf in een geleende broek met twee vrienden voor een deur staan wachten op een derde. Vanachter de deur klinkt een mengeling van gesteun en gegil. Gesteun afkomstig van de bijna twee meter lange 'Nazareth' (niemand weet hoe hij aan die naam is gekomen; zijn achternaam is het niet), gegil van het twaalfjarige dochtertje van zijn wasvrouw, door de moeder in ruil voor wat roepia's een halfuurtje aan hem uitbesteed.

'Het duurt lang.'

'Ja, hij heeft er moeite mee, vanavond.'

'Zo'n jong kind ook.'

'We hadden er een stokje voor moeten steken.'

'We komen te laat. Laten we maar naar binnen gaan. Kloppen helpt toch niet.'

En zo waren we gedrieën resoluut de kamer binnengestapt, waar die reus van een Nazareth lag in te rammen op een inlands meisje, dat met tenger lijf en tengere leden minnetjes onder hem vandaan stak.

'Donder op, jullie,' hijgde hij. 'Ik ben er zo.'

Met de bedoeling hem van het kind te lichten, grepen twee van ons hem bij zijn armen, de ander bij zijn enkels. Hij bleek echter zo onwrikbaar in haar vastgeschroefd dat zij enkele decimeters van het bed werd opgetild voor zij hoorbaar van hem los gleed en terug plofte op de matras.

'Klootzakken.'

We begaven ons snel naar het spiegeletablissement waar we met een viertal Europese dames hadden afgesproken. Ze zaten er al, giechelend aan een ronde tafel. De afspraak was om beurten een fles port te bestellen. De eerste bestelde ik, de tweede Nazareth, een derde de derde. Er werd gedanst. We begonnen aangeschoten te raken. In de verwarring na het dansen de tel kwijt, nam ik de vierde fles voor mijn rekening. Toen de vijfde op tafel moest komen, berekende ik dat de vierde man in ons gezelschap nog niet aan de beurt was geweest. Hij beweerde van wel. Om aan de pijnlijke situatie te ontkomen, bestelde Nazareth de vijfde (volgens de ander de zesde) fles, en de derde de zesde (of zevende). Toen de laatste fles leeg raakte, en de vierde persoon andermaal aan de beurt kwam, drukte hij zich opnieuw. Bij een volgende dans voerde ik mijn dame in zijn richting. Onder het wervelend passeren bracht ik hem fluisterend zijn verzuim in herinnering. Hij staakte zijn dans; ik ook.

'Wat jij,' vloog hij op. 'Zeker de vrouwen imponeren. Je had niet eens een eigen broek, man. Je hebt míjn broek aan.'

'Wat, broek. Van jou wil ik geen broek aan. Van zo'n onderkruiper niet. Je kunt hem terugkrijgen. Ik loop nog liever in mijn blote kont.'

En terwijl de paren om ons heen voortwervelden, begon ik driftig zíjn broek los te knopen. Behalve onze danspartners had nog niemand iets in de gaten. De knopen knoopte ik niet los, nee, ik *rukte* ze van de stof en wierp ze hem een voor een voor de voeten. Ze stuiterden steeds een halve meter omhoog. Een van de dames begon zenuwachtig te giechelen. Toen ik vervolgens de smalgepijpte zomerbroek van mijn benen wilde stropen, vergat ik in mijn drift mijn schoenen uit te trekken. Ik trok hem weer op, maar toen ik me bukte om mijn veters los te knopen, kreeg ik zijn knie in mijn gezicht. Een bloedneus. Tijdens de vechtpartij die volgde, buitelden we wild tussen de paren door, die algauw tot aan de rand van de dansvloer begonnen terug te deinzen. Gillende dames. Hoe ik ook gehinderd werd door de afgezakte en niet meer te sluiten broek, die mijn benen gekneveld hield, ik vocht er als een bezetene op los.

'Ik jouw broek aan? Jij hebt míjn port in je lijf. Wacht, en ik ram 'm er tot de laatste drup uit.'

Maar ík liep de fatale stomp in mijn maag op. Toen de Militaire Politie arriveerde, ditmaal voor mij, was er al heel wat glas en spiegelwerk gesneuveld. We werden uit elkaar gehaald en ondervraagd. Ik trok de broek op, hield hem met één hand dicht, en met de andere heftig gesticulerend begon ik mijn ondervragers van mijn gelijk te overtuigen. Wanneer ik in mijn overredingsdrang béíde handen gebruikte, zakte tot hilariteit van de nog bleke omstanders de broek weer op mijn schoenen. Die jongens van de MP kregen de indruk dat ik ze voor het lapje hield en rekenden me zonder verdere omhaal in. De gangmaker werd met rust gelaten. Met geknevelde voeten, en nu ook geknevelde handen, werd ik met minieme schuifelpasjes in onderbroek afgevoerd. Daverend gelach in mijn kielzog.

Van al mijn zintuigen beroofd ontwaakte ik de volgende dag op de naakte vloer van een kleine cel. Ogen, neus, oren, mond: alles zat dicht. Voorzichtig begon ik te peuteren in alle openingen boven de navel die volgens het wetboek van Manù rein zijn. Eén oog was dichtgeslagen; met het andere kon ik nu zien. Ook mijn neus was nu zover schoon dat ik mijn eigen braaksel kon ruiken. Zo had het nog nooit geroken. Met mijn gehoor nam ik voorlopig alleen de geluiden binnenín mijn hoofd waar. Mijn keel en tong leken geëtst met een bijtend zuur, en ik proefde een wrange ijzersmaak, die ik niet thuis kon brengen. Ik kwijlde mijn mond schoon en begon schor om water te roepen. De bewaker die verscheen, liet een hoog mekkerend gelach horen. Het was een glimmende inlander, evenals ik in legeronderbroek, maar verder naakt. Hij verdween weer, maar liet de deur openstaan. Even later kwam hij terug met een enorme, in ornamentele lijst gevatte spiegel, die hij met een grimas voor me neerplantte. Daar voor me zag ik een gemaskerde vent op zijn knieën in het stof zitten. Onder de neerhangende slippen van zijn besmeurde overhemd was nog net een stukje van zijn onderbroek te zien. Zijn bovenbroek zat verfomfaaid om zijn schoenen, enkels en kuiten gewikkeld. Ik herkende hem niet: zijn gezicht was bedekt met een opgedroogde bloedkoek, zwart als bessenjam. Het gestolde braaksel na de maagbloeding. Een masker van drakenbloed, beplakt met het grijze stof waarin hij zich die nacht had liggen wentelen. Boven de spiegel hing de grijnzende kop van de inlander. Hier zat ik, in mijn onderbroek in het stof, en daar voor me, in het soort spiegel waar ik vannacht nog doorheen getuimeld was, werd eindelijk, zonder dat ik het herkende, mijn ware gezicht getoond. Door een inlander. Dit was inderdaad geen tropenkolder meer; dit was pure, pure waanzin.

Spoedig daarna consulteerde ik de legerarts. Hij bevestigde slechts wat ik zelf al wist. Zonder verder te hoeven aandringen schreef en ondertekende hij het briefje dat aan mijn aandeel in de politionele acties een eind maakte. Binnen enkele weken kon ik mij inschepen naar het vaderland. Ook mijn vriend Nazareth kwam onder doktersbehandeling. Hij bleek zich zo zwaar te hebben laten besmetten dat ze hem met anderen op een eilandje hebben gezet. Ze mogen er nooit meer af. Ik heb een pakje bij me voor zijn jonge vrouw, die hem nooit terug zal zien. Ik zie ertegen op het haar te overhandigen. Maar ik heb ook vrolijker pakjes bij me. Voor de kleine een bamboeslang, die, als je hem op een bepaalde manier vasthoudt, levensecht gaat kronkelen. Laat ik hopen dat hij er inmiddels groot genoeg voor is; dat hij er niet van schrikt. Voor zijn moeder heb ik theelepeltjes en een jamlepel bij me, en muiltjes die haar hoogstwaarschijnlijk te klein zijn, maar die ze tóch niet zou dragen. Van de lepeltjes, twaalf in getal, heeft het onderstuk de vorm van een lelieblad, terwijl de gedraaide steel naar boven toe in het silhouet van een wajangpop uitloopt. De jamlepel, apart verpakt in een groen gemarmerd doosje, is daar de exacte uitvergroting van.

Maagzweren: ik heb er een hele archipel van. Ik zal moeten kuren, wil ik er zonder operatie afkomen. Als we Gibraltar maar eenmaal gepasseerd zijn.

'Val tot je goud wordt'

1

Over een vader was nooit gesproken. Of het nu de valse of de echte was, de komende of de gaande man, hij bleef de verzwegen derde.

De enige tastbare jaloezie verwekten bij Attilio de brieven die zijn moeder ontving, maar meer nog de brieven die zij schreef. Urenlang zat zij over vellen papier gebogen te goochelen met tekens en lussen en krullen, die hij niet begreep, maar die vol verborgen betekenis moesten zitten. Ze wekten bij hem de naijverige begeerte vandaag of morgen zélf de kunst van het krullen en halen en tekenen machtig te worden, maar zover was het nog lang niet. Voorlopig kon hij in zijn machteloosheid niets anders doen dan proberen zijn moeder van haar bezigheden af te leiden. En als het met lieve woordjes niet lukte, dan zou hij haar dwingen hem aan te kijken.

'Wil je níét aan mijn kin trekken.'

2

De kleine voorkamer stond nog leeg, maar zou te zijner tijd als kinderspeelkamer worden ingericht. Eerst aandacht voor de grote vertrekken.

Er stond alleen een grote, grauwgroene zak. Zwaarlijvig

in elkaar gezakt, hing hij vormeloos in een hoek gedrukt, dicht geregen met een dunne ketting, waarvan het hangslot niet was afgesloten. Op het canvas zwarte gesjabloneerde letters en cijfers. Van de zak ging een grote dreiging uit. Zolang het gevaarte daar stond, wist Attilio, zou hij nooit een stap in de kamer zetten om er te spelen. In de vorm van die zak was de indringer onafgebroken lijfelijk aanwezig, ook overdag. Uit de strak gesnoerde ketting stak een stuk van de loop van een dienstgeweer omhoog. Het had, volgens zijn moeder, 'allang ingeleverd moeten zijn'. Het was het geweer waarmee Attilio de indringer zijn grootmoeder had zien bedreigen. (Pasen. Ruzie over godsdienstige plichtplegingen, die de een wel, de ander niet wilde nakomen. Ter verzoening had Attilio's moeder een kanjer van een opgedirkt paasei voor haar moeder gekocht. Op de ochtend van de eerste paasdag, toen de familie in de kerk zat, had zij het op haar ontbijtbordje neergelegd. Na afloop van de mis kwam iemand de trap op gerend. Even later vloog de deur van hun kamer open. Op de drempel stond Attilio's grootmoeder, met het ei in haar hand.

'Wat is dat?' snauwde zij, en wierp het met fladderende linten als een handgranaat de kamer in. De indringer had zijn geweer gegrepen en was voor haar gaan staan. Het was niet geladen, maar dat wist alleen hij.

'Altijd ziek of onderweg,' had Attilio hem horen schreeuwen. 'Altijd ziek of onderweg.'

Binnen drie dagen waren zij verhuisd naar een groot, hol, leeg huis. Nu stond het geweer in de lege voorkamer, in de plunjezak geschoven en met kettingen op zijn plaats gehouden, maar het hangslot hing open.)

Met kloppend hart en trillende vingers had Attilio op een dag het slot uit de buitenste schakels gelicht en vervolgens de ketting uit de koperen ogen getrokken. Alles wat hij in de zak aantrof (sokken, ondergoed, broeken, hemden) was van een legergroene saaiheid. Interessant waren alleen twee tot doos ineengeklonken rechthoekige etensblikken. Ze borgen een dubbel bestek, een koperen erekruis aan een rood-wit-blauw lintje, een pak brieven in het goochelschrift van zijn moeder en een pakje foto's. Op elke groepsfoto stond de indringer met groene inkt aangekruist: een boom die geveld moest worden. De indringer in een vouwstoel op het dek van een schip. De indringer in hemdsmouwen in een rieten stoel voor een kapitale villa. De indringer gehelmd met kop en schouders boven het putdeksel van een tank uitstekend. De indringer in zwembroek gehurkt in de branding voor een palmenstrand. De indringer met een exotisch soort rat op zijn schouder. De indringer grijnzend voor een legertruck met de wielen omhoog. De indringer met kale kop. De indringer met een glas in de hand tienmaal weerspiegeld in een bar. Honderdmaal de indringer. Uit een vreemde wereld was hij die van hen binnengedrongen. Er was ook een groepsfoto bij waarop hij níét stond aangekruist: een berg opeengestapelde mensen. Geen touw aan vast te knopen. Vlak onder de bovenste kartelrand waren nog net een drietal paar militaire kistjes te zien. De meest raadselachtige foto was die van een jongetje van zijn eigen leeftijd. Hij was wazig. Je kon hem zo houden dat hij staand tegen de muur leunde, zwevend tegen het plafond hing of uitgestrekt op de vloer lag. Steeds met langgerekte hals. Die stak hij bij zich, misschien om te zijner tijd de juiste positie van het jongetje te bepalen.

3

Ach, hij had het zo goed gehad tussen al die vrouwen. Zijn moeder, overgrootmoeder, oudtantes, nichtje en tal van andere vrouwen hadden hem tot ziekmakens toe gestreeld en gekneed. Tussen sponzige, beenderloze lijven was hij tot weekheid gewalst. Ook later, bij zijn grootouders, was hij met de grootste omzichtigheid als iets breekbaars behandeld. Tot hij in handen viel van iets knokigs, gespierds, hardhandigs, luidruchtigs, dat hem ruw optilde, en aan een massieve borst drukte. Na inbeslagneming van zijn moeder was de indringer bij hém neergeknield en had iets afschuwelijks tevoorschijn gehaald: een meervoudig geleed monster: een bamboeslang die, bij de staart gevat, vanzelf ging kronkelen. Met rode kraaloogjes en gifgroen gespleten tongetje was hij tot vlak voor Attilio's gezicht gekronkeld. Ze hadden hem er niet toe kunnen brengen het ding zelf ter hand te nemen. De handen achter zijn rug verborgen, was hij onder gelach van alle aanwezigen tegen zijn moeder aan gaan staan. Nooit had hij het ding aangeraakt of het zelfs maar een blik waardig gekeurd.

Op de avond van zijn aankomst, de nieuwkomer halfdronken steeds brutaler zijn moeder aanhalend, was de plaatselijke fanfare voor de deur komen spelen. Staande op het stoepje had hij de hulde in ontvangst genomen.

'Niet mooi, maar wel hard,' had Attilio hem horen zeggen. En toen er niet gelachen werd nog eens, luider: 'Niet mooi, maar wel hard.'

Attilio's wereld leek voorgoed verstoord.

De bruiloft! Attilio's moeder, vijf jaar jonger, een onherkenbaar bruidje in het wit. Hij, Attilio, weggemoffeld tussen geurige tantes.

4

Was de indringer de eerste weken overdag tenminste nog weg, naar zijn werk, nu was hij de hele dag thuis. In de half ingerichte huiskamer lag hij in een haastig opgezet bed, overdreven vertroeteld door zijn vrouw. De dokter sloop fluisterend in en uit.

Eiervergiftiging en spanningen tijdens de politionele acties; opdat zijn stiefvader thuis 'in alle rust' kon 'kuren op zijn maagzweren', werd Attilio bij zijn grootouders te logeren gedaan; die van moederskant: opa en oma Santini. Een kleine zorg minder. Juni, juli, augustus – als hij daarna voor het eerst naar de lagere school moest, zouden ze wel weer verder zien. Ofschoon bedroefd om zijn verloren moeder, was hij opgelucht dat grote vreemde huis te kunnen ontvluchten, waar zo pontificaal dat humeurige monster in bed lag. Hard, gespierd, massief, maar wel week en rot vanbinnen: zijn zachte binnenste zweer voor zweer tot hardheid verstenend als zijn buitenkant. Een pareloester uit de gordel van smaragd. Geen maagzweer – maag*zweren*: hij had er een hele archipel van.

5

Het huis van zijn grootouders was donker en somber, ook als de zon scheen. Het rook er naar vochtige aarde; maar hij was er geboren: hij kon er ongestoord dromen.

Opa Santini, midden vijftig, werkte als portier bij het grootste hotel van de stad. Had hij vroeger op normale tijden gewerkt, sinds kort werkte hij de ene week overdag, de andere 's nachts. Wanneer hij nachtdienst had, ging oma Santini (begin vijftig, filmgek) 's avonds pas naar de bioscoop. Om haar dagelijkse film niet te hoeven missen maakte zij in een gevaarlijk spel met de tijd gemene zaak met de klok. Elke avond als haar man zich in de keuken stond te scheren, zag Attilio haar in de huiskamer de klok zo'n kwartier à twintig minuten voorzetten. Zij opende de glazen omkapseling (er zat een speciaal slotje op) en verschoof snel met haar wijsvinger de grote wijzer van acht uur naar kwart over acht, of van tien voor acht naar tien over acht. Attilio kreeg al spoedig de indruk dat zij de wijzer met de week groter banen liet beschrijven: elke week leken er een paar minuten bij te komen, elke dag een halve minuut. Toen zij aan een halfuur zat, begon zij de handeling voorzichtigheidshalve in tweeën te splitsen, of zelfs in drieën: twee keer een kwartier, of drie keer tien minuten. Verder dan een halfuur ging ze niet. Meer dan een halfuur had ze ook niet nodig: als ze zo vroegtijdig haar man, die ze 'mijn baas' noemde, de deur uit had gewerkt, en – jas aan, hoedje op – maar vlug genoeg op haar hoge hakjes naar de bushalte trippelde, kwam ze nog net op tijd voor de hoofdfilm van de tweede avondvoorstelling. Vaak ging ze tegelijk met haar jongste dochter de deur uit: Maria ('zia' Ria, zoals ze haar Attilio lieten noemen), achttien jaar oud, die in een nachtcafé werkte. Attilio werd toevertrouwd aan zijn zestienjarige oom: 'zio' Gino (afgekort zi'Gino), die schilderde.

6

Oma Santini (geboren Hendrikxse) had een hang naar chic. Maar er was geen geld, nóóit was er geld. Haar luxe bestond daarom uit luieren; maar de luiheid zat verborgen: ze deed altijd haar opperste best een bezige indruk te maken. Een stofje hier, een pluisje daar, en een rood hoofd van het bukken.

'Val tot je goud wordt,' zei ze telkens als ze iets uit haar handen liet vallen, 'dan ben je waard dat ik je opraap.'

'Val tot je goud wordt.' – In deze alchimistische formule waren haar indolentie en zucht naar rijkdom op perfecte wijze verenigd. Maar nooit liet ze de júiste steen uit haar vingers glippen.

Bij elke steek door het hart hield ze dagenlang in vol ornaat het bed. Haar 'baas' sleepte fruit aan, tassen vol, van de markt. Pas dan was ze in haar element: als een diva lag ze achterover in de kussens en plukte met luie hand druiven van de schaal op het nachtkastje.

'Altijd ziek of onderweg,' zoals Attilio's stiefvader van haar had gezegd.

Omdat er voor luxe nooit geld was, vergaapte oma Santini zich aan de chic op het doek: zij was er compleet verslaafd aan, cinefiel tot in haar dromen. In haar meeslepend enthousiasme wist ze bovendien een groot deel van het omwonend huisvrouwenbestand te mobiliseren. Wanneer opa Santini dagdienst had, ging ze 's middags naar de bioscoop en nam Attilio met zich mee. Hij kon dan horen hoe ze zich al in de bus luid roepend met haar lotgenoten onderhield: 'Hoe is die?'

'En die?'

'*De gouden stad*? Nee, die heb ik nog niet gezien.'

'En die, is die geprolongeerd?'

'Ja, die bedoel ik; daar ga ik morgen heen.'

En tijdens de voorstelling las ze hem met haar door hardhorendheid gewette, hoge, schelle fluisterstem hardop de ondertitels voor.

7

Luieren... en toch speelde ze met de tijd; ze *woekerde* ermee. Attilio's grootmoeder verzette steeds de wijzers van de klok. Hij proefde het bedrog, en toch maakte ze juist hém tot haar medeplichtige. Hij bevond zich altijd wel ergens achter haar in de kamer: vlak achter haar, of verder van haar verwijderd op een stoel of in een hoek. Als zij het glazen deksel weer had dichtgeklapt, draaide ze zich naar hem om en gaf hem een nadrukkelijke knipoog, waarna ze snel haar gezicht weer in de plooi trok en bedaard de keuken in liep.

Wanneer Attilio's grootvader nachtdienst had gehad, ging hij 's ochtends pas naar bed, en sliep ook 's middags nog. Zijn grootmoeder bleef dan thuis: 'Hij kan ieder moment uit zijn bed komen, mijn baas, en dan moet ik dit, en dan moet ik dat.'

Daar ook zia Ria overdag haar slaap inhaalde, en haar broer zich op zijn atelier zeventien uur per dag onafgebroken aan zijn genie wijdde, hadden Attilio en zijn grootmoeder de hele dag het rijk alleen. Als dan na de middagboterham 'met de Franse slag de boel aan kant was', zou de fles op tafel komen en zou er worden voorgelezen. Aangezien zi'Gino tussen vroeg ontbijt en laat opgewarmd avondeten gewend was enkel dadels te kauwen, ging Attilio alleen met zijn grootmoeder aan tafel. Als hij al aanzat, bleef zij nog wat staan aan het hoofd van de tafel, als in gedachten; in de linkerhand het nog onaangesneden verse brood, in de rechter het gekartelde broodmes. De eerste keer was hij ervan geschrokken: geheel onverwachts hief ze haar arm op en begon met de punt van het mes in het wilde weg een serie kruistekens te sabelen op de onderkant van het brood. De kruimels vlogen Attilio om de oren. Mompelend, met brede gebaren, ritmisch, nonchalant en routineus, 'zegende' oma Santini hun dagelijks brood. (Een tamelijk langdurig ritueel. Toen hij eraan gewend begon te raken en vroegtijdig zijn hand durfde uitstrekken naar zijn beker melk, vond zij onder het zegenen door nog tijd hem met de platte kant van het mes op de vingers te tikken, waarbij de regelmaat van haar bewegingen nauwelijks onderbroken werd.) Pas daarna sneed zij het aan.

Na wat onduidelijk gesjouw met stoelen – de 'Franse slag' – zette oma Santini twee glazen op tafel en haalde de wijn uit de kelder. Zij ontkurkte de fles en vulde de glazen: het hare tot aan de rand, dat van Attilio half.

'Je moet het zelf maar weten,' zei ze dan, op een toon alsof ze vergeefs geprobeerd had hem op andere gedachten te brengen. 'Het is slecht voor je verstand. Zeg maar niets tegen je moeder.'

Vervolgens nam ze een dik boek in geel linnen band uit de kast, zette haar leesbril op en liet zich met een zucht neer in een fauteuil voor de open tuindeuren. Vanaf dat moment hanteerde Attilio de fles. Ofschoon zijn grootmoeder slechts af en toe van haar glas nipte, dat zodoende nauwelijks leeg raakte, wenkte zij hem elk kwartier haar nog eens bij te schenken. Het was haar blijkbaar om het *gebaar* te doen. Attilio echter dronk wél steeds nauwgezet zijn glas leeg, met toenemende gulzigheid zelfs, en vulde het op elk gebaar van zijn grootmoeder ook telkens voor de helft weer bij. Naarmate de wijn Attilio heviger deed gloeien, begon hij het steeds aangenamer te vinden dat oma Santini eigenlijk helemaal niet kón voorlezen. Wel school er een grote wetmatigheid in haar manier van oplezen, maar er was iets mis met haar intonatie. Kortademig als ze was, werkte ze met eenheden van een vast aantal lettergrepen: precies de hoeveelheid die haar niet in ademnood kon brengen. Begon of eindigde zo'n eenheid middenin een woord of zin, dan was dat voor oma Santini geen bezwaar. Haar toonhoogte was vol luchtzakken. Zo gebeurde het ook vaak dat het laatste stuk van een zin werd samengetrokken met het begin van de volgende zin, zonder hoorbare overgang. Alsof ze een vanbuiten geleerd, streng metrisch vers opzei. Daarbij kwam dat ze in lichte mate leesblind was.

Per bladzij drongen gemiddeld zo'n zes à zeven van die eenheden van lettergrepen tot Attilio door. Meer had hij ook niet nodig. De wijn maakte hem poreus: het weinige dat hij verstond, zoog hij diep in zich op. Zoals de wijn zijn lijf verwarmde, verhitten zijn grootmoeders woorden zijn gemoed. Het verband tussen die losse flarden ontging hem volledig. Gelukkig maar: had hij ze kunnen wegen, hij zou ze ongetwijfeld te licht bevonden hebben. Als hij de ware betekenis van de woorden had kunnen vatten, dan zou hun greep op hem onherroepelijk verslapt zijn. Hij zou niet langer in hun ban, maar 'vrij' zijn geweest. Liever was hij hun gevangene, op een poef aan zijn grootmoeders voeten. Door hun verknipte vorm en verdraaide klank behielden ze hun glans. Ze wenkten hem, ze palmden hem in. Ze sleepten hem mee en tilden hem boven zichzelf uit. Onder het voorlezen keek hij onafgebroken de tuin in, waar het oude, zieke hondje Gigi lag te zonnen, op een oude regenjas. Hij dronk met tussenpozen van zijn wijn.

'...noeneringreesta...' '...niergladiooltok...' '...teerolieroeimik...' '...sneuvelenletkei...' '...zwadesasmeester...' '...tetragonaalleem...' '...lilloartsreeoog...' '...nakendebomzaag...' '...trarinkelbommen...' '...bornholmbottine...' '...ruimnoblesserag...' '...cedelmankartaar...' '...eedgenoottranen...'

De woorden vormden zich vanzelf tot de verhalen die hij wílde horen. Wel moest oma Santini's gemummel constant aanwezig zijn, om de illusie gaande te houden dat het verhaalde inderdaad uit háár mond stamde. Maar verder had Attilio in zijn roes aan een half woord genoeg. De rest kwam vanzelf. Alles was taal. Hele zoete, zondige namiddagen lang. 'Zeg maar niets tegen je moeder.' De wijn zou hem nog uren doen suizebollen.

(Het boek zou Attilio later, toen hij zelf inmiddels lezen had geleerd, van haar cadeau krijgen. Hij zou er geen enkel van de verhalen in terugvinden die zij er hem ooit uit voorgelezen had.)

8

Wanneer opa Santini, en zijn vrouw en dochter kort na hem, 's avonds naar de binnenstad waren vertrokken, dus de klok weer gelijkstond, dan nam zi'Gino Attilio op in zijn atelier.

'Zo, zo. Wel, wel.'

Hij liet hem poseren. Hij liet hem net zolang roerloos naar een potloodkruisje op de muur staren tot hij er twee zag, of naar een kaars in een kandelaar, een bloem in een vaas of een sinaasappel op een schaal tot die dingen iets geheel anders leken voor te stellen dan gewoon een kaars of een bloem of een vrucht. Op het atelier van zi'Gino leerde

Attilio de dingen dubbel zien, ze verdraaien, erdoorheen kijken.

Zi'Gino was klein en tenger van gestalte. Hij droeg onveranderlijk een ouderwets getailleerd, grijsgeruit colbertjasje, dat hem enigszins te wijd was. Op de rand van het borstzakje blonken de clips van een vijftal zware vulpennen, die door hun gewicht maakten dat de revers ongelijk zaten. Om zijn hals een strakgeknoopt dasje, ondefinieerbaar van kleur, glanzend van kunstzij of vettigheid. Donkerblond haar, met crème achterovergekamd: een rafelige staart tot diep tussen de schouderbladen. Aan zijn vingers doffe ringen, de kootjes hier en daar opgezwollen. Wanneer hij in gedachten verzonken voor zijn ezel zat, gaf hij met duim en wijsvinger kleine rukjes aan de wimpers van zijn rechteroog. Liet het ooglid de oogbal even los (het geluid van een steeltje uit een overrijpe peer getrokken) dan schrok hij met een lichte huivering op.

Nog geen jaar geleden had zi'Gino tot ieders en eigen verbazing bijna perfect een stilleven van Morandi gekopieerd. Olieverf op linnen. Tot op dat moment had niemand, hijzelf evenmin, geweten dat hij zelfs maar kon *tekenen*. Hij was zo beduusd, dat hij er niet eens meer aan dacht nog naar school te gaan. Van de ene dag op de andere vestigde hij zich als kunstschilder in het berghok achter, dat hij sindsdien zijn 'atelier' noemde. Zijn ouders, in verwarring gebracht, lieten hem begaan. Na het steeds perfecter kopiëren van nog een hele reeks Morandi's, pasticheerde hij Morandi nog slechts. Hij liet zelfs melkflessen en cactussen model staan. De doeken signeerde hij met 'Topolino', misschien omdat de cactussen zo sterk aan het silhouet van Mickey Mouse deden denken.

'Zeg, klein piemeltje,' zei zi'Gino op een avond afwezig tegen zijn neefje. 'Zal ik jou eens een geheimpje verklappen? Een geheimpje, een geheimpje? Ik... ik doe het om de geur.

De geur van hout en linnen en olieverf en terpentijn. Dat is het enige. Gek, hè?'

Om aan geld te komen schilderde zi'Gino voor een kunsthandel Zwitserse berglandschappen, naar het voorbeeld van bijgekleurde ansichtkaarten. Hij maakte vier van die schilderijen per dag. Om de andere dag bracht hij ze weg. Soms gaf oma Santini hem toestemming Attilio mee te nemen. Voor hun vertrek zag Attilio hem de nog natte doeken met de beschilderde kanten naar elkaar toe plaatsen, maar dan zo dat ze elkaar net niet raakten. Met inachtneming van ongeveer een centimeter tussenruimte verbond hij de houten lijsten door middel van reepjes karton en piepkleine spijkertjes. Zo maakte zi'Gino twee draagbare bundels, van vier schilderijen elk. Waren er kleine doekjes bij, dan droeg Attilio die.

De baas had een grijze sik en was altijd ontevreden. Onwillig betaalde hij zi'Gino een papieren rijksdaalder per doek, en leverde hem verf en linnen. Attilio was er ook bij toen zijn oom ontslag nam, of kreeg: hij kon het zo goed niet volgen. De vorige maal had de baas, op lang aandringen van zi'Gino, toegestemd in een wat 'vrijere artistieke weergave' van het voorbeeld. Opgetogen thuisgekomen, had hij onmiddellijk een doek opgezet. Wel had hij nog een van de meegekregen ansichtkaarten tegen een zijlat van de ezel geprikt, maar daar was het bij gebleven: hij keek er verder niet naar om. Al die tijd stond Attilio achter hem en zag, af en toe bezorgd het voorbeeld monsterend, onder zijn handen het schilderij ontstaan, van de eerste vage houtskoollijn tot aan de gefingeerde signatuur in de rechter onderhoek. Tot zijn ontsteltenis zag hij bloembakken en waterputten ontstaan, waar de ansicht niets bijzonders te zien gaf. En zelfs voerde zi'Gino personen in, kleurige figuurtjes, terwijl het voorbeeld toch een van God en mens verlaten berglandschap voorstelde. Hoe bonter het afgebeelde tafereel werd, hoe meer onheil Attilio voelde naderen. In de keuken viel iets met een klap op de grond.

'Vallen tot je goud wordt,' zei zi'Gino, de woorden proevend met zijn tong. '*Vallen* tot je goud wordt. Daar zit wat in, moedertjelief, daar zit wat in. Niet een groot schilder zijn en dán vallen. Nee, nee, nee. *Vallen* tot je een groot schilder bent. Eureka! Ik heb het. Vallen en opstaan, het ritme van mijn leven. Lijden, lijden, lijden. Een uurtje per dag kan al wonderen doen. Ik val met mijn neusje in het goud. Hi hi hi.'

Vol verwachting begaf hij zich twee dagen later met Attilio naar de kunsthandel. Zes verse doeken droeg hij bij zich: het ene nog geestdriftiger in de kleuren gezet dan het andere. De baas zei een hele tijd niets, trok een paar keer aan zijn sik en wenkte hen toen achter zich aan naar zijn werkplaats. In de schilderstukken die er uitgestald stonden, waren de landschappen die Attilio zijn oom de afgelopen weken had zien schilderen nauwelijks meer te herkennen. De baas had ze aangedikt met overstelpende hoeveelheden pruisisch-blauw en stroken rechtstreeks uit de tube geknepen wit. Bergkammen, naaldwouden, berghutten – alles wit dooraderd blauw.

'Dat zien de mensen graag,' zei de sik. 'Zoals jij ze schildert, verkoop ik ze niet.'

Zi'Gino speelde hoog op, er vielen harde woorden en er volgde ontslag.

9

Aan oma Santini's gejammer leek geen eind te komen. Meteen na thuiskomst had Attilio zich, uit vrees voor de dingen die komen gingen, opgesloten op het toilet en was daar blijven zitten. In het flauwe schijnsel van een lampje op zwakstroom zat hij hoog op de bril, maar door de spanning die zi'Gino's ontslag in huis had gebracht, wilden zijn ingewanden zich niet ontsluiten. Pas toen hij ver boven zich gestommel hoorde en vervolgens het kraken van de trap, ademde hij vrijer: zijn grootvader kwam uit bed. Even later was diens kalme, kalmerend resonerende stem te horen, waarop het gejammer van oma Santini onmiddellijk afnam. Attilio's lichaam ontspande en ontlastte zich. Van de zenuwen verbruikte hij veel papier. Op het laatst lag het hoog opgetast. Er was geen stortbak. Doorgespoeld werd er met water uit een afgedankte fluitketel, die gevuld op de rubbermat stond. Met zijn broek op zijn schoenen overwoog Attilio wat te doen. Normaal spoelde zijn grootmoeder voor hem door, maar zolang het geruzie in de huiskamer voortduurde, durfde hij haar niet te roepen. Met twee handen probeerde hij de ketel van de grond te tillen. Hij bleek te zwaar: hij was nog helemaal vol. Weifelend keek hij neer op het massieve ding, dat dof stond te glanzen in het zwakke licht. Door het eertijds vele afnemen en weer opzetten van de fluitdop was rondom de tuit het email onregelmatig weggesleten. Het onderliggend metaal was door roest aangetast, waardoor de opening van de tuit een scherpe kartelrand vertoonde. Oma Santini's gejammer laaide weer hoger op. Haar waarschuwen was uitgesloten. Met beide handen om het handvat geklemd, probeerde Attilio nogmaals de ketel van de grond te lichten en boven de bril uit te tillen. Op kniehoogte gekomen, moest hij hem snel weer neerzetten. Toen een lichte duizeling bedwongen was, spande hij voor de laatste keer al zijn krachten in en kreeg het zware gevaarte met een ruk van de vloer. De ketel stuitte tegen de rand van de toiletpot. Uit zijn evenwicht gebracht, struikelde Attilio met geknevelde voeten. De ketel maakte een rechte val langs zijn lichaam. Met zijn krachteloze rechterhand had hij hem nog vast. Hij kwam hard op zijn bodem terecht. Het water spatte hoog op, tot in zijn gezicht. Van de eerste beduusdheid bekomen, werd hij een vlijmende pijn gewaar.

Aan de wortel van zijn geslacht, waar de scherpe kartelrand van de tuit hem geraakt had, welde warm, donker bloed op, dat algauw langs zijn dijen omlaag begon te sijpelen. Hij hoorde zijn eigen gegil.

10

Het was altijd moeilijk uit te maken geweest hoe hoog opa Santini zijn zoon als kunstschilder aansloeg. Als hij hem op zondagochtend, altijd veel te laat, de trap af hoorde komen, nam hij zijn pijp uit de mond, zette grote ogen op en zei dan met opgeheven wijsvinger: 'Hoor, daar komt hij, de meester.'

Met brandende ogen van het huilen zat Attilio nog nasnikkend in de huiskamer. Nadat zijn grootmoeder de wond had gereinigd, had het bijten van het jodium in de dieprode kerf onderaan zijn buik hem nog meer tranen gekost. Het verbandgaas voelde griezelig aan. Hij hoorde hoe zijn grootvader zich op gedempte toon met zi'Gino onderhield: hij moest morgen maar eens 'naar de natuur' gaan schilderen.

En toen kwam het, toen gebeurde het; dat was het begin. Op de voorgezette klok was het de hoogste tijd. Opa Santini knoopte zijn uniformjasje dicht. Hij had haast. Vlug stopte hij zijn zoon wat geld toe, 'voor leeftocht en een literfles bier', want het zou morgen wel warm zijn, zo in het open veld. Meteen na zijn vader verliet ook zi'Gino de poort: bij het groentezaakje van Axel, enige huizen verderop, kon hij na sluitingstijd nog achterom terecht. Nog voor hij terug was, stond opa Santini weer in de kamer. Zijn vrouw en dochter hadden hun jassen al aan; zia Ria was nog met haar lipstick in de weer. Oma Santini had net de wijzers van de klok een halfuur teruggedraaid.

'Ik ben toch niet gek!' bleef hij maar herhalen. 'Ik ben toch niet gek! Ik ben toch niet gek!'

Attilio verwachtte een catastrofe. Zijn wond deed plotseling weer heviger pijn. Zijn grootvader kon nu met eigen ogen zien dat de wijzerstand van de huiskamerklok *exact* overeenkwam met die van de torenklok die hij zojuist, blijkbaar tegen zijn gewoonte in, had geraadpleegd. Pas toen viel hem het hoedje op waarmee zijn vrouw in haar handen stond. Hij liet zijn blik langs haar jas glijden en stelde geen verdere vragen. Zijn aandacht richtte zich nu volledig op de grote beugelfles bier waarmee zijn zoon op dat moment binnenkwam. Hij nam hem van hem over en bekeek het etiket. Vervolgens hield hij hem omhoog tegen het licht en betuurde de bodem: er was hem blijkbaar iets bijzonders opgevallen.

'*La patte de la mort.*'

In het late licht op de wisseling van juli en augustus dat door het bruine glas heen viel, zag hij zichzelf op hetzelfde uur in dezelfde tijd van het jaar, maar dan vijfentwintig jaar terug, het gebergte tussen Ventimiglia en Menton in trekken. 's Nachts was hij op de tast illegaal de rotspartij over gekropen die de natuurlijke grens vormt tussen Italië en Frankrijk. De grensbewoners spraken van 'de klauw des doods'. Hele scharen Arabieren en Italianen waren er in de loop van de tijd, af stappend op de lokkende lichten van Menton, misgestapt. Ongedeerd had hij voet op Franse bodem gezet. Goederentreinen. Vanaf Antwerpen was hij gaan lopen. Hun kind was inmiddels twee jaar oud.

'Dat lijkt wel een sigaret,' zei hij ten slotte.

Beurtelings hieven opa Santini en zijn zoon, met steeds trager en tragischer gebaren, de fles op naar de tuindeuren.

'Iets sigaretachtigs,' meende zi'Gino.

Uiteindelijk zag Attilio het ook: iets op de bodem van de fles dat op een sigaret leek. Zi'Gino schudde de fles. Toen de koolzuurwolk was opgetrokken, lag het 'sigaretachtige' er nog net zo. Er waren geen tabaksdeeltjes van losgeraakt. Het leek in het glas geklonken.

'Ja, zuiver een sigaret,' zei zi'Gino.

'Ik zou teruggaan,' zei zijn vader.

11

Die nacht gebeurde er iets vreselijks: luid geschel aan de voordeur en hysterisch geblaf van het zieke hondje Gigi, middenin de nacht.

Nadat opa Santini voor de tweede keer die avond op weg was gegaan naar zijn werk, bleek het voor oma Santini te laat nog naar de bioscoop te gaan: zij miste haar dagelijkse film. Omdat zij verongelijkt zat te kijken, en geen woord zei, was Attilio het atelier van zijn oom binnengeslopen. Voor het eerst sinds de Morandi-pastiches zag hij hem zonder prentbriefkaart werken. Hij schilderde de achtertuinen, met op de achtergrond het achteraanzicht van de huizen uit de buurt. Zomaar, uit het hoofd: buiten was het al donker. Naarmate hij vorderde, begon Attilio zich steeds akeliger te voelen, zo akelig precies gaf hij de symmetrie van de bijgeknipte heggen weer, de ramen, de verticale spijlen van de dakterrassen, de flets oranje dakpannen. Een en al beklemming. Nog voor hij klaar was wierp hij zijn penseel op de grond en riep: 'Val, val, val tot je goud wordt!' – en lachte bitter. Hij had de tuinen van zijn jeugd geschilderd.

Attilio sliep bij zijn grootmoeder in bed: dat was zo de gewoonte als zijn grootvader nachtdienst had. Hij schrok eerder wakker dan zij. Er werd met korte tussenpozen langdurig gebeld, steeds nadrukkelijker. Daarbovenuit klonk het zieke geblaf van het oude hondje Gigi. Oma Santini kwam mopperend overeind. Attilio hoorde haar naar haar pantoffels zoeken en daarna haastig de trap af sloffen. De slaapkamerdeur bleef openstaan. Even later ging het luikje in de voordeur open; hij herkende het geluid: het klemde.

'Politie,' zei een mannenstem.

De sleutel knarste in het slot; volgde een verbaasde uitroep van oma Santini.

'We komen uw zoontje terugbrengen.'

Zij begon gedempt te jammeren. Ook uit de aangrenzende slaapkamer ving Attilio nu enig gerucht op, waarna hij nog iemand de trap af hoorde dalen, aarzelend ditmaal: zijn jonge tante Maria. Het nu volgend gesprek was voor hem wel goeddeels verstaanbaar, maar niet altijd even begrijpelijk. Uit de wisseling van stemmen maakte hij op dat er twee agenten moesten zijn. Hij onderscheidde een zware en een lichte mannenstem, die hij toeschreef aan respectievelijk een oudere en een jongere agent. De oudste was het meest aan het woord. Hij ondervroeg zia Ria, die gretig antwoord gaf.

Diep in de nacht van haar werk thuisgekomen, had ze haar broer nog in de huiskamer aangetroffen. Hij had zitten lezen; een boek lag opengeslagen op tafel: een boek over het leven van Modigliani. Nog een halfuur hadden ze samen zitten roken, maar niet veel gesproken. Hij had zo vreemd zitten kijken, 'zo, zo raar'. Ten slotte was ze opgestaan, en of híj nog niet naar bed ging.

'Ik rook nog één sigaret,' had hij gezegd. 'De laatste.'

En nu dit.

Zi'Gino zelf liet zich tijdens het onderhoud niet of nauwelijks horen. Soms, na lang aandringen, gaf hij mompelend zijn commentaar, onverstaanbaar voor Attilio. Aangevuld door zijn jongere collega, vertelde de oudste agent waar ze hem hadden gevonden: aan de kant van de rijksweg naar het noorden. Bij hun nadering had hij aarzelend zijn duim opgestoken. Ze waren gestopt en hadden geïnformeerd waar dat zo laat nog naartoe moest.

'Naar Amsterdam.'

'O, stap dan maar in.'

'Maak u maar geen zorgen, mevrouw,' hoorde Attilio bij

hun vertrek de zware stem nog zeggen. 'Die draait wel weer bij. Zo zijn ze immers allemaal op die leeftijd, als ze nog niet weten of ze er haren of veren op zullen krijgen. Een goede nacht nog, verder.'

Er klapte een autoportier dicht. 'Haren of veren.' Treurig en verward zat Attilio rechtop in het bed van zijn grootouders en dacht met kloppende wond diep na over die laatste uitspraak.

'Het zijn de boeken die hem zo gek krijgen,' zei oma Santini de volgende dag fel. 'Ik zal ze op de mestvaalt gooien. Ik zal ze verbranden.'

'Waag het eens,' zei opa Santini.

12

Voor zi'Gino braken penibele dagen aan. Hadden de agenten gezegd 'nog weleens te komen horen hoe het nu met die jongen ging', de volgende avond al stond een van hen op de stoep: de jongste. Zia Ria deed open en liet hem binnen. Zijn uniform blies hem enorm op, maar ofschoon hij met zijn gestalte de hele ruimte leek te vullen, stond hij er houterig en verlegen bij, zo middenin de huiskamer. Na het afnemen van zijn pet slonk hij zienderogen. Hij schraapte zijn keel.

'Hoe staat het met onze kunstenaar?' vroeg hij. 'Wil het schilderen thuis ook wel lukken?'

Niemand gaf antwoord. Zia Ria bood hem koffie aan. Hij glimlachte.

'Heel, heel graag.'

Hij legde zijn pet op tafel en ging zitten. Zi'Gino zag kans zich schielijk op zijn atelier terug te trekken. De agent bleef uren zitten en hield al die tijd geen oog van zia Ria af. Sindsdien kwam hij iedere avond terug. Ofschoon de reden van zijn komst voor iedereen nu overduidelijk was, liet hij in zijn verlegenheid voor zijn bezoeken nog steeds hetzelfde motief gelden.

'Ik kwam nog eens informeren naar onze wegloper. Alles weer in orde?'

Zi'Gino kroop bij elke bel dieper weg in huis. Voor hem waren het rottige dagen, maar niet voor hem alleen.

Van het samen wijn drinken, het voorlezen kwam niets meer terecht. Vóór opa Santini begin augustus aan zijn vakantie toe was, kwam het niet weer goed tussen Attilio's grootouders. Als er al wat gezegd werd, dan alleen het hoogstnoodzakelijke. Dagenlang hing er een naargeestig zwijgen. Oma Santini miste haar dagelijkse film en zelfs tegen haar kleinzoon was ze bits. Pas na lang, bijna woordloos aandringen van haar man liet ze de huisdokter komen voor Attilio's wond: inmiddels een ruwkorrelig rozenknopje vol kloppend leven.

Om zi'Gino wat van de oude meesters te laten zien, 'hoe die het deden', maar vooral om aan de ondraaglijke spanning in huis te ontkomen, besloot opa Santini zijn zoon en kleinzoon mee naar zijn moeder en zusters in Amsterdam te nemen.

13

Oma Santini betrapt op overspel met de tijd, haar kleinzoon bijna door eigen hand ontmand, en elke dag politie over de vloer – zo stonden de zaken toen zij naar Amsterdam vertrokken: opa Santini, zi'Gino met zijn veldezel en Attilio.

Schieten op de zon (uit wanhoop)

1

...nacht, te paard verdwaald, de koude rivier, kramp, prikkeldraad, slagader, bloed, schot: afgemaakt.

Er was eens een soldaatje
Dat hield van zoet jolijt,
Van... en van...
En ook een fijne meid.

...

Zi'Gino sliep. Nadat opa Santini over zijn huzarentijd verteld en gezongen had, was het weer stil, en waren er de koeien weer, alleen maar koeien, steeds weer andere koeien in steeds weer andere weilanden, tot aan Amsterdam toe, en ook nog de torenspits van Bommel, waar hij zijn kleinzoon op wees: dat die er niet meer was, bedoelde hij, en zong het hem voor: *te midden van die rommel...*

2

...rommel... Attilio keek naar buiten, en zuchtte. Hij was verliefd; de verliefdheid op zijn moeder niet meegerekend, voor het eerst in zijn leven echt verliefd. Kort voor hun vertrek naar Amsterdam had hij haar leren kennen. Ze was een

jaar ouder dan hij en hij dichtte haar alle wijsheid ter wereld toe. In de tuin achter het groentezaakje van Axel, waar zi'Gino zijn bier vandaan had, had hij haar zien staan bij een groepje jongens, die tussen de lege kratten naar vergeten sinaasappelen zochten. Ze stond wat ter zijde. Attilio stond aan de poort.

'Als je de schil eet,' zei ze, 'ga je dood.'

De jongens hielden onmiddellijk op met zoeken en kwamen om haar heen staan. Attilio ving het woord 'kinderkanker' op.

De volgende dag trof hij haar opnieuw: in een schuurtje in een van de achtertuinen, waar hij met onbekende jongens was binnengevlucht voor een plotselinge regenbui. Ze zat tegen de muur een grote, rijpe peer te eten. Druipend van de regen stonden ze in een halve cirkel om haar heen en volgden ademloos iedere hap. Ze at bedaard. Ze verslond hen met kalme happen. Hun kleurloze bloed droop langs haar vingers in de mouw van haar trui. Toen ze alles van de peer had opgegeten, behalve het steeltje, sabbelde ze langdurig op het vezelige uiteinde waarmee dit in de vrucht had vastgezeten. Ten slotte nam ze het uit de mond en bekeek het vol aandacht. Aan het steeltje was enkel nog een vochtig kwastje van stijf omhoog staande vezels te zien. Niemand zei een woord. Ze stond op en hief met een traag gebaar het steeltje op naar het licht, met de vezels omhoog. Ze kneep één oog dicht, tuurde, en zei na enige tijd langzaam en ernstig: 'Zou hier nog... *peer* in zitten?'

De dag voor hun vertrek naar Amsterdam zag hij haar voor het laatst. Ze liepen elkaar tegen het lijf in een van de donkere steegjes tussen de hoge heggen van de achtertuinen. Ze draaiden afwachtend om elkaar heen. Ze plukte wat aan de heg en keek langs hem heen in de verte toen ze zei: 'Een klein kindje is nul jaar, en tegelijk honderd miljoen jaar. Dat is hetzelfde.'

3

In Amsterdam leek niets maar bleek spoedig van alles veranderd. Bij hun aankomst hadden de tantes zich als vanouds kwijlend van behaagzucht een voor een over hem heen gebogen. Friemelgebaartjes, zoete woordjes, geknuffel, en het gevoel dat er kwijl in zijn haar droop.

Het pand aan de Herengracht, een smal gevelhuis, werd bewoond door vijf vrouwen: Attilio's overgrootmoeder, drie van zijn oudtantes en de zestienjarige dochter van één van hen: een nichtje van zijn moeder, dat net als zij, in navolging van d'Annunzio, Ornella heette.

Ornella behandelde dagelijks Attilio's wond. Ofschoon nog steeds een ruwkorrelig rozenknopje vol kloppend leven, was hij droog nu, en leek snel te genezen. Voor ze een schoon verband aanbracht, streek ze met haar vingertoppen een koele, groene zalf uit over de wond. Het oude verband vertoonde steeds vager de afdrukken van zijn stigma: de blaadjes, de nerven... Op haar hurken gezeten, ging ze vol aandacht te werk. Terwijl Attilio neerkeek op haar gefronste voorhoofd, kon hij van haar gezicht duidelijk de pijntjes aflezen die hijzelf nauwelijks voelde als ze de oude pleisters van de huid trok. Soms nam ze hem mee uit wandelen. Maar, anders dan vroeger, ging ze tegenwoordig 's avonds uit dansen. Ze ging niet alleen. Ze werd afgehaald door een vriendin: de dochter van 'Lodewijk', en door een nichtje: de dochter van een vierde oudtante, die op de Nieuwendijk woonde. Beiden even oud als zij. Attilio zwaaide hen uit. Hij zag ze in de diepte, arm in arm, hooggehakt de brug over trippelen, met golvend haar dat op hun schouders danste en rokken die nauw om hun knieën sloten. Ornella in het midden; hij zag alleen haar: naar beide kanten verdubbeld. Als ze 's avonds laat thuiskwam, was hij nog op. Ze gaf hem donker bier te drinken, uit een roze limonadeglas. In het begin smaakte het bitter. Bij de eerste slokken griezelde hij, maar dan, algauw, won de warmte het. Een vreemd soort warmte, die het hele lijf doorgloeide en klopte aan de slapen en tintelde in het hoofd – prettig irritant. Het wond hem op. In zijn lichte roes genoot hij van Ornella's geschminkte gezicht, dat lachte onder het licht van de schemerlamp. Bijna leken de oude tijden weergekeerd, maar 's nachts werd hij bij zi'Gino te slapen gelegd, zoals bij oma Santini thuis wanneer zijn grootvader dagdienst had.

4

De oudtantes, zusters van Attilio's grootvader, heetten Antonella, Caterina en Maria Pia. Ze waren respectievelijk negenendertig, vijfenveertig en eenenvijftig jaar oud. (Een vierde oudtante, Rosa, zevenenveertig, ongehuwd moeder, woonde op de Nieuwendijk.)

Antonella, de jongste en verstandigste, moeder van Ornella, bestierde het huishouden. Zij en haar dochter deelden een groot verdriet. Toen de oorlog al op zijn eind liep, had hun man en vader, 'oom Bertram', de dood gevonden in een werkkamp dat was weggevaagd door een Engels bombardement. Ach, bij zijn laatste verlof leek alles zo prima in orde: er was een waterdicht onderduikadres gevonden, en de geallieerden... – maar hij had *geweigerd* onder te duiken. In het kamp was hij de toeverlaat van een al wat oudere, hulpeloze man, en – men wist dit. 'Oom Bertram' vreesde dat zijn uitblijven zou worden gewroken op de oude. Hij weigerde, en keerde terug. Hij kwam nooit weerom en werd nimmer teruggevonden. Als hij ter sprake werd gebracht, veranderden de stemmen. Hij was een 'knappe man' geweest.

Van vroeger herinnerde Attilio zich wat zij altijd hysterisch riep als zij, halfdronken, haar verdriet niet meer machtig was: 'Ik zal een *bijl* daar in die kast zetten.'

Dat was zijn eerste voorstelling van de dood geweest: een

korte, brute aks (niet eens scherp: bot, plomp, roestig) tussen het rozige glaswerk achter de glas-in-looddeurtjes van het dressoir. Met zijn vettige steel tegen de dunne achterwand rustig maar dreigend rechtopstaand. Sinds zijn moeder hem mee naar het zuiden had genomen, was het beeld zich steeds verder van het oorspronkelijk gaan abstraheren: het was donkerder geworden, dreigender, maar minder tastbaar. De bijl stond inmiddels te schemeren in de hoek van een lege kast, die zich noch aan de Herengracht, noch ergens anders bevond. Een licht vlak, een donker vlak, en van de bijl was niet meer dan een diagonale schaduw over.

Wat vroeger ondenkbaar had geleken, deed zich nu voor: voor Attilio's oudtante Antonella kwam geregeld een man over de vloer. Een zekere Lodewijk, 'oom Lood', die Attilio een grote angst inboezemde. Wist hij zich bij zijn binnenkomst niet tijdig te verbergen, dan werd hij met een ruk opgetild, en niet zomaar, nee, *aan het hoofd*. Als Lodewijks knuisten zich als ijzeren klemmen om zijn slapen sloten, was hij verloren: daar ging hij, tot aan het plafond, en kon dan ongeveer een halfuur lang geen woord meer uitbrengen. Groot, sterk, bulderend – dat was oom Lood.

5

Over haar zuster Caterina hoorde Attilio zijn oudtante Antonella op een dag tegen haar broer zeggen: 'Als ze de kraan ziet, moet ze drinken. Als ze de wc ziet, moet ze plassen.'

Sinds het raadsel van de haren en de veren, waarvoor de politieman hem gesteld had, had hij nooit meer zo lang en diep over een uitspraak hoeven nadenken als over deze. Het was voor het eerst dat hij met zijn neus op een logica werd gedrukt, omgekeerd aan die welke hij gewend was: het onherroepelijke 'als ze, moet ze' van de omgekeerde wereld. Het leek deel uit te maken van een opsomming, waarvan hij de rest gemist moest hebben. Wat er direct aan voorafging, kon alleen maar onschuldig zijn: 'Als ze het brood ziet...'

En ook het onmiddellijk vervolg was niet moeilijk te raden: 'Als ze haar bed ziet, moet ze slapen.'

Maar dan? Wat als ze wakker werd, en ze zag, ja, wat zag ze – het gordijn, het raam... Wat als ze niets bijzonders zag; wat moest ze dan? Wat als ze mensen zag, een kind zag, *hem* zag? 'Ze moest', maar wat? Het ontbrekende van de opsomming bleef dagenlang door zijn hoofd zeuren: de formule begon op steeds meer voorwerpen van toepassing te lijken, al wist hij meestal niet wat 'ze ermee moest'. Waar hield zoiets op?

'Als ze een bijl ziet...'

En vorige maand, in juli – 'niet eens winter, maar hartje zomer' – had ze, 'uit verstrooidheid', de kolenkit leeggeschud in het toilet.

'Als ze een touw ziet...'

6

Attilio's oudste oudtante, Maria Pia, had bij hun aankomst belangstellend geïnformeerd of zijn stiefvader thuis nog weleens 'malariaas' sprak. Op het feestje ter gelegenheid van zijn terugkeer uit Indië was ze op zeker moment op zijn schoot beland en had daar met een mond vol gouden tanden zitten uithuilen: dat ze nooit aan de man was geraakt, en dat ze zo graag viool had willen leren spelen. Ze zei soms gedichten op voor Attilio.

7

En in het centrum van de interfamiliaire constellatie zetelde, als een koningin-moeder, Attilio's overgrootmoeder Emma Rosa: 'opoe' Santini (geboren Perre), de vroegere operazangeres. Van vroeger herinnerde hij zich haar slechts glimlachend loerend aan de hor, met een omzwachteld been voor zich op een stoel. Maar ze had zich uitstekend hersteld en frequenteerde, achtenzeventig jaar oud, zelfs weer het stamcafé waar ze vroeger alleen met haar man zaliger kwam. Op een middag nam ze Attilio mee, helemaal met de tram naar Zuid: het lag op de hoek van de Govert Flinckstraat en de Eerste Van der Helststraat.

'Kijk, Tilio,' zei ze, voor ze naar binnen stapten. 'Dit is de Govert Flinck, die ze vroeger de Pijp noemden. Nu heet de hele buurt de Pijp, want alle straten hier zijn met dezelfde kwaal besmet. Schortjesgevels – de smeerlappen.'

Binnengekomen ('Goedemiddag, Mama') namen ze plaats aan een grote ronde tafel: haar stamtafel. Hier had ze nog met haar man zaliger gezeten: overgrootvader Santini. Het café was een van de laatste zogenaamde 'mannencafés' naar Vlaams model, waar alleen de wettige echtgenotes van de mannelijke stamgasten toegang hadden. Wat zich verder nog aan vrouwelijke klanten aandiende, werd als 'snollen' geweerd. Opoe Santini had na de dood van haar man vanzelfsprekend het privilege behouden het café te frequenteren, waar ze, sinds het definitieve herstel van haar enkel, dan ook bijna dagelijks gebruik van maakte. Zij bestelde iets sterks; Attilio kreeg donker bier te drinken. Tegenover hen zat een man met zijn handen voor zich op het tafelblad ernstig zijn ringen te bestuderen. Knotsen van ringen, aan elke vinger één.

'Zo, weer terug uit Lourdes?' richtte opoe Santini zich tot hem. 'Laat ik me al die tijd toch suf gepiekerd hebben wat nu uitgerekend jíj daar te zoeken had. Een vent gezond van lijf en leden, wat moest díé dan wel niet in het water houden om weer aan te laten groeien? Maar nu weet ik het. Het zijn je handen. Je wilde er nog tien vingers bij hebben, hè, anders was er geen plaats meer voor nóg meer ringen. Je koopt ze, geen kunst aan. En dan van die onbehouwen kanjers. *Pff.* Mijn man zaliger – je overgrootvader,' wendde ze zich tot Attilio, 'díé had klasse.'

Ze zweeg even. Over de stamvader van zijn familie had Attilio nooit anders dan hoog horen opgeven. Zijn naam werd ten zeerste in ere gehouden. Hij was kort na de oorlog overleden, kort voordat Attilio's moeder bij de nabestaanden introk: zijn overlijden viel samen met de geboorte van zijn achterkleinzoon. Hij had nog net gelegenheid gehad een paar maanden zijn restaurant te runnen. Niemand kon met zekerheid zeggen of de oude Santini in de oorlog, opererend vanuit de voorraadkelders van zijn restaurant, nu wel of niet zwarthandelaar was geweest. Alles wat zwart aan hem was, zong zijn weduwe om tot het zuiverste goud. Dat was háár alchimie, radicaler nog dan de wat omslachtige, bezwerende formule van haar schoondochter. Wanneer opoe Santini het over haar man zaliger had, barstte zij los in de edelste poëzie. En niemand die bij machte was haar tegen te spreken, omdat het immers *poëzie* was: een waarheid met andere woorden. Het was alles goud wat er blonk in haar woorden, en niemand die er door enige tegenwerping schaduwpartijen in durfde aanbrengen. Als wijlen Santini's inborst bezongen moest worden, deed zij dat in de zuiverste toonaarden en met al haar verbeeldingskracht. Pas dan kwam haar lyrische talent-in-ruste volledig tot zijn recht. Haar gloedvolle betoog was de pure pastiche van alle opera's waar zij ooit in gezongen had. Waar Wagner aan één ring genoeg had, liet zij er honderd verschijnen. Maar waar die van Wagner op de bodem van de rivier terechtkwam, liet zij die van haar in de nachtspiegel plonzen.

'Restauranthouder van beroep,' vervolgde zij, 'en gebedsgenezer in zijn vrije tijd. Wanneer hij iemand genezen had, wilde hij van geen geld weten. "Als u mij deze ring geeft, is het ook goed," zei hij dan. En daarmee bedoelde hij natuurlijk de trouwring die hij had zitten betasten. Want dat was zijn methode: iemands trouwring opwrijven, en dan even in de mond nemen. Op die manier verwierf hij er tientallen.

Op het laatst had hij er aan elke vinger tien. Van knokkel tot knokkel het hele kootje vol. Bij de honderdste is hij ermee gestopt. Dat beschouwde hij als een soort jubileum. "Ik heb mijn handen vol," zei hij dan, als er nog eens een beroep op hem werd gedaan. Zijn handen waren zwaar van het goud. Wie hem een hand gaf, voelde het gewicht. Een gouden handdruk. Gemaliënkolderde handen, hij heeft er hier nog heel wat glazen mee stuk geknepen. Vraag maar aan Kees. Die ringen waren zijn hele trots. Hij speelde ermee. Heel koket. Vooral in zijn restaurant, als hij zijn klanten bediende. Van die drukke gebaartjes, en dan die handen die het licht vingen. Heel mooi. Bij het verversen van de kaarsen, bijvoorbeeld. Maar er zat ook muziek in. Aan elk wijnglas dat hij aantikte, wist hij een hoog, helder belletje te ontlokken. Hij ribbelde er opzettelijk mee langs de randen van de borden. Elke vinger was een xylofoon. Hij speelde spinet op het bestek. "Maar mijnheer Santini," riepen zijn klanten dan uit. "Hoe komt u er toch aan!" "Ach," zei hij dan met een geheimzinnig lachje, terwijl hij verlegen naar zijn nagels keek. "Ik ben weduwnaar van vijftig vrouwen." En dat leverde hem op zijn oude dag nog de bijnaam van Blauwbaard op. Zo'n schurk. Honderd trouwringen afgetroggeld, zonder ook maar één huwelijk kapot te maken. Het minst nog dat van hemzelf. Op zijn sterfbed was hij zo vermagerd dat ze vanzelf van zijn vingers gleden. Ik vond er elke dag wel één tussen de lakens. Elke dag één: het leek waarachtig wel een soort aftellen. Hij legde ze een voor een af. Of nee, ze legden zichzelf af. Ze verloren hun spankracht, en daarmee hun greep op hem. De rek was eruit. Ze legden hém af. Soms rolde er bij het ontbijt een tussen de bordjes en de glazen op het dienblad, maar met een heel ander geluid dan waarmee ze destijds op de borden en de glazen in het restaurant hadden weerklonken. En op een keer, toen zijn krachteloze arm uit bed hing, viel er een met een plons in de po. En toch, telkens als hem een ring ontviel, was het of er even een gouden klokje klingelde. Tot de grote bronzen klok begon te luiden. Na de begrafenis zat ik moedeloos met die honderd ringen in mijn schoot. *Mijn eigen ring* ontbrak. De doodgewoonste, en ook de prachtigste namen kwam ik tegen, maar de mooiste, de allermooiste bleef onvindbaar. EMMA ROSA. Aan wat voor gebedsgenezer mocht hij díé dan wel niet hebben uitbesteed?'

8

In lichte mate aangeschoten begaven overgrootmoeder en achterkleinzoon Santini zich uren later naar de naburige ijssalon van Peppino. Met allebei een hoorn veelkleurig ijs in de hand stonden zij sprakeloos omhoog te kijken naar het stuk authentiek Venetiaanse meerpaal dat Peppino bij wijze van uithangbord aan de voorgevel had bevestigd. Het was afwisselend blauw en rood, en bekroond met een goudkleurig kapje, dat Attilio nog het meest aan een theepotdeksel deed denken.

'Venetië in de Pijp,' zei opoe Santini. 'Er schijnt trouwens in de grachten tegenwoordig ook een gondel rond te spoken. Of het waar is, weet ik niet. Ik heb hem nooit gezien.'

9

De keuken lag op de derde verdieping, aan de voorkant. Op een zonnige ochtend medio augustus, rond elf uur, stond Attilio's oudtante Antonella er aan het fornuis spiegeleieren te bakken. Attilio zat schuin achter haar en volgde nauwgezet al haar handelingen. Toen hij het stilzitten niet meer uithield, gleed hij geruisloos van zijn kruk en drentelde een minuut of wat in een halve cirkel om haar heen, terwijl hij haar bezigheden, onder haar ellebogen door, nauwlettend bleef gadeslaan. Af en toe explodeerde er iets in de pan. Op een kleinere pit ernaast begon de koffie te pruttelen. In de glazen knop werd hij met schokjes zichtbaar: bleekjes nog, allengs bruiner. Een vreemde zaak, dat koffiezetten hier: hoe de pot die hele stellage kreeg ingebouwd, hij had het met stijgende verbazing aangezien. Prettige klettergeluidjes, dat wel; fijn speelgoed. Op de broodplank sneed zij nu enige tomaten aan plakjes. Ontsteld keek Attilio toe hoe ze die bij het baksel voegde en er vervolgens peper en zout over strooide. De geur veranderde. Hij begon verontrust te raken. Tomaten sneden zij thuis rechtstreeks op brood en strooiden er dan suiker over.

Pas toen zijn oudtante de spiegeleieren over de diverse borden verdeeld had en met een vol dienblad de kamer in verdween, durfde Attilio op de keukenstoel te klimmen die onder het open raam stond. Aan de vensterbank, waarop zijn ellebogen steun zochten, was met ijzerdraad een bloembak bevestigd. Hij boog zich over de bloemen heen en keek in de diepte van de gracht. Vanaf het moment dat zijn onderlijf tegen de muur drukte, voelde hij de wond weer kloppen: een tweede hart, onder de gordel. Gisteren, bij zi'Gino op de kolenzolder, was hij weer opengegaan. Ze zaten opgesloten. Na het middaguur was hij met hem mee naar boven gegaan om hem aan het werk te zien. Zi'Gino had hem meegenomen tot waar de trappen ophielden en waar het schemerig was, en stoffig. Daar was tussen de kolenboxen een kleine bergruimte met smalle ramen die net voldoende licht binnenlieten. Daar werkte hij. De deur ging achter hen dicht, en niet meer open. (Later bleek dat door de schok aan de buitenkant 'de haak in de ring was gevallen', een haak en een ring die zi'Gino niet eerder waren opgevallen. Maar waar kunnen ruimtes die alleen vanbuiten te vergrendelen zijn anders toe dienen dan tot het opsluiten van mensen of dieren?) Ze zaten opgesloten. Attilio was gedwongen de hele middag bij zijn oom in het berghok door te brengen, tot Ornella hen zou komen roepen voor het avondeten.

Zi'Gino was bezig aan een doek met veel pruisisch-blauw en feloranje strepen: een avondhemel met zware wolkenpartijen. Tot voorbeeld diende hem een kleurenreproductie, voorstellende de hemelvaart van Christus, die Attilio hem thuis uit een groot bijbels boek had zien scheuren. Christus zelf kwam, wonderlijk genoeg, op zijn doek niet voor. Het was er saai; hij verveelde zich algauw. De dikke toetsen pruisisch-blauw maakten hem somber; er kwam te weinig oranje in voor. Naar buiten kijken ging ook niet: de smalle, horizontale ramen waren zelfs voor zi'Gino nog te hoog. Het zonlicht hing diagonaal door het vertrek, duidelijk zichtbaar in het ronddwarrelende stof. In schuine banen viel het op het schilderij en op zi'Gino's hoofd en schouders. Als Attilio zich tegenover het raam tegen de wand aan drukte, scheen de zon nog net in zijn gezicht. Voor de rest bleef het in zijn regionen donker. De veldezel stond zo opgesteld dat het volle licht op de bovenste helft van het doek viel. De verf glom. Om wat schaduw te maken, moest zi'Gino ver voorover gaan hangen – soms té ver: er kleefde olieverf aan zijn neus. Hij leek geïrriteerd, en wat bedoelde hij toch steeds met een 'kamer op het noorden'? In het begin was hij nog tevreden geweest over zijn werk, toen afwisselend tevreden en ontevreden, en ten slotte helemaal niet meer tevreden. De verveling was compleet. Totaal, absoluut. En ze konden er niet uit.

'Waar komt Jezus?' vroeg Attilio. Zijn wond was inmiddels al zover genezen dat hij met een hand in zijn broekzak de jeuk moest verdrijven.

'Luister eens, klein piemeltje,' zei zi'Gino. 'Zullen wij eens een spelletje doen?'

Hij legde palet en penselen voorzichtig op de grond.

'Luister,' zei hij. 'Wij waren zwervers. Wij waren zwervers, en wij waren verdwaald. Verdwaald, in de woestijn.' (Hij bezigde die eigenaardige vertellerstoon in de onvoltooid verleden tijd, die kleine kinderen bij hun spelletjes zo instinctief gebruiken.) 'Twee eenzame zwervers waren wij. Toen vonden we een hut. Een hut, in de woestijn. We waren moe. We waren moe, en eindelijk vonden we een hut. We gingen meteen slapen.'

Hij trok even in gedachten verzonken met duim en wijsvinger aan de wimpers van zijn rechteroog.

'Zwervers slapen altijd kriskras over elkaar heen,' zei hij toen. 'Schots en scheef slapen ze op elkaar. Dat deden wij ook. Zo...' En hij deed zijn neefje voor hoe hij op zijn buik over de schilderskruk moest gaan hangen. Toen hij daar eenmaal zo hulpeloos hing, legde zi'Gino zich kruislings over hem heen. Attilio was zijn dwarshout. Hij leek het verhaal nog even mompelend voort te zetten, maar Attilio kon hem niet meer volgen. Hij voelde zi'Gino's lichaam ingehouden heen en weer schuiven over het zitvlak van zijn broek. Attilio hing met zijn hoofd omlaag en zag hoe zi'Gino nu eens met zijn rechterhand plus linkervoet, dan weer met zijn linkerhand plus rechtervoet, steun zocht op de grond. En onder die maaiende handen en voeten wolkte stof op, dat neersloeg in zijn mond. Zi'Gino drukte zwaar op hem. Het bloed bonsde aan zijn slapen. Voor zijn ogen begonnen donkere vlekken over elkaar te schuiven, donkere zonnen, die zich na verloop van tijd haarscherp formeerden tot de illustratie die hij eens in een tijdschrift had gezien. Het had opengeslagen op tafel gelegen. De illustratie, een waterverftekening, overwegend donkerblauw, gaf een drietal mannen te zien, bedoeïenen, met omhoog gerichte geweren. Afzichtelijk vertrokken koppen onder hoofddoeken.

'Mama, waar schieten die mannen op?'

'Op de zon,' had hij haar mond vol veiligheidsspelden horen zeggen. 'Op de zon. Dat zie je toch.'

'Op de zon?'

Hij volgde de geweerlopen tot bovenaan de bladzij. Daar

hing een donkerblauwe vlek: een vormloos brok blauw, waar puin af leek te brokkelen.

'Op de zon? Waarom?'

Bij het spreken spanden de spelden zich tussen haar tanden tot een soort mondharp, die al haar woorden vervormden tot iets van *plonk, plonk*.

'Ze zijn verdwaald,' meende hij verstaan te hebben. 'Verdwaald in de woestijn. Ze zijn gek geworden. Ze zijn gek van de hitte en de eenzaamheid. Ze hebben het heet. Ze willen de zon uit de lucht schieten. En dat doen ze. Uit wanhoop.'

In de verte sloeg een klok. Zi'Gino stond op. Hij had het niet te lang laten duren, maar lang genoeg om met zijn gewicht Attilio's wond weer open te drukken.

Nadat Ornella hen van beneden al een paar keer vergeefs geroepen had, kwam ze hen op het geroep van zi'Gino algauw bevrijden. Het viel haar het eerst op: 'Hij heeft gebloed!'

Een dun bloedspoor liep vanonder de pijp van zijn korte broek tot halverwege zijn bovenbeen. Het was al gestold en donker geworden. Hij werd opnieuw behandeld. Het verbandgaas zat in de opdrogende wond gehecht. Ornella deed haar werk met zorg, maar Attilio huilde en huilde en hield niet meer op.

's Avonds, bij Ornella's thuiskomst, had hij een extra flesje donker bier te drinken gekregen. Hij had er stil van gedronken, dat laatste uur van de avond, en over de rand van zijn glas naar Ornella getuurd. Het was doorzichtig roze, dat glas, maar van de rand tot de bodem schakeerde de tint van licht tot donker. Het stervormige, roodbruine voetstuk drukte een zespuntige ster in de palm van zijn hand. Gevuld nam het glas de diep donkere kleur van de drank aan, behalve de rand: een roze cirkel boven groezelig schuim. Als hij het tegen zijn gloeiende voorhoofd gedrukt hield, kon hij het schuim horen kraken. De blaasjes leken bijna geluidloos te exploderen. Toen het gezakt was, zag hij door het bewolkte glas Ornella's donker opgemaakte ogen.

Hij hoefde die nacht niet bij zi'Gino in bed. Om zijn pijn en zijn verdriet te verzachten namen Ornella en haar moeder hem tussen zich in te slapen. Terwijl zij zich nog gereedmaakten voor de nacht, lag hij al roerloos in het midden van hun kolossale bed en hield zich slapende. Hij lag op zijn zij, zijn gezicht naar Ornella's kant gekeerd. Het wachten was op haar warmte. Toen zij klaar waren, bogen ze zich, met het licht nog aan, fluisterend over hem heen. Hun handen liefkoosden hem bijna zonder hem aan te raken. Hij voelde zich koortsig opgewonden, had zin om op te springen en te schreeuwen, of hard te gaan huilen.

'Voeleens. Hij gloeit.'

'Ja, hij gloeit helemaal.'

'Wat een beeldschoon ventje toch, niet?'

'Een engeltje. Veel te mooi voor een jongen.'

'Hij zal het nog moeilijk krijgen.'

Pas nadat ze hun goede en boze wensen over hem hadden uitgesproken, ging het licht uit. Twee grote lichamen schoven naast hem onder het dek. Hij rondde zijn rug tegen zijn oudtante Antonella en lag met zijn open zijde klaar om Ornella te ontvangen. De zoete geur die ze nu bij zich droeg, was de intieme nachtelijke pendant van wat hij overdag op een afstand aanbad: de geur en de aanblik van haar opgemaakte gezicht: haar lipstick, haar rimmel, haar rouge. En dan was er nog de troostende zachtheid van haar nachtpon, en de warmte van haar lijf, die door de dunne stof heen straalde. Stijf tegen haar aan gedrukt, voelde hij zacht zijn wond kloppen. Maar de koorts, die met schokjes kwam, samen met de ijle koorts van het bier drinken, was weldadig nu. Het verdriet van die dag werd een weldaad.

En nu, de volgende ochtend, voelde hij zijn wond koortsig tegen de muur kloppen, terwijl hij over de bloembak gebogen probeerde te volgen wat er diep onder hem, in de gracht, zoal voorbij kwam gedreven: trage schuiten, een onbeholpen vlot – totdat hij het tafereel ontstaan zag dat zi'Gino nooit zou schilderen. Van rechts, uit een bocht in de gracht, kwam plotseling een rank, zwartgelakt bootje naderbij glijden. Het was bemand met drie personen: opgeschoten jongens van de leeftijd van zi'Gino – zestienjarigen. Ze waren sjofel gekleed; niet echt voddig, maar schamel. De achterste zat met opgetrokken knieën op de bodem. De voorste lag languit op een uiterst smalle voorplecht en hield de omhoogstekende boeg, een soort kam, omhelsd als de hals van een hobbelpaard. Tussen hen in torende wijdbeens de derde op, in groezelig onderhemd, de schouders ontbloot. Hij hanteerde een zeldzaam lange kanopeddel van een lichtgetinte houtsoort, met bladen aan beide kanten. Pas nu herkende Attilio het bootje als een gondel uit de plaatjesboeken van zijn overgrootmoeder. Het zonlicht viel door de bomen gezeefd op de gracht. Over het water lag een net van schaduw, waarin het bootje strakke plooien trok. Onder overhangende takken spatte het zonlicht in vlekken over de jongens heen. En glanzend gevernist flitste de peddel door dit gefilterde licht. De jongen stond fier rechtop: hoofd omhoog, blik vooruit. Links en rechts deed hij de bladen met grote precisie in het water neerkomen, zonder ze met zijn ogen te volgen. Het maaien van zijn armen was machtig en harmonieus. De peddel behield het draaipunt precies ter hoogte van zijn borstbeen: een gelijkmatig draaiende propeller. Hij was niet breedgeschouderd, niet buitensporig gespierd; toch duwde hij de gondel met grote kracht vooruit. Alleen zijn bovenlichaam draaide mee; zijn heupen bleven onbewogen, zijn benen roerloos in spreidstand geplaatst. Nergens miste hij het water: links, rechts... links, rechts... Attilio was verrukt. Terwijl zij naderden, lichtelijk zigzaggend vanwege de buitensporige wendbaarheid van het vaartuigje, bereikte hem vanuit de diepte de stem van een van hen, de achterste. Hij kon niet horen wat hij zei of riep: de woorden verwaaiden. Het klonk geagiteerd. Geen van beide anderen reageerde. De voorste bleef met zijn armen om de kam van de gondel geslagen dromerig over de gracht uitkijken en ook de peddelaar volhardde trots en verbeten in zijn fiere houding. De achterste richtte zich uit zijn zittende houding half op en verhief zijn stem. Nog steeds kon Attilio hem niet verstaan. Het was duidelijk dat hij opspeelde tegen een der beide anderen. De voorste bleef onbewogen; de middelste… Plotseling staakte hij zijn gepeddel en draaide zich met een ruk om. Attilio raakte in verwarring: de sublieme regelmaat van zijn bewegingen was plotseling afgebroken. De peddel had hij nu naast zich staan, rechtop, als een lans: het ding was langer dan hijzelf. Met een snauw of een vloek had hij zich omgedraaid. Ook de voorste draaide nu zijn hoofd om, maar bleef liggen waar hij lag. Hij mengde zich niet in de ruzie die bezig was te ontstaan. Toen de gondel na de laatste slagen was uitgedreven, kwam hij schommelend tot stilstand, schuin op de vaart, recht beneden het keukenraam, vlakbij de brug links beneden. Ofschoon het op luide toon werd gevoerd, kon Attilio geen woord van het twistgesprek verstaan. De achterste jongen stond nog steeds half opgericht met zijn handen aan weerszijden op de rand van het bootje. Toen bij zijn laatste uitval, als bij een kwade hond, driftig zijn nek naar voren schoot, kwam de middelste in beweging. Hij stond met zijn rug naar Attilio toe. Met een ruw gebaar plantte hij de peddel schuin in de boot. Hij stak een van de bladen onder het voorste zitbankje en bewoog de steel met grote kracht over het achterste bankje omlaag. Attilio zag de peddel weerspannig doorbuigen. Toen bleek dat het hout niet wilde meegeven, tilde de jongen driftig zijn voet op. Het volgend moment klonk luid gekraak; tussen zijn benen schoten splinters op. Op Attilio had het de uitwerking van een bliksemschicht: een knetterend weerlicht over de stille, donkere Herengracht. De peddel was diagonaal, zowat in de lengte, doormidden gebroken, met een kam van splinters; binnenin was het hout nog witter. Attilio voelde een steek in zijn onderbuik. *Veren*. Er was daar beneden iets geknakt, dat nooit meer helen zou. Toen de gondel zijn cadans hervonden had, zag hij hoe de middelste jongen zijn gebroken peddel opnam en de laatste vezels verbrak die beide stukken nog verbonden. Hij verbrak de zegels van zijn trots. De peddel was niet precies op de helft in tweeën gebroken, maar op ongeveer één derde van de lengte. Er viel geen woord meer. Het was extra stil nu, na de grote klap. Heel in de verte roezemoesde de wereld. Zonder omhaal stak de middelste de achterste het kleinste deel van de peddel toe. Zelf behield hij het grootste. Hij keerde hem onmiddellijk de rug toe en nam zijn plaats weer in. Maar toen hij zijn deel van de peddel in het water wilde steken, moest hij bukken: zelfs twee derde van de lengte bleek niet toereikend om staand verder te roeien. Hij had de peddel niet gedeeld; hij had hem *vernietigd*. Hij nam plaats op het voorste bankje. Ze begonnen gelijktijdig te roeien: hij rechts, dus van Attilio af, de ander links. Deze zat, als voorheen, laag in de boot, op de bodem. Gezien de lengte van het stuk roeituig dat hem was toebedeeld, was zijn zitplaats te laag en het achterbankje te hoog. Hij hing ongemakkelijk overboord, en in deze potsierlijke houding probeerde hij met kleine rukjes te roeien. Soms miste hij het water, dan weer schepte hij het klaterend omhoog. De ander roeide met kalme slagen, en stuurde het bootje steeds naar één kant. Het begon te wentelen. Voordat het zijwaarts de donkere tunnel van de brug binnengleed, was het al tweemaal om zijn as gedraaid. En nóg wentelde het door. Het laatste wat Attilio ervan te zien kreeg, was de voorsteven met daarboven de jongen die, onverstoorbaar als een boegbeeld (een arm om de boeg geslagen, de andere achteloos in het water), onverschillig de afgelegde vaarroute overzag. Toen stond opeens zijn oudtante Antonella naast hem.

'Wat zie je toch allemaal, Tilio?'

Hij schrok; hij had haar niet horen binnenkomen.

'Zijn vingers bloeden,' gonsde het door hem heen, maar hij gaf geen antwoord. 'Zijn vingers bloeden.'

'Ach, veel valt er hier niet te zien,' zei ze met een zucht. 'Het is hier zo saai. Je ziet hier nooit eens wat. In Venetië is het verkeer veel levendiger in de kanalen.'

'Zijn vingers bloeden.' Hij had geen bloed gezien en toch waren zijn gedachten aan de vingers van de jongen blijven hangen. Hij zou ze verwonden aan het gebroken uiteinde van de peddel, aan splinters en scherpe kanten.

'Kom, we gaan eten. Nu, wat heb je gezien?'

Vóór Attilio de gondel weer aan de andere kant van de brug tevoorschijn zag komen, tilde zijn tante hem van de stoel en drukte hem aan haar boezem. De jongens zouden daarmee voorgoed in de tunnel verdwijnen. Door haar van het gebeurde afgeleid, voltooide de ramp zich binnenin hem. Hij zag hoe door het ongelijkmatig roeien de gondel in het donker onder de brug steeds sneller aan het draaien raakte. Hij zag een draaikolk ontstaan, even bodemloos diep als de tunnel eindeloos lang was. 'Vallen, vallen, vallen tot je goud bent,' hoorde hij de stem van zi'Gino hol in de tunnel klinken. De horizontale en verticale bewegingen vervloeiden: draaikolk en tunnel werden één. Hij zag de gondel in het niets vervliegen, met gebroken propeller, en drie jongens die nooit zouden weten of ze tot 'haren of veren' bestemd waren.

'We gaan eten. Kom.'

En zo werd Attilio door zijn oudtante Antonella de huiskamer in gedragen, waar de anderen al aan tafel zaten: zi'Gino, Ornella, opa Santini, oom Lood, de oudtantes Maria Pia en Caterina; en aan het hoofd van de tafel zetelde als een koningin-moeder opoe Santini. Daar zaten ze: de hele familie tot wassen roerloosheid verstild. Ook Attilio's oudtante Antonella leek op de drempel te verstarren. Hij voelde haar armen om zich heen verstijven. Het leek of zij zo een eeuwigheid roerloos in de deuropening naar de familie stonden te kijken, die roerloos naar een roerloze opoe Santini keek.

'O, God,' zei iemand. Attilio zag de verzaligde glimlach van zijn overgrootmoeder en keek in haar gebroken ogen. Achter haar zag hij het familiedressoir, en heel even was daar weer het beeld van de korte, brute aks, helderder dan ooit. Hij kantelde, en viel met zijn steel tussen het roze glaswerk. Scherven. Attilio verbeeldde zich een lichte huivering door het dressoir te zien gaan. Zelfs meende hij de ingelijste foto's te zien wankelen. Oom Lood was de eerste die toeschoot. Hij schoof zijn stoel achteruit, liep op opoe Santini toe en wapperde met zijn hand voor haar ogen als om haar uit gepeins te doen opschrikken. Zonder dat hij haar had aangeraakt, viel zij daarop onmiddellijk achterover. Met behoud van haar glimlach lag zij met open ogen achterover in haar stoel. Opnieuw bracht oom Lood zijn hand naar haar gezicht, ditmaal om haar ogen te sluiten. Als een hoog, helder klokje hoorde Attilio heel ver weg, tussen verbrijzeld roze glaswerk misschien, of op de bodem van een nachtspiegel, een gouden ring neerkomen. Een inscriptie in de binnenkant vermeldde in kriebelige bloklettertjes de mooiste, de allermooiste naam: EMMA ROSA.

Tsjaikovski stopt al zijn zwaarmoedigheid in de fagot of *Een cactus op het graf van Chopin*

Voor Quinten – om zijn geheugen op te frissen

'...Oui, madame... Naturellement, madame... C'est vrai... Oui, c'est vrai, madame... Bien sur... Tout le monde l'aime... Tout le monde... Tout, tout, tout le monde, madame... Tout le monde aime sa musique... Oui, madame... Tout, tout, tout le monde... Vraiment, madame... Sans doute... Les FranÁais, naturellement... Mais aussi... par exemple... les Italiens... Et les Allemands... Les Africains... Et... je ne suis pas sur, madame, mais... je crois que... *même* les Hollandais aiment sa musique... Oui, je crois... Et naturellement les Japonais... comme vous, madame...'

Aan het woord een Parisienne van middelbare leeftijd. Al geruime tijd met steeds iets andere woorden telkens hetzelfde naar voren brengend, lijkt zij de perfecte belichaming van de dwangmatige verbale herhalingsdrang van de Fransen, een volk dat, net als de oude Grieken, nooit vreemde talen heeft willen leren, zogenaamd om de eigen taal 'zuiver' te houden.

'...Tout le monde... Croyez m'en... Tout, tout, tout le monde, madame... Bien sûr...'

Wie haar zo bezig hoort, krijgt sterk de indruk dat juist door die naar binnen geslagen taalgerichtheid hun vocabulaire, in plaats van zuiver te blijven, zich tot onnodig voluptueuze proporties heeft opgeblazen. De tong lijkt geen keuze meer te kunnen maken uit de overstelpende hoeveelheid rad geboden equivalenten. La langue, la langue. In den beginne waren tong en taal nog één, maar nu alle kernwoorden zijn geguillotineerd tot zevenkoppige gedrochten van equivalenten, en zo verder, ad infinitum, vindt de tong nog slechts struikelend zijn weg over een onmetelijk veld van taal.

Alleen de Franse havensteden liggen wijdbeens open naar zee en bieden zich veil aan onzuivere, uitheemse elementen. Maar van wat via de scheepvaart aan Hollandse 'bolwerken' de Franse taal infiltreerde, heeft Haussmann alras boulevards laten maken – een stad vol. Het is over die boulevards dat men haar vaak kan zien flaneren: frêle, en met een jeugdiger elan dan zij zich eigenlijk kan permitteren. Zij neuriet een wijsje uit haar jonge jaren: 'La vie en rose'. De rok van haar lichtgrijze mantelpak sluit strak om haar knieën, wat haar pasjes iets afgemetens en draaiends geeft. Hoge hakken, nylons met naad. In haar linkerhand houdt zij een lange filtersigaret, in de rechter een klein roomgebakje, waar zij, tegen de wind in, met getuite lippen de poedersuiker af probeert te blazen, waarvan de rest al op haar neus en revers kleeft. Zonder haar pas in te houden neemt zij een grote hap, en zuivert, nog voor zij die heeft doorgeslikt, met de punt van haar tong snel haar mondhoeken van een zweem van room. Zo loopt zij, bijna dagelijks, de boulevards af. Maar eens per week, zoals vandaag, neemt zij op de boulevard Saint-Michel de metro naar Père Lachaise, om bloemen te schikken op het graf van Chopin.

'Pourquoi sa musique me plaît? Oh là-là... Iederéén vindt haar toch mooi, n'est-ce pas? Iedereen móét haar wel mooi vinden. Niemand komt eronderuit. Niemand kan anders dan die muziek mooi vinden. In alle landen is het zo. Bien sur, madame.'

Zij staat vertrouwelijk over het graf gebogen en schikt

bloemen in een zilveren beker met inscriptie. Anjers. Rode en witte.

'Voilà, madame. Le rouge et le blanc. Hij was tenslotte minder zwartgallig dan Stendhal.'

Ze heeft ze voor zich op de zerk liggen en neemt ze een voor een ter hand om er, na zorgvuldig schuine inplant van de schaar, een stuk van de steel af te knippen. De schaar klapwiekt bedrijvig tussen haar turkoois gelakte nagels; de ogen tikken kort en droog in de holte van haar hand.

'...Oui, madame... Certes, madame...'

Zij richt zich tot een kleine Japanse vrouw, die haar vanonder een knalgele kunstzijden hoofddoek welwillend glimlachend aanhoort en af en toe in gebrekkig kakelfrans een verkapte vraag stelt. Na het inkorten van de laatste steel legt zij de schaar af en begint siertakjes tussen de anjers te schikken. Tot op dit moment ben ik zo gebiologeerd geweest door het raffinement van haar vingers dat mijn ogen zich nu pas van haar handen weten los te maken, en afdwalen naar de voet van het graf, waar... in een roodaarden pot... heel aanstootgevend parmantig... een *cactus* prijkt. Nog voor ik bij mezelf wrevelig de vraag heb kunnen toelaten: 'Wie zet er nu een cactus op het graf van Chopin?' hoor ik heel duidelijk een onduidelijke stem, die zegt: 'Hij speelde het bloed uit zijn vingers.'

Het is de dronken stem van de stiefvader van mijn beste vriend: Attilio. (Voorheen Attilio Rossaerts, nu Attilio Santini. Sinds hij, op zijn eenentwintigste verjaardag, te horen heeft gekregen wie en wat zijn echte vader was, heeft hij zijn civiele naam verworpen, en die van zijn moeder aangenomen. Een paspoort onder zijn nieuwgekozen naam los te krijgen is hem echter niet gelukt. De ambtenaren van het Bevolkingsregister snapten niéts van zijn geval. De naamsverandering deed nogal wat stof opwaaien in zijn kennissenkring; in het Hollandse deel ervan tenminste: in Italië kennen ze hem niet anders dan onder zijn moeders naam. Het leidde tot gniffelende speculaties, die hem op een dag tegenover mij de opmerking ontlokten: 'Dat ze me met rust laten. Je gaat een clown die zich Miou of Chou-Chou noemt toch ook niet ontmaskeren als zijnde Jansen.')

'Chopin,' hoor ik hem met dikke tong beweren, 'díé kon spelen. Hij speelde, en speelde, tot het bloed uit zijn vingers sprong.'

Tot in het diepst van zijn dronkenschap hoefde maar een sprankje pianomuziek door te dringen, hoe triviaal ook, Louis van Dijk of drie aangeslagen toetsen in een Sterreclamefilmpje, of hij richtte zijn hoofd op en bezigde steeds dezelfde woorden, in eindeloze variaties: 'Hij wist van geen ophouden. Hij speelde zijn vingers kapot. Echt waar. En gewoon doorspelen.'

De eerste keer dat ik hem dronken meemaakte, hoorde ik hem die woorden gebruiken bij een pianowerkje van Satie. Stomdronken was hij nog niet, wel flink aangeschoten. Ik had de indruk dat hij mij wilde imponeren. Attilio schaamde zich zichtbaar tegenover mij over de half lallende uitlatingen van zijn naamgever. Hij schudde hem aan zijn schouder en zei met nadruk: 'Dat bloed, pa, dat kwám niet uit zijn vingers. Hij gaf het op. Het kwam uit zijn longen. Hij *spuwde* bloed. Hij had tbc. Tuberculose, pa. Tu. Ber. Cu. Lo. Se. Consumption, als je dat beter verstaat.'

'O, is 't 'm dat,' mompelde de man met hoorbare teleurstelling. 'Ik dacht...' – en deed er verder het zwijgen toe. Maar elke volgende keer was hij in zijn roes deze terechtzetting weer vergeten en viel hij terug op zijn aanvankelijke bewering: 'Hij speelde het bloed uit zijn vingers.'

Later vertelde Attilio me dat de man in zijn jonge jaren een film over het leven van Chopin had gezien. Ik wist welke film hij bedoelde: ik had hem zelf gezien, Attilio niet. Het was een vroege kleurenfilm vol goedkoop effectbejag. Hoe

Chopin dat zakje Poolse aarde op zijn piano leeggestort kreeg, bijvoorbeeld. Uit enthousiasme over dat nieuwe medium, de kleurenfilm, had men geen contrast, hoe vloekend ook, ongebruikt gelaten. Helrood bloed op smetteloos witte toetsen. Wars van alle realisme (men had immers te doen met een *romantisch* fenomeen) werd het bloed opgeven van Chopin niet rechtstreeks te zien gegeven: het werd alleen gesuggereerd, door de schokkende rug van de acteur en door met bloed bevlekte vingers en toetsen.

'Hij speelde het bloed uit zijn vingers.'

Geen mens die hem dat nog uit het hoofd gepraat kreeg, zeker in zijn dronkenschap niet. Van lieverlede was ik de hardnekkige, onuitroeibare vergissing aangaande de vingers van Chopin gaan beschouwen als een onbedoelde daad van poëzie van die diep tragische man, die zich bodempje voor bodempje een bodemloze afgrond in dronk en zelf menige vinger had verwond aan het instrument van zíjn muziek: het glas. Want er was immers sprake van een pianist, en bij pianisten zijn de vingers meer dan de longen, dat had Attilio's stiefvader in de onderwereld van zijn roes goed aangevoeld. En die eenzijdige, eenregelige maar ongeëvenaarde poëzie zou misschien voorgoed onder de drempel van mijn bewustzijn verborgen zijn gebleven, als ik niet nu, hier, aan het graf van Chopin, die malle cactus had aangetroffen. Hier vegeteert in een roodaarden pot, stug en taai, het waarheidsgehalte van Rossaerts' poëzie, die vergissing, verspreking en verzwijging in één is, want – leed hij niet zelf aan een longaandoening? Door de stekelige oppervlakte van de plant licht raspend aangestreken, lijkt mijn geheugen spontaan te zijn ontvlamd in de woorden: 'Hij speelde het bloed uit zijn vingers.'

Maar dan nog zou de aanblik van de plant zijn uitwerking waarschijnlijk hebben gemist, als ik niet zelf ooit als kind, toen ik een 'stilleven met cactus' wilde tekenen, mijn vingertoppen verwond en mijn papier bevlekt had. Toch is er meer, ik voel het. Blijkbaar strijken de naalden van de cactus zo grondig roskammend tegen de gladde vacht van vergetelheid in dat ik nóg een herinnering voel lostrillen: een die met de vorige ten nauwste verbonden moet zijn. Niet zozeer de herinnering aan een opgerakelde gebeurtenis, als wel de herinnering aan het proces van oprakeling zelf, dat zich nu eens niet geheel buiten mijn bevattingsvermogen om lijkt te hebben voltrokken. Het voorval schiet me nú gemakkelijk genoeg te binnen; tóén leek het zich te hebben teruggetrokken tot in de meest ontoegankelijke uithoek van mijn geheugen: het middelpunt van het labyrint zelf namelijk, dat gebleken is alleen door het toeval met zijn grillen te kunnen worden opgespoord. Een kus. Niet meer dan een *kus*, de enige die Attilio en ik ooit wisselden. Een kus, maar dan zo smartelijk dat het me ook geenszins verbaast hem zo moeiteloos tot onvindbaarheid te hebben kunnen opbergen en wegsluiten. Het is me eerder een raadsel dat ik hem ooit heb teruggevonden. *Dat. Hoe* ik hem heb teruggevonden, is me geen raadsel meer. Maar hoe het me ook stap voor stap weer te binnen wil schieten, de kern van mijn oplossing is niet meer dan een opnieuw geformuleerde vraag.

Hoe berekenbaar is ons geheugen?

Het was in de tijd dat ik nog in het studentencomplex woonde. Gang nummer zoveel, kamer nummer zoveel. Op een zondagavond zat ik met enkele ganggenoten in de gemeenschappelijke keuken naar de tv te kijken, naar een Duitse stomme film van rond 1920. De film behandelde een drama dat zich afspeelde in en rond het huis van een baanwachter, die op zeker moment het besluit neemt zijn onteerde dochter te wreken. Ik hield mijn ogen op het scherm gericht, zag bewegende beelden, afgewisseld door verklarende tussenteksten en hoorde de achtergrondmuziek, maar van het eigenlijke verhaal drong nagenoeg niets tot me door. Ik zat aan iets totaal anders te denken. Hoe dat nu moest, morgen, met dat tentamen 'moderne wijsbegeerte'. Nooit had ik een tentamen op merkwaardiger wijze voorbereid: per koptelefoon. De professor in kwestie leefde weliswaar van het geschreven woord van anderen, maar was als de dood voor schriftelijke weergave van zijn éigen woorden. Dat gold voor zijn filosofische commentaren in het algemeen en voor zijn hoorcolleges in het bijzonder. Hij publiceerde nooit. Zijn eigen woorden in druk onder ogen te moeten zien, dat zou hij nooit hebben overleefd. Maar ook al hád hij geen bezwaar gehad tegen verspreiding van zijn collegeteksten, dan nog zou het tot dictaat uittikken en stencilen ten enenmale onmogelijk zijn geweest. Hij gebruikte geen aantekeningen. Als hij de draad van zijn betoog eenmaal te pakken had, beleefde hij eenvoudig een uittreding. Hij wierp het lichaam van kennis dat zich in hem gevormd had via een onstuitbare monoloog plompverloren voor de voeten van zijn gehoor. Voilà. Zie maar wat je ermee aanvangt. De man was geen filosoof, maar een filosofisch medium. Door hem sprak de filosofie. We kregen college van een dansende tafel. Literatuur gaf hij niet op. Volgens zijn secretaresse werd voor het tentamen de 'inhoud van zijn college' bekend verondersteld, 'meer niet', wat betekende dat het welslagen enkel en alleen kwam af te hangen van de eventuele notities die je in de loop van het jaar had weten te maken. Maar wat die man in zijn tweemaal drie kwartier, struikelend over eigen en andermans woorden, zoal bij elkaar brabbelde, was niet alleen met geen pen bij te houden, maar ook met geen pen te beschrijven. Toch zou en moest ik dat tentamen halen, het was het laatste voor mijn kandidaats. Na een jaar vruchteloos pennen had ik besloten het komende jaar een andere tactiek te gaan volgen. Hoewel ik wist dat de man niet alleen voor schriftelijke, maar überhaupt voor élke reproduceerbare weergave van zijn woorden allergisch was, dus ook voor bandopnames, nam ik voortaan mijn cassetterecorder mee naar college. Ik verborg hem met microfoontje en al in mijn oude schooltas, zorgde ervoor altijd op de voorste rij te zitten en schakelde hem in zo gauw het orakel, na een inleidend kuchje, begon te spreken. Op het eind van het studiejaar had ik zo'n vijftig à zestig college-uren 'moderne wijsbegeerte' op de band staan. Een tijd tevoren was ik begonnen de banden in chronologische volgorde, ze waren genummerd, een voor een af te spelen. En toen nog eens, en nog eens. Terugspoelen. Nog eens terugspoelen. In mijn wanhopig streven er enige draad of samenhang in te ontdekken, begon ik mij ongemerkt zijn manier van spreken eigen te maken. Het begon met zijn retorische stopwoordje 'nietwaar', dat soms wel drie, vier keer per zin optrad.

'U kunt zich dat zo voorstellen, nietwaar, zo'n Sartre, nietwaar, schreef prachtige romans, nietwaar, en was hij dat nu maar blijven doen, nietwaar, want zijn filosofie deugt van geen kanten.'

Vervolgens mat ik me zijn intonatie aan en ten slotte zelfs de raspend resonerende keelklank die hem zo eigen was. De mensen begonnen me bevreemd aan te kijken. Zonder dat ik me, op deze bizarre wijze van studeren, ook maar een fractie van zijn denken had weten eigen te maken, was wél zijn stem via de koptelefoon mijn hersenen binnengespoeld. Zo intiem had ik met hem verkeerd. Het ging voornamelijk over causaliteit, zoveel had ik er wel uit begrepen. Tal van gerenommeerde filosofen moesten het daarbij ontgelden, met name Hume, in wiens denken, volgens mijn professor, geen sprake was van echte causaliteit, maar van een soort 'spring'-causaliteit. In de opeenvolging van oorzaak en gevolg ontbrak bij hem een schakel. Ik was mijn stem kwijt en zat met die van hem opgescheept. Hoe moest dat nu morgen? Hij zou een vraag stellen en zichzelf het antwoord horen geven; de ondervraagde bewoog alleen zijn lippen. Ik hoorde mezelf al honend, met zijn stem, het voorbeeld van de biljartballen op de hak nemen.

'U kunt zich dat zo voorstellen, nietwaar, zo'n stel Engelsen bij elkaar in hun club, nietwaar, en dan voor hun discussie over causaliteit geen ander voorbeeld weten te bedenken, nietwaar, dan het biljart dat daar al eeuwen staat.' (In zijn uitspraak van het woord 'club' scheen de hele haat die hij de Angelsaksische filosofie toedroeg geconcentreerd. Zoals hij het denken van Kierkegaard steeds belachelijk probeerde te maken door overdreven uitspraak van diens voornaam Søren.)

Om die verwerpelijke springcausaliteit à la David Hume Esq. te vermijden, moesten we om te beginnen eens afleren om in oorzakelijk verband het zichtbare *eindresultaat* als het ware gevolg te zien. De ontbranding van een stuk hout, bijvoorbeeld, of het wegstuiteren van de rode bal, nadat de witte erop is ingerold. Allemaal Angelsaksische nonsens. Borrelpraat. Het eigenlijke gevolg was, volgens hem, de *disponibiliteit* tot ontbranden en wegstuiteren, die door de oorzaak werd teweeggebracht.

Achteraf beschouwd kan ik in de taal van mijn professor zeggen dat op het moment van mijn gepeins een veelheid van oorzaken doende was mijn geheugen 'disponibel' te maken tot oplevering van een veelheid van herinneringen, die alle zouden uitmonden in één overheersende herinnering: Attilio's kus.

Halverwege de film hoorde ik in de gang een deur opengaan, waarna snelle voetstappen de keuken naderden. Hoewel ik me niet kon herinneren hem ooit *snel* door de gang te hebben horen lopen, was het onmiskenbaar de Dikke Erudiet die daar met dreunende stap naderbij kwam: hij was de enige van onze wooneenheid die klompen droeg, van die leren inschieters met houten zool. Uit de manier waarop mijn ganggenoten kuchend gingen verzitten, kon ik opmaken dat zij zich onbehaaglijk begonnen te voelen. De Dikke Erudiet bracht bij het betreden van een vertrek bij degenen die hem kenden altijd een zekere onrust teweeg. Hij was gevreesd en gehaat om zijn opdringerige betweterij. Hij kon iemand urenlang doorzagen over het al dan niet rechtmatige gebruik van de *l* achter de *f* voor geldbedragen, en de misverstanden die daaruit voort konden komen. 'Het zijn maar kleine dingetjes,' zei hij snuivend als hij iemand overbluft had. Hij gaf zich nooit gewonnen, ook niet als iemand een onontkoombare tegenzet plaatste. 'Daar heb jíj weer gelijk in,' zei hij dan geringschattend, alsof hij een kind bevestigde in diens beperkte gelijk. De deur ging open en hijgend stapte de Dikke Erudiet de keuken binnen. Hij plofte terstond in een stoel neer en bracht amechtig uit: 'Krokkie heeft zojuist naar een vlieg gehapt.'

De Dikke Erudiet was niet altijd erudiet, maar ook niet altijd dik geweest. Hij was nu achtendertig, getrouwd, en had twee kinderen, meisjes, van respectievelijk acht en tien. Een jaar of zes geleden had hij zijn goedlopende meubelzaak onder het beheer van zijn vrouw gesteld en was zich op de medicijnenstudie gaan toeleggen. Tot en met zijn kandidaats had hij thuis gestudeerd, maar nog voor het definitieve examen begon hij zich bij zijn vrouw te beklagen over het afleidende kabaal dat hun dochtertjes dagelijks maakten. Om zich in alle rust op zijn doctoraal te kunnen voorbereiden, huurde hij na zijn kandidaatsexamen een flatje in het studentencomplex, en kwam, overeenkomstig de afspraak, sindsdien alleen nog in de weekends thuis. Dat was nu vier jaar geleden. Nadat hij zich op de wooneenheid geïnstalleerd had, informeerden zijn toenmalige ganggenoten (ik moest nog komen) voorzichtig wat hij 'in zijn vrije tijd zoal deed'. Bleek dat hij regelmatig met vrouw en kennissen de schouwburg en het culturele centrum bezocht, en na afloop van de voorstelling 'nog ergens met hen een milkshake ging drinken'. De studenten leerden hem bier drinken. Was hij bij vestiging nog een man van normaal postuur geweest, door het bier drinken, en door de slechte eetgewoonten die hij eraan overhield, begon hij in de jaren die volgden vanuit de heupstreek langzaam maar zeker op te zwellen. Hij leek niet zwaar, maar sponsachtig, opgeblazen. Bij het lopen leunde hij ietwat achterover en droeg of duwde zijn buik letterlijk voor zich uit. Hij moest wel bijzonder vatbaar zijn. Op het laatst was hij de grootste drinker van allemaal. Hij initieerde de nieuwkomers en was vanaf dat moment hun aanvoerder. Ik was een van zijn eerste slachtoffers. Híj bepaalde wanneer er gedronken werd en in welk tempo, wat zeggen wilde: elke avond en met een noodvaart. Toch werd door zijn ongeschreven wetten, die zelfs onuitgesproken bleven, ten strengste verboden vóór middernacht naar het studentencafé af te dalen. Rond twaalf uur kon men zijn drinkebroers nerveus door de keuken zien drentelen, terwijl hij, de rust zelve, als een koning in zijn luie stoel lag. Mocht iemand de moed hebben de deur van de koelkast open te trekken om tegen de komende beproevingen een slok melk te nemen, dan kreeg hij te horen: 'Niet doen. Zonde van je droge keel. Je bederft je hele dorst.'

Als iedereen verzameld was, besliste hij wanneer er werd afgedaald. Soms liet hij ze met opzet een kwartiertje wachten, zogenaamd 'om de dorst op te voeren', maar in werkelijkheid natuurlijk om zo lang mogelijk van zijn macht te genieten, tot zijn eigen dorst hém te machtig werd. Het café was tot twee uur open. Toch kwamen ze nooit voor drie, vier uur naar buiten. Het was zaak om na het luiden van de bel, een kwartier vóór sluitingstijd, iedereen van de clan nog een rondje te laten bestellen. Dat betekende dat bij een gezelschap van tien personen iedereen na tweeën nog tien glazen bier te legen had. Hoe het ook zijn best deed en zelfs vergaderingen belegde, het barpersoneel had in al die jaren geen enkele geschikte methode kunnen vinden om die van de Dikke Erudiet onschadelijk te maken. Hij overbluftte ze met half verzonnen argumenten. Op dat gelijkhebberige toontje van hem suggereerde hij een rechtskennis die hij maar ten dele of zelfs in het geheel niet bezat. In plaats van 'Dikke Erudiet' had men hem ook 'Dikke Sofist' kunnen noemen. Na het verlaten van het café werd er nog tot het vroege ochtenduur doorgezakt; de Erudiet was onveranderlijk de laatste die het veld ruimde. Door de drastische wending die zijn levenswandel had genomen, raakte niet alleen zijn lichaam, maar ook zijn studie in het slop. Toch wist hij nog af en toe een tentamen te halen. Het geheim daarvan lag in zijn vermogen tot woekeren met kleine hoeveelheden kennis. Dat vermogen begon hij al spoedig te cultiveren, ook, en vooral, op het persoonlijke vlak. Zoals hij zijn eens zo welgevormde lichaam had opgeblazen tot iets grotesks, zo blies hij zijn schamele eruditie op tot schaamteloos vertoon van schijnwijsheid. De manier waarop hij uit de hoek kon komen had inderdaad iets pafferigs. Sommigen hielden zijn kennis voor gedegen, anderen spraken van 'krantenwijsheid'; de waarheid was dat niemand zijn kennis van zaken ook maar bij benadering kon peilen. Een precair gesprek wist hij altijd op een zijspoor te brengen, en ten slotte te laten vastlopen in futiliteiten, waarvoor híj de oplossing in petto had. Hij rustte niet voor hij het laatste woord had. Weerloos maakte men hem alleen op zaterdagochtend mee, als zijn vrouw hem kwam ophalen, met de auto. De kinderen wachtten op de achterbank ongeduldig op hun vader, die in zijn ochtendjas door de keuken tolde en koffie probeerde te zetten. Tegen hun moeder, die met haar jas aan bij de deur stond, mompelde hij iets over ''s nachts studeren', maar ondergroef met zijn drankkegel zijn eigen woorden. Hij was dol op zijn kinderen; hij kon ze niets weigeren. Een week of drie tevoren had hij ze meegenomen naar de dierentuin, waar ze niet weg te slaan bleken bij een vijver vol krokodillen. Er waren kleintjes bij, die de kinderen in verrukking brachten. Gewend als ze waren alles van hun vader gedaan te krijgen, begonnen ze in koor te zeuren om zo'n klein krokodilletje. Hij kon er toch een kópen; ze waren vast niet duur. De Erudiet had nog geprobeerd ze voor een volgend onderdeel van de diergaarde te interesseren, maar nu zijn dochtertjes hun zinnen eenmaal op de babykrokodillen hadden gezet, lieten zij zich niet zomaar met apen of pinguïns afschepen. Ten einde raad had hij de boodschappentas leeggeruimd, zijn broekspijpen opgerold, en was, toen de moederkrokodil op de tegenovergelegen oever lag te zonnen, resoluut het ondiepe water in gewaad. Vanaf de kant keken de meisjes ademloos toe hoe hun vader schijnbaar moeiteloos een van de reptielen uit het water viste en in de tas stopte. Toen hij het dier thuis wilde laten rondzwemmen in een teil lauw water, bleef het roerloos maar met waakzame oogjes aan de oppervlakte drijven. Nee, dood was het niet, maar eten wilde het evenmin. Het idee van een krokodil als speelkameraadje voor hun dochtertjes stuitte bij de moeder op felle tegenstand. Om verdere onenigheid te voorkomen had de Dikke Erudiet, ondanks het verbod op huisdieren, toen maar besloten het krokodilletje bij zich op de flat te huisvesten. Dat was nu drie weken geleden. Rondom een met water gevuld afwasteiltje had hij met bakstenen een hoekje van de kamer afgeschut en daar de krokodil in ondergebracht. In de vijver van de nabijgelegen kloostertuin was hij kikkers gaan vangen. Hij liet ze in leven. In de hoop dat 'Krokkie' eigener beweging op jacht zou gaan, liet hij ze los in het water van het teiltje, waar hij, om de jacht aantrekkelijker te maken, enkele lelies op liet drijven. Krokkie keek er niet naar om. Hij bleef zitten in de houding waarin hij daar was neergezet: als opgezet. Misschien, zo redeneerde de Erudiet, was hij nog te jong om op kikkerjacht te gaan. Hij viste de kikkers uit het water, sneed ze met een aardappelmesje de kop af en legde ze in een halve cirkel om Krokkie heen. Deze echter bleef onbeweeglijk zitten; alleen aan een zekere oplettendheid in de kleine oogjes was te zien dat hij nog leefde. De kikkers verdroogden, verschrompelden, en waren na enkele dagen alleen nog zwarte stukjes gummi. De Dikke Erudiet gaf de moed op; in ieder geval liet hij de illusie varen zijn kamergenoot nog ooit aan het eten te krijgen. Drie weken lang bleef de krokodil volharden in een puriteins stoïcisme. Het was of hij ergens op wachtte: op zijn moeder, bijvoorbeeld, of op de dood, of op een vlieg. Na drie weken kon de Erudiet niemand nog doen geloven dat hij een *levende* krokodil op zijn kamer hield. Algemeen werd aangenomen dat hij was opgezet en als een zoveelste experiment werd gebruikt om zijn retorische overredingskracht te scherpen. ('Als ik zég dat hij leeft, dan lééft hij ook.') Een uitzondering vormde zijn buurman: die had, naar eigen zeggen, Krokkie net zolang met een vinger op de neus getikt tot deze met zijn kaken naar hem had uitgehaald. Hij had zijn hand nog net op tijd weten terug te trekken, wat jammer was, want nu kon zelfs niet de geringste huidperforatie een bewijs leveren voor de levende status van de krokodil. Zijn uitlatingen werden daarom beschouwd als met pils of dreigementen afgekocht door de Dikke Erudiet. De Dikke Erudiet zelf beweerde op een ochtend (het was nog donker) te zijn wakker geworden van 'een druk op het dekendek'. Daar zat Krokkie. Met zijn voorpoten opgericht tegen zijn borst keek hij hem met glinsterende kraaloogjes vragend aan. Zo hadden zij elkaar 'wel een uur lang' als versteend aangekeken, tot de Erudiet weer was ingeslapen. Bij het definitieve ontwaken had hij zijn krokodil weer in dezelfde houding als voorheen aangetroffen, reden voor hem het nachtelijk incident aan de drank te wijten. En daarmee was dan ook dit verslag als bewijs voor de levende status van de krokodil waardeloos geworden. Maar nu, vanavond, zondagavond, was de Erudiet ons in de keuken plotseling opgewonden komen vertellen dat 'Krokkie naar een vlieg had gehapt'.

'Het is zijn eerste poging tot eten in die drie weken.'

Er ging een vaag instemmend gemompel op. Hoewel zijn opwinding niet gespeeld leek, en in tegenspraak met zijn normale kalme cynisme, geloofde niemand, ondanks het vage gemompel van geveinsde instemming, dat de krokodil écht naar een vlieg had gehapt. Het was en bleef een opgezet dier. De toekomst wees echter anders uit. De komende dagen kon iedereen met eigen ogen zien dat Krokkie werkelijk in beweging gekomen was. Hij bewoog zijn kop, dompelde zich onder in het water en hapte af en toe naar een vlieg. Binnen enkele dagen was hij dood. Achteraf kan ik dus met gemak constateren dat het wel degelijk de lichtmetalige klap van Krokkies onvolgroeide kaken is geweest die precies te rechter tijd de Dikke Erudiet de keuken in dreef om na zijn mededeling over de onverwachte vliegenjacht ongewild mijn vastgelopen herinneringsmechanisme op gang te brengen. Wat gebeurde er namelijk? Zo gauw zijn adem weer wat rustiger werd en zijn buik was opgehouden te deinen, stond hij op en begon, terwijl wij onze aandacht op de film gericht hielden, achter onze rug in zijn voorraadkastje te rommelen. De koelkast ging open en dicht, en plotseling stond hij vlak achter me. De spanning was voelbaar. Duidelijk hoorbaar etend volgde hij een moment het gebeuren op het scherm, dat juist een dramatisch hoogtepunt bereikte. Ook de muziek zwol aan tot een volume dat het toestel niet aankon: inwendig begon er iets mee te trillen.

'Hm,' merkte de Erudiet, als terloops, met volle mond op. 'Hm, typisch muziek van Poesjkin.'

Ik wist dat hij als enige op de afdeling een eigen toestel had. Het stond onafgebroken aan, dan op dit net, dan op dat. Hij zag nagenoeg elk programma, niets ontging hem. Het was vrijwel zeker dat hij op dat moment ook déze film had aanstaan.

'Typisch muziek van Poesjkin.'

Zijn geheim was dat hij er een *omgekeerde* vorm van eruditie op nahield. Dat hield in dat hij, om te beginnen, meestal iets paradoxaals of triviaals of onwaars in het midden bracht. Beaamde zijn gesprekspartner het beweerde, dan wist hij genoeg: hij had een gewillig slachtoffer voor zich. Ontkende of bestreed hij het, dan wachtte hem het hoongelach van de Erudiet. 'Happen' heette dat dan. Mééstal iets paradoxaals of triviaals of onwaars, want dat was het venijnige: dat hij soms onmiddellijk met de júíste stelling op de proppen kwam. Wat juist of onjuist was, speelde hij altijd waterdicht te kunnen aantonen: boeken, encyclopedieën, naslagwerken, weddenschappen, telefoontjes... Hoewel ik het nog nooit in de praktijk had gebracht, dacht ik er eindelijk iets op gevonden te hebben. Tegenover elke paradoxale of valse bewering van zijn kant zou ik op mijn beurt eveneens iets paradoxaals of vals stellen. Ik was op mijn hoede.

'Hm, typisch muziek van Poesjkin.'

'Ja, inderdaad,' hoorde ik iemand zeggen.

'Dat hebben ze er ook bij gezegd,' mompelde een ander. Dat was niet waar, maar het was niet het soort vereffenende moedwillige onwaarheid zoals ik die sinds kort voorstond. Het was een beaming uit slapte, juist bedoeld om de gevreesde betweterige dikzak tegemoet te komen, als hij maar wilde ophoepelen. Het ergerde me dat ik écht niet wist wie de componist was van het stuk dat hier als achtergrondmuziek werd gebruikt. We hadden iets te laat op het programma afgestemd, toen de titelrol al voorbij was. Ik herkende de muziek, maar het wilde me, ergerlijk genoeg, niet te binnen schieten wie haar gecomponeerd had. Wie het goede antwoord weet, valt het tenslotte gemakkelijker een foutief antwoord te bedenken.

'Typisch muziek van Poesjkin.'

Hij was nog niet uitgesproken of de muziek, die zojuist een hoogtepunt had bereikt, zakte terug naar een ingetogen fagotpartij. Precies op dat moment herinnerde ik me de ritselende slag van een soort ongewervelde, glimmend zwarte vleermuisvlerk, en daarbovenuit klonk heel duidelijk de krakende stem van wijlen Attilio's overgrootvader Santini.

'Tsjaikovski,' hoorde ik hem zeggen, 'stopt al zijn zwaarmoedigheid in de fagot.'

Door de herinnering aan die woorden was ik me plotseling bewust van een intens gevoel van verlangen en verwachting, dat nog niet noodzakelijk aan een *kus* vooraf behoeft te gaan. Wat deze stomme film opluisterde, was inderdaad een symfonie van Tsjaikovski: de vierde. Had ik nu geantwoord: 'Welnee, dit is de vierde van Tsjaikovski,' dan zou cynisch gegrinnik mijn deel zijn geweest. ('Niets, maar dan ook *niets*... Ach, ik geef het op.') In Florence had Attilio me eens op een tweetal gevelstenen gewezen. Bij de teruggevonden woorden van zijn overgrootvader herinnerde ik me hun tekst en de zinsnede die ik ooit in een of ander boek had gelezen: 'die de zwaarmoedigheid volledig dienstbaar weet te maken aan de literatuur'.

'U vergist zich,' hoorde ik mezelf met de stem van mijn professor zeggen. 'Dit is de zevende van Toergenjev. Uit 1869. Die heeft hij gecomponeerd, nietwaar, toen hij in Florence verbleef. Van '68 op '69. In een huis tegenover het Palazzo Pitti. Dat zuidelijke in die fagotten, nietwaar, dat lichte, dat frivole, dat hoor je toch meteen. Terwijl hij nou juist de man is, nietwaar, die zijn *zwaarmoedigheid* altijd volledig dienstbaar heeft gemaakt aan de muziek. Godallemachtig, je mag toch wel íéts bekend veronderstellen!'

Maar terwijl ik dit zei was ik met mijn gedachten volledig bij de woorden van de oude Santini, zonder dat me te binnen wilde schieten in wat voor verband ze pasten.

'Tsjaikovski stopt al zijn zwaarmoedigheid in de fagot.'

Wat zich aanvankelijk, tegelijk met die woorden, in mijn herinnering heel vaag had laten aanhoren als een ritselende vleermuisvlerk, herinnerde ik me nu als een zwart glimmende poncho die ik ooit over mijn blote schouders had gedragen. Toen ik jaren geleden in Rome de Sint-Pieter wilde bezoeken, vonden de bewakers mij in short en mouwloos shirt te bloot om hun heiligdommen te betreden. In het voorportaal kon men echter gratis een soort monnikspijen te leen krijgen, die nog het meest aan opengeknipte vuilniszakken deden denken, maar dan van het dunne, flodderige materiaal waarmee doorgaans hooimijten en ingekuilde aardappelen of voederbieten tegen regenval worden beschermd. Even later fladderde ik in zo'n schamele regenmantel schaamteloos door de serene stilte van de Sint-Pieter, langs al dat goud en marmer, waarin ik als een zwarte vlek weerkaatste. Een vleermuis in het goud van een zonsondergang. Ik verbeeldde me dat ik duivelsvlerken droeg. Een schandpij was het zeker: de mensen gaapten me aan of ik een boeteling was, 'in zak en as'; er werden zelfs foto's van me genomen. Wat is dat voor een volk, dat zijn toeristen in opengeknipte vuilniszakken hult, omdat het zijn goud niet op andermans schouders kan zien schijnen? En toch wekte dat geritsel aan mijn lijf hetzelfde raadselachtige gevoel van verlangen en verwachting als nu de herinnering aan de woorden van de oude Santini. Waar deed het me aan denken? Aan de legendarisch geworden brand in een Franse dancing, ja, waar met dit materiaal boven dansvloer en zitplaatsen een soort grotgewelf was nagebootst. Het is van zodanige aard dat het, door vuur vloeibaar gemaakt, in de huid diepe brandwonden slaat. Met tegen wanbetalers afgesloten nooduitgangen moet de dansgelegenheid zich voor de opgesloten tieners drop voor drop hebben veranderd in een voorgeborchte van de hel. Ik vroeg me af aan wat voor gevaren ík dan wel niet blootstond, in mijn mantel van Bengaals vuur, in die van heet kaarsvet en gloeiende eeuwige waakvlamolie druipende basiliek. Ik moest denken aan de vleermuizen uit mijn jeugd, die niet, zoals in Vlaanderen, levend tegen de staldeur werden gespijkerd, maar die, met vloeibaar pek ingesmeerd en in brand gestoken, weer in vrijheid werden gesteld. Ofschoon ik wist dat de hoge radartoon die zij voortbrengen geen vat heeft op het menselijk gehoor, was ik me tijdens hun razende vlucht van brandende fakkel onafgebroken bewust van een ondraaglijk gepiep, dat misschien alleen in mezelf te horen was. Snel opgebrand stortten zij al na enkele minuten neer, waarna het wrak nog wat bleef nasmeulen. Maar die associatie leek me moeilijk een gevoel van verlangen en verwachting teweeg te kunnen brengen. Misschien kreeg mijn geheugen steun van een orgel dat zacht begon te spelen. Ik herinnerde me Attilio's telefonische relaas van een orgelconcert dat hij samen met zijn moeder in een Parijse kerk had bijgewoond.

'Luister, Quin, het was, hoe moet ik het zeggen, of de kerk op den duur niet meer tussen ándere gebouwen stond. Of hij volledig uit de stad was losgeraakt en, het klinkt misschien overdreven, *door het heelal tuimelde*. Je kent dat boek van Genet: *Notre Dame des Fleurs*. Daarin gebeurt iets dergelijks met een gerechtsgebouw. De zwarte vlag op het dak wordt in de verbeelding van de schrijver een soort van vlerk, waaraan het gebouw de kosmos in wiekt. Nu, zoiets.'

Na terugkeer uit Parijs, in de nazomer, was hij het stadsleven zo beu dat hij zich voor een paar maanden op het platteland terugtrok. Iets huren vond hij te duur; hij klopte simpelweg bij de eerste de beste boerderij aan om te vragen of hij zijn tentje op het erf op mocht slaan. Hij trof het. De boer was een struise dertiger in korte broek, met blozende kuiten vol koeienspetters en prikkeldraadschrammen. Hij ging onmiddellijk akkoord, zij het op voorwaarde dat Attilio hem een van die dagen hasj zou leren roken. Ik kreeg zijn adres en besloot op een middag hem te gaan opzoeken. Op de brommer. Ik reed het erf op; geen tent te zien. Wel stond er op het tegelplaatsje tussen woonstee en schuur een bakbeest van een motor. Splinternieuw, zo te zien. Veel oogverblindend chroom, en de spatborden in het soort matrood dat ze, geloof ik, 'hamerslag' noemen. De motor, hoorde ik later, was eigendom van de boer. Hij bleek lid van een motorclub, die elke zaterdagmiddag uitreed, bijvoorbeeld om de Kempenroute te volgen. Toen Attilio de boer eenmaal had ingewijd in het hasj roken, wilde deze in zijn enthousiasme onmiddellijk de hele club deelgenoot maken van dit nieuwe genot. Het lidmaatschap van een jonge agent van politie werd niet als een bezwaar gezien. Het was voor hem immers een geschikte gelegenheid om, beroepshalve, eens wat beter met het spul kennis te maken. Dat werd hoog tijd, want nog onlangs had het lab een verdacht goedje, aangetroffen op een zestienjarige scholier, aan het hoofdbureau retour gezonden met op het label: 'Mijne heren, dit is wierook van een inferieure kwaliteit.'

Geen mens te zien. Op het betonnen stoepje rond een oude waterput lag een wit konijn op zijn zij, zo roerloos dat ik met zekerheid wist dat het dood was. Ik stalde mijn brommer en liep op de put toe. Toen ik bij het konijn neerknielde, de helroze binnenkant van zijn oren bekeek en met de vlakke hand voelde of het lijfje nog warm was, klonk er een vrouwenstem.

'Ratten,' hoorde ik roepen. Ik keek op en zag een oude vrouw in het rabarberveldje staan, waar ik nog maar een moment geleden niemand dacht te hebben waargenomen. Ik zag haar naar haar rug grijpen en concludeerde dat ze zich zojuist uit een voorovergebogen houding moest hebben opgericht. Door de schutkleuren van haar vaalgebloemde schort en rok had ik haar aanvankelijk over het hoofd gezien.

'Dat hebben de ratten gedaan,' verduidelijkte ze op schreeuwerige toon en liet, voor ze zich weer bukte, een onaangenaam lachje horen. 'De ratten.'

Het konijn zag er ongeschonden uit, alsof het vredig was ingeslapen, maar bij nadere inspectie trof ik in de hals twee vuurrode draculapuntjes aan. Het leek nauwelijks te hebben gebloed. Ik keek het erf af en hóórde eerder dan ik hem zag een flard van hetzelfde soort zwarte kunststof dat nu, in de Sint-Pieter, van mijn schouders afhing. Hetzelfde geritsel. Een fractie van een seconde later zag ik het, zwart en glimmend, boven een dijk van een mestvaalt uitbollen. Een wenkende vlerk. Achter de mestvaalt bleek zich inderdaad het tentenkamp van Attilio te bevinden. Ik trof er twee kleine tweepersoons tenten aan, shelters, haaks op elkaar, met de ingangen naar elkaar toe. Boven een vierkant stuk canvas, dat tussen de tenten een soort binnenplaatsje vormde, was van het zwarte materiaal dat ik had horen ritselen met behulp van twee extra tentstokken een afdak opgetrokken. Het was aan één kant losgeraakt, om mij te wenken. Het tentenkamp was verlaten. In het ene tentje was over het grondzeil een imitatie-Perzisch tapijt uitgerold, waarop van allerhande lag uitgestald. Dat moest het woongedeelte zijn. In het andere tentje trof ik een slaapzak aan, die met dichtgetrokken rits als een slangenhuid was afgestroopt, met de vorm van opgetrokken benen er nog in. Naast een kussentje lag een exemplaar van *The Naked Ape*, opengeslagen bij een passage over make-up. Daarnaast stond een aluminium bakje met tussen as, peuken, afgebrande lucifers en een propje toiletpapier het onmiskenbare, nog verse, draderige product van manlijke lust. Ik bracht het bakje met een devoot gebaar naar mijn gezicht, maar wat ik rook was slechts natte as: de geur van de duim van de priester die zich rakelings langs mijn neus omhoog begeeft om mijn voorhoofd aan te kruisen. Aswoensdag. Dit hele stilleven, tot en met de peuken en de afgebrande lucifers, was de exacte uitbeelding van mijn verhouding tot Attilio: altijd afwezig, was hij in alles aanwezig.

Ik had slaatjes bij me, in plastic bakjes, voor een eventuele gemeenschappelijke lunch. Om Attilio bij terugkeer in het tentenkamp een verrassing te bereiden, verstopte ik ze achter in de slaaptent. Ik trof er een aangebroken fles witte pinard van Albert Heijn aan. (Als ik eerst goed op het etiket had gekeken, had ik kunnen zien dat er *rosé* op stond.) Ik draaide de schroefdop eraf, zette de fles aan mijn lippen en nam een flinke slok, die ik vol walging onmiddellijk weer uitspuwde. Wat ik op het punt had gestaan door te slikken, was Attilio's urine. Om 's nachts de tent niet uit te hoeven, had hij zich blijkbaar van een lege fles bediend. Ik kokhalsde. Maar terwijl ik de bittere smaak uit mijn mond wegslikte, besefte ik er tegelijkertijd de sublieme intimiteit van. Op het laatst was ik bijna dankbaar dat ik deze vergissing begaan had. Ik had van Attilio's urine gedronken.

(Later hoorde ik dat de menselijke sappen in zowel de asbak als de wijnfles van geheel iemand anders afkomstig waren: van een zekere Flip namelijk, die ik niet kende en gelukkig ook nooit heb léren kennen. Het was een verslaafde, die door Attilio, geheel tegen zijn natuur in, in een vlaag van sociaal gedrag van straat was opgepikt en in de slaaptent gehuisvest. Flip was niet alleen paranoïde, maar ook nog mensenschuw, wat misschien wel op hetzelfde neerkomt. Zeker was dat hij overdag de tent niet uit durfde om in de boerderij naar het toilet te gaan. Hoe hij dat met zijn ontlasting deed weet ik niet; pissen deed hij in ieder geval in een lege pinardfles. Ik heb het zelf kunnen constateren. Dat Flip behalve paranoïde en mensenschuw ook nog ondankbaar en onbetrouwbaar was, bleek op een dag toen hij er met Attilio's sportfiets vandoor ging, en nooit meer terugkwam. Vijf versnellingen maar liefst. Attilio troostte zich met de veronderstelling dat Flip de fiets wel niet voor eigen gebruik zou hebben gehouden, maar ver onder de prijs verkocht had 'omdat hij nu eenmaal niet zonder kon.')

Achttien, negentien waren we toen we elkaar leerden kennen. Evenwijdig languit op de vloer van zijn zolderkamer gaven we elkaar onafgebroken de pijp door en raakten in een hilarische trance als zijn moeder via de intercom liet weten dat er koffie was, of pils, of een tv-programma, of dat de muziek zachter moest. We kenden elkaar pas; ik wist nog niet goed wat ik van hem moest denken. Maar het verlangen hem te kussen was er vanaf het eerste moment, en is gebleven. De eerste en enige keer dat ik op zo'n avond in voorzichtige bewoordingen toenadering tot hem zocht, legde hij met een ruw gebaar de pijp tussen ons in, wierp zich op zijn zij met de rug naar me toe en barstte los in een monoloog, waar geen woord meer tussen te krijgen was.

'Nu, eens en voor altijd, Quin, ik ben een geobsedeerde. Al sinds mijn veertiende, vijftiende kan ik op straat geen vrouw meer voorbijlopen zonder me tot in de finesses voor te stellen hoe zij in bed zou zijn. Echt, tot in de finesses. En dat speelt zich allemaal af in een fractie van een seconde. In een flits. *Elke* voorbijgangster, Quin. Ik probeer aan hun mond af te lezen hoe de curve tussen hun dijen verloopt. De meest alledaagse blik in een supermarkt wordt in mijn gedachten onmiddellijk de gebroken blik op het toppunt van genot. Bij afzichtelijke vrouwen op de gebakafdeling van de

Hema heb ik het net zo goed. Of je het gelooft of niet. Ook al vervult de gedachte alleen al me met walging. Zelfs bij oude, verschrompelde vrouwen heb ik het. Ik walg bij voorbaat, maar ik móét het me voorstellen. Mijn eigen moeder en tantes. Ik kom er niet onderuit. Gelukkig heb ik het bij aantrekkelijke vrouwen en bij meisjes van mijn eigen leeftijd intenser. Als ze praten, zie ik aan hun bewegende mond hoe mijn bevrediging zou verlopen. Tot in de kleinste details. Gedurende die ene minuut dat ik met ze praat, maak ik hele huwelijksnachten met ze door. Hele huwelijken. En alsof dat nog niet genoeg is, zijn mijn ogen zo brutaal hun kleren binnen te dringen. Terwijl ik ze onbewogen blijf aankijken, glijdt mijn blik heimelijk achter hun kleren langs hun lijf naar beneden. Haarfijn wordt me verteld hoe onschuldig die gekartelde huidplooi van ze tegen de badstof binnenkant van hun broekje gedrukt zit. Zonder dat ze zich van dat intieme contact tussen hun lijf en hun goed zelf bewust zijn, is het voor mij zo ondraaglijk dat ik bijna gillend opspring. Ik... ik heb periscopische ogen, Quin.'

Tegen drieën die nacht ging ik pas naar huis. Het was doodstil op straat, maar we hadden de pijp zo vaak doorgegeven dat de nacht voor mij vol was van de ondraaglijkste geluiden. Ik liep over het midden van een grote weg en hoewel er tot ver in de omtrek geen noemenswaardige begroeiing te bespeuren viel, was ik mij voortdurend bewust van een ritselend geruis als van struikgewas in de wind. Later ontdekte ik dat het mijn eigen haar was, dat langs mijn oorschelp streek. Ik liep recht op een grote kerk af. Op slag van drieën ontving ik de eerste van de drie slagen als een grote, onzichtbare kanonskogel in de maagstreek. Onwillekeurig greep ik met mijn handen naar mijn maag en zakte licht door mijn knieën. Met mijn rug naar de klokkentoren liet ik de beide volgende slagen over me heen komen. Het geluid was ondraaglijk. Toen ik thuis eenmaal op bed lag, begon feestrumoer het open raam binnen te dringen. Nadat ik me ervan vergewist had dat nergens in de straat nog licht brandde, ging ik weer liggen en luisterde hoe het feestrumoer aanzwol tot het uitzinnige gejuich en gezang en getoeter van een vol voetbalstadion. Na sluiting van het raam hoorde ik de zee van geluid nog in sterkte toenemen. Denkend aan de periscopische ogen van Attilio wachtte ik lijdzaam de ochtend af.

Op een dag, het was in Bretagne, vertelde hij me een droom, die me zo volkomen in verwarring bracht dat het mijn eigen droom had kunnen zijn. Bij het ontwaken – we sliepen in dezelfde kamer – leek hij hem ontschoten.

'Verdomme, Quin, misschien wel de mooiste van mijn leven. Foetsie.'

Na het ontbijt begaven we ons op weg naar de baai om uit landerigheid of aanstellerige nieuwsgierigheid een diepe grot in de rotskust te onderzoeken. We waren te vroeg, maar het tij nam duidelijk af: de zee leek onwillig bezig zich terug te trekken. Langs vooruitstekende rotsblokken klauterden we omlaag tot vlak boven de waterspiegel, waar we zijdelings de grot in konden kijken. Hij stond nog gedeeltelijk blank. Achterin hoorden we het zuigen en klotsen van het water.

'We zouden alvast naar binnen kunnen waden,' stelde ik voor, 'en onze kleren hier achterlaten.'

'Uitstekend.'

We begonnen ons uit te kleden. Net toen Attilio na enige aarzeling uit zijn onderbroek wilde stappen, zag ik een sloep vol vissers aan komen dobberen. Het was de eerste keer dat ik zijn naaktheid zag. Balancerend op één been haakte hij het elastiek van zijn onderbroek van zijn voet. Misschien uit angst zo dadelijk naakt tegenover elkaar te moeten staan, of in wat voor preutse impuls dan ook...

'Vissers!' siste ik.

Zijn eerste reactie was een blik in de grot te werpen, alsof dáár de sloep uit tevoorschijn zou komen.

'Vissers!'

Ik zag hoe de pluizige stof van zijn onderbroek zich vasthechtte aan een weerbarstige teennagel, terwijl het elastiek in de knieholte van zijn staande been sneed. Vervaarlijk balancerend op de glibberige rots keek hij een moment met vertrokken gezicht de grot in, en riep toen verbijsterd uit: 'Quin, mijn droom...! Mijn droom, Quin, ik heb hem terug!'

Hij schoot snel weer in zijn onderbroek, lachte kort en zei: 'Op het moment dat jij "vissers" riep, zag ik hem opeens terug. Glashelder. Ongelooflijk.'

'En?'

'Straks, straks, als we binnen zijn.'

Behalve een wazig uitzicht op zee vanuit een hotelkamer bleek niets in Attilio's droom op vissers te wijzen. Gaf dat me niet het recht in hem een Bernadette van Lourdes te zien? Had ook zij niet op het punt gestaan door water heen te waden om in een grot te komen? Bij Bernadette was het verboden losmaken van haar kousen het prikkelend element geweest dat haar ontvankelijk maakte voor visioenen. Híj, Attilio, was aarzelend uit zijn onderbroek gestapt, evenals zij met het gezicht naar de grot, en had daar vanuit het donker glashelder, tot in de kleinste details, zijn droom zien oplichten. De spiegel van Narcissus. Een clown die gekoppeld aan een klank uit de muziekwereld een bloem oplevert. Ja, ik hield ervan hem heimelijk een Bernadette van Lourdes te noemen. Maar bij Bernadette was alles nog ongecompliceerd: de Heilige Maagd droeg de bruidskleding van een dorpsgenote die onlangs in het huwelijk was getreden. Logisch. Bij Attilio waren er drie vrouwen. De Heilige Maagd verscheen in de gedaante van zijn eigen moeder. De andere twee waren haar kandidaat-schoondochters.

De vissserssloep bleef op enige afstand ronddobberen. Er werden netten uitgegooid, hypermoderne netten van oneindig dun hemelsblauw nylongaren. Ze leken als engelenhaar over de rand van de boot heen te wolken en hingen als fijnmazig gazen bruidssluiers in het water. We besloten ons ondergoed als zwembroek te gebruiken en zo de grot in te waden. De trechtervormige grot liep uit in een smalle, stikdonkere gang, die ietwat omhoog leidde en daardoor al droogstond. We kropen op de tast tot waar we niet verder konden. Het licht van Attilio's waterproof zaklantaarn streek langs een grote, glimmende, oranje bal, die in het achterste van de gang zat vastgeklemd: de losgeraakte drijver van een visnet.

'De uitgestoken oogbal van de Cycloop,' zei Attilio, voordat ik het kon zeggen. Hij knipte de lantaarn uit. Het was er nat en koud en aardedonker. Na enige tijd begon de fosforescerende bal vanuit het duister als een oranje maan te gloeien, zonder ons bij te lichten. We zagen geen glimp van elkaar. Attilio lag dieper dan ik. Met mijn lijf, massiever dan het zijne, sloot ik zijn enige uitweg af.

'Je bent mijn gevangene,' zei ik zo ernstig mogelijk. 'Ik versper je de weg tot de vloed opkomt. Ik sleur je mee in mijn zelfmoord.'

Hij lachte.

'Mijn droom,' zei hij.

'Ik luister.'

'Stel je voor: een hotelkamer op het Lido van Venetië, met uitzicht op de zee. Het is vroeg in de ochtend. Nevel. De lucht melkblauw, de zee heiig. Verlaten strand. Ik lig op mijn rug op een enorm bed, zonder dek. Rechts van mij ligt mijn moeder, met de rug naar me toe. Roerloos. Ze slaapt niet. Over haar directoire en bh draagt ze het soort roze onderjurk waar ik verslaafd aan ben. Links van mij liggen twee meisjes, met de gezichten naar elkaar toe. Half-en-half gekleed. Niet slapend, nee, roerloos in afwachting. Ik ken ze. Twee vriendinnen van me. Jij kent ze ook. Miriam en Lena. Je kent ze: twee tegenovergestelde types. Ik heb ze maar één keer gelijkwaardig meegemaakt. Dat was toen ik ze aan elkaar wilde voorstellen. In een mum van tijd stonden ze als blazende katten tegenover elkaar. Alle verschillen vielen weg. Maar los van elkaar zijn ze volkomen verschillend. Aan Miriam is mijn bloed verslaafd. Als ik haar aan de telefoon heb bijvoorbeeld, ik noem maar iets, dan zie ik niet haar gezicht voor me, maar wat ze tussen haar dijen draagt: die goddelijke gleuf, dat gekmakende spleetje. Ik hoor nauwelijks wat ze zegt. Mijn stem wordt onvast. Ik sla onzin uit. Ik ben in gesprek met die weke huidplooi van haar. Perfect asymmetrisch, Quin, dat wil zeggen: bíjna symmetrisch. Mijn lichaam raakt op slag ontkracht. Ik word net zo week als dat waarmee ik me in gesprek waan te zijn. Ik word gewoonweg de hoorn in gezogen. Ik dreig in de hoorn te verdwijnen als een slak in zijn huisje. Haar stem, Quin, haar stem, zo akelig provinciaals, dat ik haar maar liever meteen met een kus de mond zou snoeren. Ze is een echte vamp. Zuigt alle krachten uit me weg. Het is of van al mijn hardheid alleen nog een symbolische rest overblijft, maar dat is dan ook het enige dat ze begeert. Lena is heel anders. Precies het tegenovergestelde. Ze heeft een volle, sensuele mond, die veel doet verwachten, maar haar lichaam stelt teleur. Ze heeft geen borsten. Ze heeft het onvolgroeide lijf van een twaalfjarige jongen. Haar volwassen hoofd deint op haar tengere lichaam als op een breekbare stengel. Femme fleur. Door haar neiging me buiten zich te houden moet ik haar soms overweldigen. Na afloop vind ik geen houvast aan haar lichaam: ze heeft geen borsten. Bij haar heb ik steeds het gevoel iets verbodens te doen. Alsof ik inderdaad met een twaalfjarige bezig ben. Het gevoel haar te moeten openrijten. Ik betrap me er soms op dat ik aan haar denk als aan een zeemeermin. Haar benen lijken samengesnoerd in een geschubde pantsering, van onderen eindigend in taaie, de liefde weerstrevende vinnen. Maar haar gekleed en wel enkel en alleen om me heen te hebben, is een weldaad. In een lange jurk zijn haar schubben en vinnen niet eens te zien...'

'Je droom.'

'Er wordt geen woord gesproken. Toch weet ik op de een of andere manier wat de bedoeling is van de hele situatie. Ik moet kiezen tussen beide meisjes. Maar om een keuze te kunnen maken, moet ik eerst met mijn moeder naar bed. Pas dan zal ik met zekerheid weten wie van de twee voor mij bestemd is. Ik moet haar... ontmaagden. Ontmaagden, Quin, mijn eigen moeder! Ik kan me er niet toe brengen. Besluiteloos blijf ik op mijn rug liggen. Ik doe niets. Níéts. Ik laat alles zoals het is. Ongekend. En al die tijd ben ik me hinderlijk bewust van de aanwezigheid, in een aangrenzende kamer, van een jongen die ik ken. Heel goed ken zelfs. Iemand van mijn eigen leeftijd. Ik hoor hem huilen. Zijn gesnik dringt hinderlijk luid onze kamer binnen. Ik meen zeker te weten dat hij daar opgesloten zit. Hij kan er niet uit. Mijn passiviteit belet me hem uit zijn gevangenschap te bevrijden. Ik lig daar maar en probeer me zijn naam te herinneren. Tot ik ontdek dat hij er geen heeft. Wat denk je, Quin, ben ik het zélf die daar opgesloten zit?'

'Ik betwijfel het.'

Voor mij leed het geen enkele twijfel dat ík het was die daar opgesloten zat, in een zijvertrek van Attilio's droom. Ik kon het weten; ik wás het. Geluidloos liet ik me gaan. Daar we geen hand voor ogen zagen, had ik de indruk dat mijn hand niet eens bewóóg. Ach, tussen al die koude druppels die van de zoldering op ons blote lijf spatten, zou hij die ene lauwe druppel misschien niet eens opmerken.

'Een roerlozer droom heb ik nooit gehad. En toch is het

de mooiste sinds ik op mijn vijfde droomde dat God de Vader me de zon cadeau deed. Maar misschien wás het helemaal geen besluiteloosheid. Misschien weigerde ik alleen maar een eenzijdige keus te maken. Álle vrouwen, begrijp je wat ik bedoel? Ik denk dat het een van die zeldzame lucide dromen is geweest; een die je bewust je wil oplegt.'

Met een daverende lach verliet de Dikke Erudiet de keuken en spoedde zich met de luide stap van zijn klompen naar zijn kamer, naar Krokkie, die naar een vlieg had gehapt. Ik hoorde zijn deur slaan, en daar was het baanwachtershuisje weer, de stoomtrein, een veiligheidssignaal, de muziek: 'Tsjaikovski stopt al zijn zwaarmoedigheid in de fagot.'

Na Bretagne onderhielden we jarenlang een uiterst gebrekkig contact: af en toe een brief, een telefoontje, en een enkel bezoekje over en weer zonder elkaar thuis te treffen. Tot ik eindelijk weer eens tijdig aan Attilio's verjaardag dacht: op de dag zelf namelijk. Ik gokte erop dat hij die als vanouds bij zijn moeder zou doorbrengen. Op goed geluk nam ik de eerste de beste trein naar haar woonplaats, kocht onderweg een ananas, een fles wijn en wat bloemen, en belde aan. Ofschoon niemand op mijn komst gerekend had, leek iedereen erg verheugd me te zien. Alleen de stokoude Duitse staander Bruno, waarmee ik vroeger de beste maatjes was geweest, gaf geen enkel blijk van herkenning. Tot mijn verbazing trof ik er ook Attilio's overgrootouders van moederskant aan: de oude Santini's. Ik stelde me voor.

'Quinten.'

'Santini.'

'Mevrouw Santini.'

Ik vroeg me af wat die mensen, ver in de tachtig, ertoe bewogen kon hebben hun veilige huisje op de Veluwe te verlaten en de voor hen zo vermoeiende en riskante treinreis te ondernemen. Ze hadden immers zoveel kleinkinderen en achterkleinkinderen dat ze al die verjaardagen onmogelijk allemaal konden bijhouden. Van Attilio hoorde ik later dat hij ze zelf was gaan uitnodigen. Zomaar. Na lang aanbellen had de oude vrouw zelf opengedaan en zonder ook maar een spoor van verrassing te tonen gezegd: 'Je overgrootvader is bezig.'

Hij bleek bezig een gat te boren in de vloer van zijn studeerkamer. De deur stond open; de oude hoorde zijn achterkleinzoon niet binnenkomen.

'Lijkenlucht,' meende Attilio hem te horen mompelen. 'Lijkenlucht.'

In een hoek van de kamer was het karpet teruggeslagen, het linoleum omgebogen, en daar zat de oude Santini, in kleermakerszit op de stoffige planken, met een ouderwetse handboor een gat in de vloer te boren. Naast hem stonden een fles en een trechter met de tuit omhoog.

'Lijkenlucht.'

'Dag, opa.'

'Zo, jongen,' zei hij, zonder verbazing en zonder op te zien. 'Een momentje, hoor. Eerst moet die lijkenlucht weg. Op mijn leeftijd en dan de hele dag al door die geur aan de dood herinnerd worden, een mens zou er nog ouder van worden dan hij al is. Het moet hier ergens zijn. Hier komt het vandaan. Een dooie rat of zo, denk ik. Ik weet anders ook geen verklaring.'

Toen het gat klaar was, stak hij er de tuit van de trechter in en goot daar de inhoud van de fles in leeg.

'Zoutzuur,' zei hij. 'Zoutzuur is het beste. Dan heb je kans dat het lijk in zijn geheel oplost.'

In de vroege ochtend van Attilio's drieëntwintigste verjaardag hadden de alleroudste Santini's hun huisje verlaten en zich langzaam voortschuifelend, arm in arm, naar het dorpsstationnetje begeven. Het was een prachtige herfstdag; Attilio sliep nog. De dorpsstraat, het stationnetje, de trein. En daar zaten zij nu, naast elkaar op de bank in de huiskamer van Attilio's moeder, en deden om beurten hun verhaal, elkaar afwisselend aanvullend en bekvechtend in de rede vallend. Over de oude Santini had ik al veel gehoord, maar ik had hem nog nooit in levenden lijve ontmoet. Hij vertelde ons het verhaal van zijn ringen. Hij droeg ze niet meer: zijn vingers werden te mager. Er was er al eens een in de erwtensoep gegleden, toen hij er een kluifje uit wilde opdiepen. Ik vroeg hem hoe ze er destijds toe gekomen waren naar Nederland te emigreren.

'Dan moet je bij mijn vrouw wezen,' zei hij.

'Jongeman, ik zal je vertellen,' nam zij over, 'ik kwam hier met de opera, en het was 15 juni en het sneeuwde, en ik dacht: ik ga hier nooit meer weg. Ik dacht: in dit land kun je oud worden. Het is hier niet te warm en niet te koud. Een heerlijk land. En ik ben er nooit meer weggegaan. Ja, nog één keer: om mijn bezittingen thuis te verkopen. Ik was verloofd met de eerste violist – nou, die had geen andere keus. Hij is gebleven.'

'Wat hebt u zoal gezongen?'

'Jongeman, ik zal je vertellen: ik was lyrisch sopraan, dus als je een beetje met muziek op de hoogte bent, weet je precies wat voor rollen ik gedaan heb.'

'Verdi?'

'Verdi, alles.'

'En zingt u nog weleens?'

'Nee, nooit meer. Ik ben achtentachtig, en zingen is een organisch iets. Het heeft alles met seksualiteit te maken. Als je organen achteruitgaan, hoef je het niet meer te proberen. Dan is het uit. Voorgoed. Toen ik voor het eerst naar Nederland kwam, het was 15 juni en het sneeuwde, woog ik zevenenvijftig kilo. En nu, je ziet het: ik ben een klein vrouwtje en ik ben bijna zo breed als ik groot ben. Maar voor ik gehaald word, moet er nog vijfentwintig kilo bij. Zo is dat.'

De 'eerste violist' sprak over zijn viool als over een dierbare overleden vriend.

'Als het te koud of te warm was, dan was hij hevig ontstemd. Dan viel er niets met hem te beginnen. Hoe je hem ook aaide of kietelde, geen noot kreeg je uit hem. Al vrijde je hem nog zo op, een grauw en een snauw kon je krijgen, en voor de rest... de kat krabt de krullen van de trap. Pizzicato, dat ging nog wel, maar dat hou je geen uur vol.'

Hij zweeg even.

'God, ja, toen had je Willem Mengelberg nog. Zo mooi, zo mooi. Als díé het Concertgebouworkest dirigeerde, dan – iets mooiers was niet denkbaar. Dan was ík de eerste die op de stoep stond voor kaartjes. Voor mezelf en voor die vriend van mij, hoe was zijn naam ook weer. Later ben ik hem uit het oog verloren. Kom, hoe heette hij ook weer. Ja, dat doet de ouderdom. Het geheugen wil niet meer mee. Je herinnert je aldoor maar dingen die je allang vergeten waande, en je vergeet steeds wat je dacht te weten. Gisteren had ik dat nog bij mijn eigen vrouw. Ik moest haar iets zeggen, ik weet al niet meer wat, ik wil het woord tot haar richten, en – is haar naam me plotseling ontschoten. Zeg, hoe heet je ook weer? hoor ik mezelf tot mijn eigen stomme verbazing vragen. Mijn eigen vrouw! Ruim zestig jaar mee getrouwd! Maar goed, die vriend, een beetje een Scandinavisch aandoende naam had hij. Hij schreef verhaaltjes, en die werden soms gepubliceerd. Hier en daar in een tijdschrift. Onder pseudoniem, dat weet ik nog wel. Ze zijn nog gebundeld, die verhaaltjes, en later herdrukt. Hij maakte sneeuw uit niets, of het nu februari was of juni. Maar wat het nu precies was, dat pseudoniem, jullie zouden het misschien kennen. Ik weet het niet meer. Latijn was het, en ik weet ook nog zo'n beetje wat het betekende. Zoiets als *door* of *voor hem die niets geleerd heeft*. Vrij vertaald dan. Dativus en ablativus ineen. En terugvertaald, ik zou het niet weten, hoor. Hou me ten goede. Ik heb ook lange tijd gedacht dat de naam Multatuli stond voor het boeken van een schadepost. Ik heb een schadepost geboekt. Wat niet eens zo gek is voor deze dichter en ambtenaar. Ach, het is ook allemaal al zo langgeleden, dat Latijn. En aan jullie heb ik ook niets. Jullie zijn hbs'ers. Maar wat doet de naam ertoe; in het Concertgebouw zaten we naast elkaar. En zo'n Willem Mengelberg, als die het Concertgebouworkest dirigeerde, man, dat ging dwars door je heen. Zeker als het een symfonie van Tsjaikovski betrof, want daar was hij een meester in. Na afloop waren we dan zo onder de indruk, allebei, dat we elkaar angstvallig uit de weg gingen. We liepen samen van het Concertgebouw naar het Rijksmuseum; samen, ja, maar dan wel ieder aan een andere kant van het plein. We keken niet op of om. Pas onder de poort van het Rijksmuseum kwamen we weer bij elkaar. Omdat het daar wat nauwer wordt. Maar het duurde nog tot aan de Stadsschouwburg voor we weer aan de praat raakten. En dan over heel andere dingen. Onwennig nog. Onwillig. Zo'n beetje van elkaar wegkijkend. Schuchter. Een beetje nors. Alsof we een ruzie bijlegden.'

Weer zweeg hij even.

'Tsjaikovski,' besloot hij toen, 'stopt al zijn zwaarmoedigheid in de fagot.'

Na het avondeten moesten ze terug naar de Veluwe. Attilio's stiefvader bracht hen naar het station, met de auto.

'Dag, schatten,' riep Attilio's moeder pathetisch. 'Dag, schatten van me.'

Na hun vertrek arriveerden een drietal vriendinnen van Attilio's halfzus, die zelf verstek had laten gaan. Opdat Attilio's moeder, nog steeds trillerig ontdaan over iets wat kortgeleden met de hond was voorgevallen, op de bank in de kamer wat kon rusten, trokken wij ons gevijven in de keuken terug. Later voegde Attilio's stiefvader zich bij ons. We dronken wijn uit een vijf-literkaraf, bij kaarslicht. Af en toe sloeg de koelkast aan. Om de stilte te verbreken begon Attilio's stiefvader zich verongelijkt te beklagen over een sensatieverhaal dat onlangs in de provinciale krant was verschenen onder de kop: WAAR JAN DE ARBEIDER NIET WANDELEN MAG, DANSEN DE RIJKEN ALS ADAM EN EVA. Dat sloeg op een klein landgoed dat hij in de omgeving bezat. De aankoop stamde uit de tijd dat hij nog niet onherstelbaar in de clinch lag met zijn medefirmanten in de huishoudelijke industrie, en zijn inkomsten zich nog in fabelachtig stijgende lijn begaven. Sinds hij, uit een misplaatst soort grootmoedigheid, vrijwillig ontslag had genomen, was daarin terdege verandering gekomen: hij noemde zich nu 'arm' en vond daarin eindelijk reden genoeg om zich volledig aan de drank te wijden. Maar enfin, dat perceeltje bos bezat hij nu eenmaal. Hij had het destijds 'voor een prikkie' in eigendom verworven, terwijl het inmiddels 'vele malen het dubbele' waard moest zijn. Misschien zou hij er zelfs nog ooit 'een hut voor de oude dag' van kunnen bekostigen, wie weet. Ten tijde van de aankoop, zo'n vijftien jaar geleden, had een touringcarbedrijf hem, alweer 'voor een prikkie', een oude autobus zonder motor aan de hand gedaan. Na versleping naar zijn landgoed had hij de bus, teneinde hem voor nieuwsgierigen en inbrekers enigszins aan het oog te onttrekken, laten afhaken in het dichtst begroeide gedeelte van de nog jonge aanplant. Hij sloopte er de wielen onderuit, en bouwde hem tot caravan om. Later was hij begonnen een kuil van 4 x 3 x 2 te graven, die hij bekleedde met waterdicht aan elkaar geteerde zinkplaten en vervolgens met een handpomp vol grondwater pompte. Pas toen vond hij zijn landgoed geschikt genoeg om er, met vrouw en dochter, zijn oude hartstocht bot te vieren: het naaktlopen.

Een aantal jaren later werd het bos waarvan zijn perceeltje deel uitmaakte plotseling tot natuurgebied uitgeroepen. Alle permanent geïnstalleerde caravans dienden terstond te verdwijnen. Attilio's stiefvader zat met zijn handen in het haar: het voortwoekerende bos had zich ondoordringbaar om de autobus gesloten. Hij zou zijn zwembad moeten dempen en zijn caravan zou met snijbranders in stukken worden gesneden. Juist in die penibele situatie gebeurde er iets onverwachts. Op een zaterdagochtend bleek de kruiwagen die bij het terrein hoorde plotseling verdwenen. Het kostte Attilio's stiefvader uren om met vrouw en kind het omliggende bos uit te kammen; pas omstreeks het middaguur vonden zij hem, half met aarde gevuld. Er lag een schop naast – niet van hen. Nauwkeurig onderzoek leverde een goed gecamoufleerd gat op, dat naar een ondergronds uitgegraven ruimte leidde. In die ruimte stond een splinternieuwe, dubbeldaks tent met gesloten ritsen. Gereedschappen lagen rondom. Net toen zij bezig waren het zand uit hun kruiwagen te scheppen, verscheen er plotseling een man. Niemand had hem horen aankomen en ook hij schrok zichtbaar van hun aanwezigheid. Hij droeg een brood onder de arm.

'Het is niet erg als je onze kruiwagen gebruikt,' werd hem tegemoetkomend gezegd. 'Gebruik hem als je wilt, maar zet hem voor het weekend dan wél terug op zijn plaats.'

De vreemdeling bleef strak naar de grond kijken. Toen hij uitgesproken was, kreeg Attilio's stiefvader in plat, boers Duits stug ten antwoord: 'Isch'geh'essen.'

Het zou zijn laatste maaltijd daar worden.

'Ik ben naar de gemeentepolitie gestapt,' zei Attilio's stiefvader nu tot ons, 'en heb er onomwonden verslag van gedaan. Dat was toch mijn plicht, niet? Het kon wel God weet wat voor misdadiger zijn. Ja toch?'

'Een oorlogsmisdadiger, bijvoorbeeld,' zei Attilio, met

iets ijzigs in zijn stem. Hij was er zelf niet bij geweest, maar ik kan me zo voorstellen dat hij juist daarom iets van zijn eigen vader had herkend in de Duitser die zich, om zijn straf te ontlopen, had ingegraven in het landgoed van... de stiefvader van zijn zoon. En om er, God weet, diens autoriteit te ondergraven. Hij had hun kruiwagen geleend om zijn ondergronds verblijf verder uit te diepen: een overdekte kuil met een tent erin. Een rusteloos graf, waaruit hij een moment aan de oppervlakte was getreden om de familie te verontrusten. Zonder gerucht was hij in hun midden verschenen, met een brood onder de arm: 'Isch'geh'essen.'

'De politie pakte het stom aan,' ging Attilio's stiefvader verder. 'Ze maakten er een soort drijfjacht van, wat juist averechts werkte. Met hun honden kon je ze al op kilometers afstand horen aankomen. Het gekraak van kreupelhout was tot in de verre omtrek te horen. Bovendien begonnen ze al op grote afstand met schijnwerpers te zwaaien. Ze waren natuurlijk bang in het donker. Zo ontnamen ze hun ogen de kans om aan het duister te kunnen wennen. Ze verblindden zichzelf. Het enige dat ze naar zich toe haalden, waren konijnen. Die vent kreeg ruimschoots de kans zijn biezen te pakken. En een flinke voorsprong op de koop toe. Ze vonden een leeg hol. De tent bleek gestolen van een naburige camping. Er waren de laatste tijd meer kruimeldiefstalletjes gemeld. Allemaal in dezelfde orde van grootte. Bakkerswaren en dergelijke. Die drijfjacht mocht dan niets hebben uitgehaald, toch was die tip een goede zet van mij geweest. Via de hoofdcommissaris kreeg ik van de burgemeester toestemming mijn bus te laten staan. En hij staat er nog. Tot zo'n nepjournalist er lucht van krijgt. Die wil promotie en maakt er een goedkoop verhaal van. WAAR JAN DE ARBEIDER NIET WANDELEN MAG, DANSEN DE RIJKEN ALS ADAM EN EVA. Zo'n snotneus.'

Hij pauzeerde even om een flinke teug te nemen.

'Toch hebben ze het er niet bij gelaten. Zoekacties en navraag in den lande leverden tientallen van dergelijke ondergrondse schuilplaatsen op. Van de duinen bij Zandvoort tot in de Achterhoek. Wisten jullie dat er, alleen al in Nederland, honderden mensen onder de grond wonen?'

Hij begon duidelijk aangeschoten te raken. 's Middags al een aantal halve liters bier, voor het eten een kwantum whisky, bij het eten wijn, en nu opnieuw wijn – het was niet gering. Toen er, na wat anekdotes over en weer, andermaal een stilte viel, kwam hij over zijn enige liefde te spreken.

'Die ouwe Santini met zijn Tsjaikovski,' zei hij smalend. 'Een fagot op zijn tijd, akkoord. Maar bij Tsjaikovski is het meestal schetteren geblazen. Nachtclubwerk. Folies Bergères. Geef mij Chopin maar. De inzet die zo'n man had. Gaf benefietconcerten voor zijn geteisterde vaderland. Avond aan avond. Tot hij niet meer kon. Zelfs toen zijn vingers het begaven, wist hij nog van geen ophouden. Hij speelde het bloed onder zijn nagels vandaan.'

Ik keek naar Attilio, die naar een van de meisjes keek. Dit was zijn drieëntwintigste verjaardag. Zou hij zijn 'periscopische ogen' nog hebben? En zo ja, wat zagen ze dan wel op dit moment? Een navel, die hij nooit met eigen ogen gezien had, maar waarvan hij nu zag dat hij erg diep lag, of juist uitstulpte? En wat waren zijn gedachten? 'Hoe zou het zijn om haar daar en daar tegen het lijf te lopen, rond die en die tijd, en dan maar twee woorden met haar te wisselen, en welke zijn die woorden?' Was het zoiets?

Toen ik opstond omdat het tijd werd voor mijn laatste trein, besloten ook de meisjes op te stappen. Attilio zou 'zover meegaan', dan kon hij meteen de hond uitlaten. Die arme, oude Bruno! Sinds hij op zijn laatste konijnenjacht bij een sprong over een te brede sloot een van zijn voorpoten had gebroken, was hij nooit meer de oude geworden. De breuk heelde langzaam, en ten slotte helemaal niet meer.

Van de zilveren pin die de dierenarts dwars door het gewricht had gestoken, liep steeds het moertje af, dat dan los onder de huid kwam te liggen. Door een kleine operatieve ingreep moest het telkens opgespoord en opnieuw bevestigd worden, maar ten slotte was het weefsel door het vele opereren zo murw geworden dat het niet meer wilde dichtgroeien. De hond bleef een open wond houden, slechts gedeeltelijk dichtgehouden door tot knappens toe gespannen hechtgaren. Een röntgenfoto van de gebroken poot, waarop de pin met moertje en al duidelijk zichtbaar was, hing om de een of andere reden ingelijst aan de muur. Misschien omdat het de poot was die hij, als een echte Duitse staander, altijd opgetrokken hield als hij wild rook. Dat was nu voorgoed voorbij: de stijf geworden poot bleef stug op de grond staan, maar misschien rook Bruno al sinds lang geen wild meer. Hij was er zwaarmoedig en zwaarlijvig van geworden. Zijn grijze kop hing inmiddels zo laag boven de grond dat zijn oren als oogkleppen zijn droeve ogen bedekten. Het van kleur verschoten, slappe vel van zijn nek hing tot een col geplooid achter zijn oren. Hij was niet alleen nagenoeg blind, maar was ook goeddeels zijn gevoel voor richting kwijt. Als iemand de kamer binnenkwam, krabbelde hij met veel moeite op. Zijn poten kregen nauwelijks houvast op het gladde parket. Aanvankelijk kwam hij met zijn neus vooruit recht op je af, maar naarmate hij je naderde, draaide hij zijdelings bij: een logge schuit die de aanlegsteiger nadert. Tot hij tegen je knieën aan viel en wankelend staan bleef. Dat was zijn groet. En je had maar terug te groeten, anders bleef hij net zolang op je schoenen staan kwijlen tot je hem over zijn kop of rug geaaid had. Ging je in een leunstoel zitten, dan kwam hij naar je toe gestrompeld om zijn kop in je schoot te leggen. Als je hem niet wegstuurde, maar zelfs aanhaalde, was hij zo tevreden dat hij zijn grote, zware, grijsgroene tong over je bovenbeen heen vlijde. Je voelde de vochtige warmte door je broek heen trekken. Uit zijn muil steeg de geur van rotte vis op. Soms deed hij een plasje op het parket, maar voor een onhoudbare drol zonderde hij zich discreet in de hal af. Hij werd zo vaak mogelijk uitgelaten. Dit was voor vanavond bijvoorbeeld al de derde keer en ook nu was hij weer dolblij dat hij mee mocht. Hijgend en waggelend had hij nog niet eens de helft van het aantal traptreden naar beneden afgelegd of er lag al een drol op de loper. Zo'n ongezonde, ingezakte drol, die het trapportaal vulde met de geur van een abattoir in stakingstijd. De drol werd vergoelijkend weggewerkt. Eenmaal buiten de deur waggelde Bruno naar de rand van het trottoir en liet zich, met een voor- en een achterpoot op de rijweg en de andere twee op het trottoir, in de goot in één keer leegstromen. Zo hoefde hij nergens nog een poot op te lichten. Desondanks raakte Bruno, nadat Attilio de lijn had afgehaakt, steeds achterop. Ik vreesde, of hoopte, mijn trein te zullen missen. In zijn blinde waanzin stormde Bruno steeds op zaken af die niets te betekenen hadden. Een voordeel daarbij was dat we ons met gemak op zijn duidelijk hoorbare gerochel konden oriënteren.

Op weg naar het station brachten we de meisjes een voor een weg. Dat leidde tot omwegen, die mijn vrees, of hoop, mijn trein te zullen missen, alleen maar deden toenemen. Bovendien werd er, op initiatief van Attilio, bij elk afscheid overdreven omslachtig gezoend. Steeds gaf iedereen die nog verder moest degene die afhaakte drie zoenen. Bij het eerste meisje dat afgeleverd werd, werden dus in totaal twaalf zoenen uitgewisseld, bij het volgende negen, en bij het laatste zes. Tot er, 'omdat het daar wat nauwer wordt', onvermijdelijk nog maar drie zoenen uit te wisselen zouden overblijven: die tussen Attilio en mij. Toen ook het laatste meisje, een blonde, haar voordeur bereikt had, liepen Attilio en ik zwijgend verder. Steeds herhaalde ik in mezelf de woorden van Attilio's overgrootvader Santini: dat Tsjaikovski al zijn zwaarmoedigheid in de fagot stopt. In gedachten zag ik de oude Santini als jongeman het plein van het Concertgebouw naar het Rijksmuseum aflopen, terwijl aan de overkant, op gelijke hoogte (dativus en ablativus ineen), zijn vriend 'uit niets sneeuw' liep te maken, 'of het nu februari was of juni'. En ten slotte zag ik ze samenkomen in de tunnel onder het Rijksmuseum, 'omdat het daar wat nauwer werd'.

'Tsjaikovski stopt al zijn zwaarmoedigheid in de fagot.'

We staken het stationsplein over. Bruno moest nu weer aan de lijn. Misschien had ik me vergist, en had Attilio destijds alleen maar bedoeld te zeggen dat hij ten aanzien van vrouwen weliswaar aan dwangvoorstellingen leed, maar ze in feite verafschuwde. Ik zou het nooit te weten komen, tenzij ik het hem nu vroeg. De trein stond op het punt van vertrekken. We wisselden nog enkele woorden: Attilio op het perron, ik op het tussenbalkon. De hond, als een brug daartussen, stond met zijn voorpoten op de treeplank en met zijn achterpoten op de tegels. Om hem zo kort mogelijk te houden, had Attilio behalve de lus ook nog een deel van de riem om zijn pols gewonden. Er bleef Bruno weinig speling over. Blind keek hij de trein in en liet een afkeurend gesnork horen. De hond was ten dode opgeschreven. Dat hij niet lang meer te leven had, was hem aan te zien, maar zijn dood was op de minuut af nauwkeurig becijferd. Over enkele dagen zou hij, om elf uur 's ochtends precies, door dezelfde dierenarts die destijds zijn poot zo onhandig behandeld had, een dodelijk spuitje toegediend krijgen. Het eerste fluitsignaal van de perronchef bracht een verandering in hem teweeg, die ik vanuit mijn ooghoeken wel registreerde, maar pas achteraf ten volle besefte. Er ging een schok door hem heen, waarna zijn krachteloze lijf zich tot in de kleinste spiertjes leek te spannen. Tussen Attilio's pols en zijn nek spande de riem zich als de pees van een boog. Achteraf gereconstrueerd moet Bruno in het fluitje van de perronchef het hondenfluitje herkend hebben van de oude man wiens schoothondje hij een paar dagen geleden tot bloedens toe gebeten had. Hoe hij er vanuit zijn normale gelatenheid toe gekomen was het aan te vallen, was iedereen een raadsel. Ze zagen elkaar immers elke dag, het schoothondje en hij, en er was nog nooit iets voorgevallen. Wel dartelde het jonge teefje altijd energiek en koket om de oude lobbes heen, maar deze gaf nooit blijk van enige belangstelling. Hij had zijn tijd gehad. Met gebogen kop liet hij met zich sollen tot hij weer werd meegetrokken. Elke dag rond dezelfde tijd liet Attilio's moeder Bruno uit in een nabijgelegen park, waar ze onveranderlijk op het kruispunt van twee paden een oude, gedistingeerde man aantrof, die op een bank het ochtendblad zat te lezen: WAAR JAN DE ARBEIDER NIET WANDELEN MAG, DANSEN DE RIJKEN ALS ADAM EN EVA. Hij was altijd onberispelijk gekleed, das met dasspeld, gouden manchetknopen, en had zelfs bij mooi weer een paraplu bij zich. Het hondje had van de onderkaak tot aan de buik een smetteloos wit front, even smetteloos als dat van haar baas. Vanwege het esthetische effect had hij haar een onzichtbare, doorzichtige plastic halsband omgedaan, waaraan een glanzend rood hartje zat vastgeklonken. Als het hondje kwam aangerend, schommelde het hartje met kleine haaltjes voor haar witte befje heen en weer. Attilio's moeder was gewend bijna dagelijks een praatje met de oude man te maken.

'Als hij haar maar niet vies maakt,' had hij in het begin nog gezegd, maar deze vermaning spoedig laten varen toen bleek dat zij een gemeenschappelijke vijand hadden: de 100%-vrouw, ook wel 'het echte mens' genaamd.

'Staat u voor de volle honderd procent voor uw hond in?'

kon men haar al van verre horen roepen. 'Als u niet voor de volle honderd procent voor uw hond instaat, moet u hem wél aan de lijn houden. Ík laat de mijne los, maar ik sta er dan ook voor de volle honderd procent voor in.'

De oude man was het met Attilio's moeder eens dat de 100%-vrouw haar hond maar beter óók aan de lijn kon houden: nooit te beroerd haar wensen haar gedachten te laten bevaderen, kwam 'het echte mens' nogal eens thuis met verhalen over aanranding. Hoewel hij het zelden of nooit gebruikte, droeg de oude man aan een wit koord een zogenaamd hondenfluitje om zijn hals, meer als sieraad. In het bijzijn van Bruno had hij het, volgens Attilio's moeder, in ieder geval nog nooit in de mond gehad. De laatste keer echter wél: enkel en alleen om haar de werking en uitwerking te demonstreren. Het kon daarom niet anders of het was het fluitje geweest dat Bruno met dolheid geslagen had. Instrumentjes van dit soort brengen een snerpend gefluit voort, dat voor het menselijk gehoor al bijna ondraaglijk is, laat staan voor het verfijnde gehoor van een hond. Daarbij kwam dat Bruno's gehoor in de loop der jaren, evenredig met zijn blindheid, nog in scherpte moest zijn toegenomen. Mogelijk drong het verblindend witte befje van het hondje, geaccentueerd als het was door een vuurrood hartje, wél tot Bruno's bijna verdwenen gezichtsvermogen door. Zeker is in ieder geval dat hij bij het weerklinken van het fluitje als op een sein nou juist dáár zijn tanden in zette. Met die bek, die alleen nog leek te kunnen kwijlen, en waarmee hij nauwelijks nog vast voedsel, alleen een soort pap naar binnen kon slobberen, verscheurde hij in één keer het witte front van dat goedverzorgde hondje.

'Als hij haar maar niet vies maakt.'

De oude heer, een hartpatiënt, sloeg, voordat hij een hartaanval kreeg, eerst nog zijn paraplu aan flarden op Bruno's massieve rug. Vervolgens zeeg hij neer, met zijn gehavende paraplu als een neergestorte vleermuis naast zich. Zijn gegevens aangaande medicijnen, bloedgroep enzovoort stonden in code op een langwerpig briefje van één centimeter breed: 'een soort loonstrookje', volgens Attilio's moeder. Het zat, 'als een soort buitentrapje', tot een formaat van één vierkante centimeter in harmonicavorm opgevouwen, in een gouden doosje aan een horlogebandje om zijn pols gegespt. Zo kon hij, door accuraat ingrijpen van Attilio's moeder, evenals zijn hondje nog net op tijd van de dood worden gered. Bruno niet. Zijn plotselinge uitval had haar zo van streek gemaakt dat zij, om herhaling te voorkomen, zonder tussenkomst van de politie maar na overleg met haar man, besloten had hem te laten afmaken. Het arme dier was zichzelf en zijn omgeving, 'maar vooral zichzelf', toch maar tot last. Dat zijn dood al pasklaar in een ampul op hem lag te wachten – wist zo'n hond daarvan? Honden, zo wordt ons verteld, verlaten de stad nog vóór de inwoners met al hun menselijk vernuft ook maar iets van een naderende aardbeving gemerkt hebben. De schaal van Richter treedt pas in werking als onze huizen al op instorten staan. Het lijkt me daarom niet uitgesloten dat Bruno in het snerpende fluitje van de perronchef niet alleen de noodlottige gebeurtenis van een paar dagen tevoren beluisterde, maar ook iets van het over hem gevelde vonnis: zijn onontkoombaar naderende dood. Ik stel me zo voor dat hij in zijn duisternis heel even het witte befje met het rode hartje zag oplichten. Zijn gelatenheid spande zich tot waakzaamheid. Hij was op zijn hoede, en meer dan dat.

Attilio en ik waren uitgepraat. Terwijl ik me, tussen twee fluitjes door, aarzelend naar hem vooroverboog, schoot me zijn beschrijving van de ideale kus te binnen.

'Zo'n tongzoen, Quin, moet in miniatuur eigenlijk al de hele naderende liefdesdaad uitbeelden. Eerst krijg je de paardans van om elkaar heen wervelende tongen. Het veroveren. Het binnenwagen en binnenlokken. De test van lenigheid en soepelheid. De uitdaging. Het zijn nog de twee *personen* die daar dansen. Maar dan. Eerst ontspan je de spieren van je tong. Je houdt hem ingetrokken. Buiten het bereik van haar lippen. Ze zoekt hem. Af en toe laat je hem speels naar voren springen. Je tipt met het puntje haar bovenlip aan. Een mondhoek. Zij zal proberen hem met haar lippen vast te grijpen. Hem met haar tanden vast te houden. Maar je ontspringt haar. Je ontspringt de dans, die je daarnet zo enthousiast begonnen bent. Tot haar pogingen verslappen. Dan wordt het tijd je tong behaagziek, loom, ontspannen tussen haar tanden te vlijen. Je biedt hem haar aan. Ze zal hem naar binnen zuigen. Je laat haar even begaan. Niet lang. Want heel langzaam, spiertje voor spiertje, onmerkbaar nog voor haar, begin je hem te spannen. Je laat hem zo hard worden als een tong maar zijn kan. Je rekt hem uit tot je hem bijna verrekt. Tot hij bijna uit haar mondholte barst. Je beneemt haar de adem. En als je haar helemaal hebt opgevuld, beweeg je hem terug. Zonder hem te laten verslappen. En weer voorwaarts. Je raspt langs haar tanden. Sneller. Tot je haar voldoende hebt laten voelen wat haar te wachten staat. Dan laat je hem na een siddering stilliggen en krimpen. Je liefkoost haar nog wat. Troostend. Met kleine tipjes. Het puntje van haar tong. Haar lippen en mondhoeken. Je likt een sliertje speeksel van haar bovenlip. Tot ieders tong zich weer in de eigen mondholte heeft teruggetrokken en opgesloten, en je alleen nog naar elkaars lippen en adem hapt.'

Was dat niet pijnlijk weldoordacht allemaal? Verdacht technisch? De taal van een vrouwengeringschatter? Van een... van een – *impotente*?

Ik overwon mijn aarzeling, kuste hem links op de wang, rechts op de wang, en toen op de mond. Op het moment dat mijn tong zich om de zijne wond, klonk ten tweede male het snerpende fluitje van de perronchef en onmiddellijk daarna werd Attilio ruw van me weggerukt. *Bruno*. Van de weeromstuit, misschien in een instinctieve poging zich vast te grijpen, klemde Attilio zijn kaken op elkaar. Ik voelde zijn tanden diep in mijn tong dringen. Een schreeuw hoefde ik niet te onderdrukken, omdat ik eenvoudig niet schreeuwen kón. Bruno gaf een gil in mijn plaats. Het duurde maar even; het volgende moment had ik mijn tong weer vrij. De trein zette zich met een schok in beweging. Met één machtige beweging van zijn arm trok Attilio Bruno aan zijn halsband te voorschijn uit de smalle kloof tussen perron en trein, waar hij zich op het fluitje van de perronchef als op een sein in had gestort. De hond bleef met schokkend lijf aan zijn voeten liggen. Me vasthoudend aan de verchroomde stang van het middenbalkon, leunde ik naar buiten en zag ze langzaam kleiner worden, Herr und Hund, terwijl de trein de nacht in reed. We waren zelfs te beduusd om ten afscheid de hand naar elkaar op te steken. Mijn eerste reactie op de pijn in mijn mond was er een van woede.

'Kleine bourgeois,' hoonde het in mij. 'Kleine fat. Wacht maar tot dat mooie smoeltje begint te verwelken.'

Maar het was woede om de pijn van een verloren kus. Pas toen ik hem, doordat de trein met een flauwe boog het spoorwegemplacement verliet, uit het zicht verloor, proefde ik iets van de ijzersmaak van bloed in mijn mond. Ik klapte een krukje uit en ging zitten. Gedurig slikkend bedacht ik dat tong afbijten een beproefde zelfmoordmethode onder Japanse krijgsgevangenen was geweest: je bloedt gegarandeerd dood. Dit was wat restte van mijn liefde voor Attilio: een door hond en trein en mij en hem tot bloedens toe onherstelbaar gevierendeelde kus, die nooit herhaald zou worden en die ik maar het beste zo gauw mogelijk kon vergeten. Wat ik, toen het bloeden na zesendertig uur eindelijk wilde stoppen, dan ook deed. Moeiteloos. Ál te moeiteloos. Nog voor ik weer goed en wel kon praten, was ik het hele voorval vergeten, zodat ik desgevraagd niet eens de oorzaak van mijn spraakgebrek kon noemen. En gezien de grondigheid waarmee ik het vergat, zou ik het misschien ook voorgoed vergeten zijn, als niet op een zondagavond zo'n twee jaar later, door een bovenraampje dat op een kier stond, een dikke blauwe bromvlieg de kamer van de Dikke Erudiet was binnengedrongen. Hij bleef een tijdje rondzeuren tussen ruit en glasgordijn, kwam via een spleet vrij en liet zich, daar er verder geen lampen brandden, verleiden door het blauwige licht van de tv. Hij trok wat verveelde baantjes over het scherm, waarop alvast de gedramatiseerde versie te zien was van wat zo dadelijk door zijn toedoen zou worden opgediept uit de herinnering van iemand die zich halverwege de gang in de keuken bevond: signalen, stoomtreinen, de hartstochtelijke kus van een baanwachtersdochter, en 'typisch muziek van Poesjkin'. Zonder uit zijn stoel te hoeven komen verjoeg de Erudiet hem met het antieke Weense dameszweepje dat hij altijd binnen handbereik had liggen. De vlieg waagde nog een uitval naar zijn glimmende brillenglazen, waarin de tv op verkleinde schaal dubbel weerspiegeld stond, maar werd met een enkele handbeweging nogmaals verjaagd. Een minuut of wat spiraalde hij doelloos rond, om vervolgens na een brommende duikvlucht de ring van betovering rond een schijnbaar opgezette babykrokodil te verbreken.

'Springcausaliteit.'

Maar ook de herinnering aan dat fijngetande radersysteem van oprakeling zou misschien voorgoed zijn uitgewist als ik niet zojuist, aan de voet van het graf van Chopin, een vergeten cactus in een roodaarden pot had aangetroffen.

'Oui, madame, hij speelde het bloed onder zijn nagels vandaan. Bien sûr.'

'WHY DOES YOUR MEMORY LET YOU DOWN?' luidde

laatst een kop in de *Sunday Express*, die ik aan een kiosk op de boulevard kocht en staand las. 'A well-known international publisher reports that there is a simple technique for acquiring a powerful memory. It works like magic. The details of this method are described in his fascinating book *Adventures in Memory*, sent free on request.'

Maar hoe berekenbaar of onberekenbaar ons geheugen ook moge zijn – *those who put melancholy in faggots, are misanthropes.*

De Gazellejongen, de trappiramide & de rattenkoning

(een sprookje)

I

Om het wonder te dwarsbomen, had nog dezelfde dag de duivel zich in het huis genesteld. Op weg naar het toilet was de gelovige vrouw, wier Mariabeeld zo spontaan was gaan huilen, in de gang van achteren ruw beetgepakt door de mouwen van haar eigen jas, die aan de kapstok hing. En toen zij vervolgens in paniek de trap op vluchtte, had een 'onzichtbare hand of klauw' haar ook nog eens geniepig in de kuiten geknepen. Blauwe plekken vormden het bewijs. Pas 's avonds was de duivel haar in hoogst eigen persoon verschenen. In heel zijn archetypische gedaante ('Nou, gewoon, een mantel van vlerken, en...' 'Bokkenpootjes?' 'Bokkenpootjes, geitensik, hoorntjes...' 'Wat voor hoorntjes?' 'Nou, zoiets als de Mozes van Michelangelo op zijn hoofd draagt. Harde stompjes. Het haar keurig opzij gekamd. Scheiding in het midden. Maar wel patserig gepommadeerd. Dat wel. Heel vies. En op het achterhoofd een hoge hoed, krom als een kachelpijp, en en...' 'Maar dit hoeft u toch niet te biechten!') was hij het voeteneind van haar bed op komen klauteren, en had zich aan de spijlen vastgeklampt. Zonder dat zij zich nog had durven bewegen, was hij haar de hele nacht door 'met lichtgevend gele ogen, als van een kat' blijven fixeren, af en toe knipogend een obsceen gebaar makend, waar zij verder niet op inging. Zij deed geen oog dicht, die nacht. Pas de volgende ochtend om zes uur had het loeder zich laten verjagen, en wel door het aflopen van de wekker, die zij ter versterking van het geluid de avond tevoren in een diep bord met bestek had geplaatst. De duivel kwam nog twee nachten terug, en ook overdag gebeurden er de gekste dingen, maar ondanks zijn hardnekkige sabotagepogingen bleven het beeld de tranen over de wangen biggelen. Dat het Goede ook hier uiteindelijk zou zegevieren, werd de vierde dag al duidelijk, toen de Boze eensklaps zijn biezen bleek te hebben gepakt nog voor de Heilige Maagd was uitgehuild.

Tot op dat moment was het gehucht alleen bekend geweest van enkele ompaalde grafheuvels even buiten de bebouwde kom. Ze trokken per jaar zo'n tien bezoekers, waarvan vijf oudheidkundigen. Verder stond er nog een klein kanon uit de Eerste Wereldoorlog, vermoedelijk geïmporteerd. Dat was alles. De wonderbaarlijke huilbui echter zorgde voor oprichting van een kapel, vanwaar sindsdien elk jaar op de tweede zondag in mei een processie vertrok ter ere van de Heilige Maagd. Het einddoel was de kerk in het dorp van welks gemeente het gehucht deel uitmaakte. Nadat in het vroege ochtenduur de mis was gecelebreerd, stelde op het pleintje voor de kapel de processie zich op, in rijen van vier. Na eindeloos gepas en gemeet trok de stoet dan via de enige straat de omliggende velden in.

Zo ook op een tweede zondag in mei eind jaren vijftig. Het was de eerste keer dat Attilio niet meeliep. Het was geen kwestie van zin (daarnaar was hem nooit gevraagd: of hij er wel zin in had. Op een dag, een jaar of vier geleden, was hij op school in het onderwijzerskamertje geroepen. In de twee heren die daar zaten, had hij twee voorzangers van het kerkkoor herkend. Ze vroegen hem vriendelijk zijn favoriete liedje te zingen, wat hij na enige aarzeling ook deed.

Campana di Lombardia,
Voce tua, voce mia
Voce, voce che vai via
E non dai malinconia.

'En nu een toontje hoger,' waarna de een de ander had toegevoegd: 'Noteer hem maar voor de repetitie van aanstaande woensdag') – nee, hij bleek het afgelopen jaar te sterk gegroeid. Hij stak nu minstens een half hoofd boven zijn leeftijdgenoten uit, en dat was in een processie natuurlijk geen gezicht. Hij paste niet meer in de gelederen. Ook al had hij het jaar daarvoor nog de baar met het beeld gedragen, en het jaar dáárvoor het baldakijn van de priester, hij werd afgedankt. Hoewel hij er al die jaren een hekel aan had gehad, voelde hij zich nu buitengesloten, wat nog versterkt werd door de afwezigheid van zijn ouders. Hij was alleen thuis, die tweede zondag in mei. Het was stralend weer; hij had de ramen naar de straatkant opengezet, maar vooral om te luisteren of hij het gezang van de processie al hoorde.

Zij woonden ergens halverwege de kapel en de kerk: middenin een samenscholing van huizen, die ongeveer even ver van het gehucht als van het dorp af lag. Een straatje van 2 x 8 = 16 hoge huizen, dat doodliep op het zeventiende en hoogste: het hunne. Lagere, losstaande huizen rondom, en daar weer omheen nog lagere boerderijen, schuren en hokken. En dat alles bijeen gepropt binnen een rechthoek (bijna een vierkant) van slechts enkele tientallen meters bij enkele tientallen meters. Het buurtje werd aan de noordzijde begrensd door een platgetreden brandgang met een stoffig bosje aan de overkant, aan de westzijde door een spoorlijn, aan de zuidzijde door een kanaal en aan de oostzijde door een asfaltweg. Het huis van Attilio's ouders bevond zich bijna exact in het centrum van die rechthoek die bijna een vierkant was (dat wil zeggen: om en nabij de kruising van de denkbeeldige diagonalen), en stak een eind boven alle andere percelen uit. Het straatje dat erop doodliep, liep aan de andere kant uit op de asfaltweg, waarover straks, na alle omwegen langs afgelegen boerenhoeven, de processie voorbij zou gaan.

Nog maar kort tevoren had Attilio (nu wachtend en luisterend) ontdekt in wat voor merkwaardig bouwwerk hij eigenlijk woonde. Op een woensdagmiddag had hij in gedachten een lijn getrokken van zijn ouderlijk huis naar de horizon, waar bomen het uitgestrekte gebied van akkers en weilanden afzoomden – een lijn die in het verlengde van het straatje lag. Hij besloot die denkbeeldige lijn dwars door en over alles heen te volgen tot waar hij écht niet meer verder kon. Dus keerde hij zijn ouderlijk huis de rug toe, liep het straatje uit, stak de asfaltweg over, en begon dwars door akkers en weilanden in oostelijke richting te lopen. Hij liet zich door niets tegenhouden. Hij sprong over slootjes heen, kroop onder prikkeldraad door, onder koeien door, wipte over een waterput heen, trok een voor van sporen dwars door verse voren heen, liep door het verstoven water van een sproeier heen, door een struik heen, een boerenknecht tegen de grond (die hem vervolgens, met zijn klompen in de hand, in dezelfde rechte lijn achternazat), legde planken over een te brede sloot, wandelde met dichtgeknepen neus over een mestvaalt heen, en kwam verderop te vallen, maar met zijn hoofd in oostelijke richting. Hij week geen duimbreed van de rechte weg. Van tijd tot tijd draaide hij zich op zijn hielen om om te zien of hij nog in het exacte verlengde van het straatje liep. Het klopte steeds; hij hoefde zijn koers niet bij te stellen. Toen de ingang van het straatje door de toegenomen afstand begon te vervagen, besloot Attilio zich van nu af te oriënteren op de stand van de zon ten opzichte van het dak van zijn ouderlijk huis, dat immers boven alles uitstak; wat een stuk moeilijker was, aangezien de zon, of liever gezegd de aarde, zoals bekend, steeds in beweging is. Zo was de zon nu bijvoorbeeld bezig langzaam maar zeker naar het westen af te glijden. Attilio nam zich voor die positieverandering bij de bepaling van zijn koers in te calculeren. Om de verplaatsing van de zon per minuut te becijferen, stond hij een kwartier lang stokstijf met zijn rug naar het oosten, en telde tot negenhonderd. Dankzij het late uur van de middag, en een zekere heiigheid van de atmosfeer, kostte het hem geen moeite met samengeknepen ogen tegen de zon in te kijken. Toen na negenhonderd tellen het kwartier om was, concludeerde hij de zon weliswaar niet te hebben zien verschuiven, maar dat verandering in de zonnestand toch duidelijk waarneembaar was. Het viel hem op dat de zon zich in de richting van de dakkoepel van zijn ouderlijk huis verplaatste. Hij mat met zijn vingers, en maakte berekeningen. Nadat hij zich weer had omgedraaid, leek het geboomte plotseling veel dichterbij. Hij beende er met grote stappen op af en begon ten slotte zelfs te rennen, nog steeds in rechte lijn, al vergat hij van nu af om te kijken. Het was of hij zich enkel nog op zijn schaduw oriënteerde, die langgerekt bijna recht voor hem uit danste en geen moment naar de verkeerde kant wegdraaide; maar nee, hij was alleen nog nieuwsgierig naar wat er achter die bomen lag. Die bomen bleken zich, met de kruinen naar elkaar toe, over een smalle, modderige rivier te buigen. Buiten adem zag Attilio ze vertrouwelijk naar elkaar voorover leunen. Boven zijn eigen gehijg uit hoorde hij hun gefluister: ze leken elkaar heel wat te vertellen te hebben, terwijl ze zich behaagziek in het slome water spiegelden. 'Mooie, trouwe bomen,' dacht Attilio. Ze vormden een tunnel waar, in groen licht, de rivier doorheen stroomde. 'Een overdekte rivier.' Hij overwoog of hij zijn rechte lijn hier nog zou kunnen doortrekken. In een boom klimmen, van boom op boom overstappen en zich dan weer laten zakken? Hij werd in zijn besluit gehinderd door de sterke aandrang tot ontlasten, die hij plotseling in zijn ingewanden voelde opkomen. Het gevoel was hem niet onaangenaam. Hij was gewend ermee te spelen, met gesloten ogen in de zon. Sluiten, ontsluiten, sluiten: een inwendig gebalde hand. Niet toegeven, zichzelf plagen. Dit vasthouden bracht hem vaak bijna in een staat van poëzie, op zijn leeftijd nog een schemerrijk tussen woord en beeld. Ruggelings tegen een boom geleund, sloeg hij zijn benen over elkaar, sloot zijn ogen en rook de rivier. In het padvinderskamp vorige zomer was het begonnen. Een gammele, zelf geslagen ('gepionierde') voetbrug leidde over een beek, die voor een bepaalde afstand de natuurlijke grens vormde met Duitsland. Aan de overkant (op buitenlands, voor hem spoedig 'vijandelijk' grondgebied) bevond zich een zelfgebouwd ('gepionierd') toilet, met een naar woord 'hudo' genaamd. Boven een kuil van geringe diepte was een eigenaardig staketsel van armdikke boomstammetjes opgetrokken, onderling verbonden door dikke touwen vol ingewikkelde paalsteken en mastworpen. Indianententgeraamte of nog te ontsteken heksenkampvuur zonder ketel. De padvinders konden plaatsnemen op een horizontale dwarsbalk, die op jongenszithoogte diagonaal over de kuil hing. Hij boog altijd een beetje door. Het geheel was omheind met eenzelfde soort palen (langer, dunner), waartussen men jute had gespannen, op een smalle uitsparing na, die als ingang dienstdeed. Naast die ingang was op vindingrijke wijze een miniatuurvlaggenmast aangebracht. Wilde de stoelgaande padvinder niet gestoord worden, dan diende de wimpel (een verkleinde uitvoering van de nationale driekleur) ten top gehesen te worden: *bezet*! Het hijsen van de vlag was geen kleinigheid, en zeker voor iemand in hoge nood een langdradige bezigheid. Naast de kuil lag een slinkende berg opgedolven aarde, waarin een korte legerschop stak. De bedoeling was na gebruik van de 'hudo' een afgestreken schop zand over de bodem van de kuil uit te schudden, waardoor hij steeds voller raakte. Met de rand van zijn onderbroek behoedde Attilio zijn billen voor rechtstreekse aanraking met de paal, waarop ook hoplieden, vaandrigs, patrouilleleiders en assistent-patrouilleleiders hun gerief zochten. Wanneer hij zich het zomerkamp in volle omvang probeerde te herinneren, kwam hij steeds bij die kuil uit en zag zichzelf zitten: hij heeft zojuist zijn korte manchester broek op zijn schoenen laten zakken. Vergeefs. Al toen op de brug de geur van jute, nat hout, mest en humus hem tegemoet woei, was de druk in zijn darmen (na dagen eindelijk opgekomen) snel weggeëbd. Nu hij zijn broek toch heeft laten zakken, klinkt in zijn hoofd tergend het geluid van lichte metalen na: van zijn riem, zakmes en fluit met kompas. Boven hem ruisen dreigend de bomen, en nog hoger jakkert een Hollandse zomerlucht voorbij. Geroep uit het kamp, geritsel tussen de varens. (Het stikt hier van de ratten. Vannacht nog...) Zijn hoofd bonst en is warm en pioenrood van het persen. Het driekleurige vaantje klappert aanmoedigend boven het jute uit: 'ik ben bezig'. Als het rood staat voor zijn gloeiende wangen en het wit voor het ongezond smetteloze kruis van zijn broekje, dan staat het blauw voor de worgende greep van zijn sluitspier. Daar wappert op verkleinde schaal de driekleur, waarvoor hij tweemaal daags, bij het hijsen en strijken, de drie middelste vingers van zijn rechterhand naar de rand van zijn hoed moet brengen, en waarop hij, ter gelegenheid van zijn installatie als padvinder, de eed van trouw heeft gezworen: 'voor God, de Kerk en mijn Vaderland'.

Attilio keerde het water de rug toe en keek over de akkers en weilanden naar de westelijke horizon. Hij zag alles, maar zag niets. Los van de boom stond hij nu iets voorovergebogen, de handen op zijn buik gedrukt, en genoot intens van de verslappende drang in zijn ingewanden.

‘Dit is het dal. Hier is het goed,’ zei hij zacht, voorbij de woorden. ‘Hier is het vruchtbaar. De rivier stroomt door de daltempel. Hier wordt het lichaam gebalsemd.’ Genietend van de klank van de woorden, liet hij nauwelijks iets van hun betekenis tot zich doordringen. Hij moest ze ergens gehoord, of gelezen, en opgespaard hebben. ‘Hier sluipen sfinxen rond.’

In de contouren van de huizengroepering daar in de verte herkende hij op deze afstand vaag iets; het drong niet tot hem door wát. De woonwijk was nu vertekend tot één geheel, maar Attilio’s geest werkte voorlopig te lui om er meer in te ontdekken dan een spits toelopende, kartelvormige rots ver in zee. De zon hing er laag boven, vuurrood in een oranje hemel.

‘Daar is het rode land,’ hoorde hij zichzelf dromerig zeggen. ‘Daar is het rijk van de dood.’

De woorden kwamen eerder dan de herkenning. Misschien bleef de herkenning uit doordat Attilio schrok van de lage stand van de zon, die inmiddels vlak boven de afgeplatte dakkoepel van zijn ouderlijk huis was komen hangen. Etenstijd. Hij moest voortmaken, maar kon zich niet bewegen. Met samengeknepen billen bleef hij wachten tot de stuwingen in zijn darmen waren uitgewerkt. Toen het over was, begon hij huiswaarts te lopen, eerst nog met normale tred, spoedig rennend. Door de van stap tot stap veranderende optiek dreef hij, al voortsnellend, de boven alles uitstekende dakkoepel schoksgewijs in de ondergaande zon. Het was nu juist dit gezichtsbedrog dat de herkenning tot stand bracht. Hij hield zijn pas in en bleef staan. Het silhouet van zijn woonoord viel samen met een illustratie in zijn geschiedenisboek, voorstellende de trappiramide van koning Zoser. Wat onregelmatiger misschien, maar in opklimmende volgorde van hokken, schuurtjes, boerderijen, lagere en hogere huizen en ten slotte de dakkoepel, leken de zes trappen toch duidelijk gegeven.

'Dit is de trap waarlangs de koning opstijgt naar de zon,' zei hij hardop. 'Hij is de hemelgod en zoekt de zonnegod. Hij bezeilt de hemelen in zijn hemelboot. Ik moet naar huis. Het eten wordt koud. Ra, ra, wie ben ik.'

En zo had Attilio ontdekt dat hij eigenlijk een piramide bewoonde. Niet een met hellende zijden, nee, een primitieve, de oudste: een trappiramide. En in het hart van die piramide wachtte Attilio die tweede zondag in mei met gemengde gevoelens op de Mariaprocessie waar hij zelf was uit gegroeid.

2

Toen zijn aandacht al begon te verslappen hoorde Attilio plotseling van verre gezang, dat nog af en toe verwaaide. Een koor van hoge, heldere stemmen. De processie, die nu de piramide naderde, kon hij zich moeiteloos voor de geest halen. Voorop liepen de meisjes, in het wit; achteraan de jongens, met fluwelen capes om. Vier van de sterksten (waaronder vroeger hij, nu afgedankt) droegen de baar met daarop het eenvoudige, verschilferende Mariabeeld, oprijzend uit een stijve, brokaten jurk. Een luchtdicht, matglazen kolfje met haar verzamelde tranen (sinds het wonder had zij geen traan meer gelaten) lag op een zijden kussen aan haar voeten. Op de scheiding van jongens en meisjes hielden vier misdienaars een aan stokken bevestigd baldakijn op, waaronder de dorpspastoor voortschreed, weggedoken in een kazuifel met opstaande kraag, waar enkel nog zijn kalende kruin bovenuit glom. Hij droeg de monstrans voor zich uit met een zo verbeten greep dat zijn knokkels er wit van zagen. Als hij voorbijkwam, knielde iedereen neer, in het stof of op de stenen. Mannen knielden zich de plooien uit hun broek, vrouwen knielden zich de ladders in haar kousen. Kussentjes waren verboden: ditmaal was het menens.

Aan de sterkte van het gezang hoorde Attilio dat de processie nu de kanaalbrug naderde. In gedachten zag hij de voorste meisjes zich al licht voorover hellend schrap zetten tegen de weg, die al vroeg begon te glooien. Nog even en hij zou het hier, in de huiskamer, haarfijn kunnen horen: de monotone treurmars van lichte voetjes, die op de losgeraakte planken van de brug dof xylofoon speelden ter nagedachtenis van de Gazellejongen. Er restte niet veel meer dan een schim van hem (Attilio meende hem ooit gezien te hebben, bij mist), een gehoornde schim, die zich schuilhield onder de brug en tussen het hoge riet van de buitenste kanaaloever. De schim van een menselijk wezen met onvertakt gewei; sommigen beweerden dat hij een eenwielig circusfietsje bereed. Attilio verbeeldde zich vroeger zijn vriend te zijn geweest, wat niet zo was. Hij had hem slechts op afstand gekend. Ze verschilden een kleine tien jaar in leeftijd: de Gazellejongen had zijn eigen vrienden gehad, vrienden die hem destijds hadden uitgedaagd rechtstandig van de kanaalbrug af te duiken. Waarop hij ingegaan was. ('Tot vermaak zijner badende vrienden en tot meerdere glorie van hemzelf,' zoals Attilio het de opgezwollen, bloeddoorlopen zatlap bij de kapper had horen zeggen. Maar die had ook 'ratten zo groot als honden' langs de kant van de weg zien liggen.) Toen hij na herhaald dreggen door de gemeentepolitie weer boven water kwam, bleek hij plotseling getooid met een roestig fietsstuur, dat 'als een gewei' rechtop in zijn schedel geplant stond, de bel nog intact. Er werd wel gegrapt dat bij het ophalen zijn armen in een kruislingse greep aan de handvatten geklonken waren, alsof hij op het allerlaatste moment nog 'zichzelf had willen ontkurken'. Een grapje, maar zo was hij de dorpsmythologie ingegaan: als een ontijdig aan eigen gewei gekruisigde. De martelaar van de kanaalbrug. *De Gazellejongen.* (Sinds de spontane invoering van die postume bijnaam bestonden over de analogie van stuur en gewei evenmin nog twijfels als over het merk fiets waarvan dat stuur afkomstig was.)

Terwijl Attilio aandachtig luisterde naar die roffelende dodenmars van meisjesvoeten zag hij heel duidelijk voor zich hoe de Gazellejongen zich vanonder de kanaalbrug in het volle zonlicht waagde en met lenige, vederlichte sprongen de treden van de piramide begon te bestijgen. In gedachten volgde hij hem tree voor tree. Tot zijn ogen hogerop zonneblind raakten. Maar even later zag hij hem weer staan, voorin de hemelboot van Horus, bewegingloos als een boegbeeld: de armen kruislings gekruisigd aan zijn eigen gewei, waaraan de fietsbel schitterde als een sieraad. Een cimbaal in de ure des doods.

Attilio liep om de tafel heen en stelde zich voor het raam aan de straatkant op. Het kon nu niet lang meer duren of hij zou de processie aan de enige ingang van het straatje voorbij zien trekken. Hij liet zijn blik over het plaveisel en langs de gevelrijen glijden: nergens bewoog iets, alles zat potdicht.

'Dit is de gang waarlangs de dood wordt binnengedragen,' neuriede hij zonder melodie, nog in de ban van de Gazellejongen, die hij zojuist had zien wegvaren. 'Er is geen weg terug.'

Daar verschenen de eerste meisjes al om de hoek. Maar tot Attilio's verbazing deden ze wat ze voorgaande jaren nooit hadden gedaan: met ingetogen pas op gelijke afstand van elkaar voortstappend, zwenkten ze langzaam en plechtig het straatje in. *Ze kwamen recht op hem af*! Een viervoudige rij in het wit geklede meisjes. Links en rechts begonnen nu de gordijntjes van de buren te bewegen. Ramen gingen open. Deuren. Maar het kwam Attilio voor dat ze het op hém gemunt hadden. Hoewel hij zich onzichtbaar wist achter de glasgordijnen, deed hij automatisch een stap achteruit. Hij zag nu duidelijk de strengen vergeet-mij-nietjes in hun haar en de kleine veldboeketten in hun wit geschoeide handen. Als hij zijn ogen samenkneep kon hij zelfs de zilveren miniatuurtjes onderscheiden die aan hun zilveren kettinkjes en armbandjes bungelden: eikeltjes, lovertjes, vogeltjes, dingsigheidjes. Nog maar enkele meters verwijderd van zijn ouderlijk huis, waarop het straatje immers doodliep, kwam de stoet tot stilstand. Onwillekeurig deed Attilio nog een stap naar achteren en stootte daarbij tegen een bijzettafeltje, waarop iets begon te wankelen (een vaas met uitgebloeide takken), maar zijn evenwicht herwon. De processie vulde het straatje tot aan de hoofdweg. Achter de voorhoede van meisjes zag Attilio het baldakijn van de priester oprijzen. Onder de franje door werd het beeld van de Heilige Maagd zichtbaar. Aan haar vervaarlijk heen en weer zwaaien achter de rug van de priester was te zien dat de jongens de baar onvoorzichtig neerzetten. Dat was hem, Attilio, nooit overkomen. Nog steeds werd er gezongen. Alles zong. De vier mooiste meisjes (pronkstukken voorop) stonden zingend aan zijn venster en vier oogverblindend witte rijen zingende meisjes hadden zich achter hen geschaard. De meeste meisjes kende hij van school, maar wat hem nu, anders dan op school, zo ademloos maakte, was de onverzoenlijkheid van hun kleding en hun leeftijd. Ze zaten allemaal minstens een klas lager en waren gemiddeld zo'n jaar jonger dan hij: elfjarigen dus, en toch droegen zij zonder uitzondering de fijngazen of kunstzijden jurkjes die zij op zevenjarige leeftijd ter gelegenheid van hun Eerste Heilige Communie hadden gedragen. (Namelijk toen zij voor de eerste keer, in de vorm van een klein rond plakje ongedesemd brood, van het lichaam van hun Heer Jezus Christus hadden mogen proeven.)

Wat Attilio van zijn eigen Eerste Heilige Communie nog het meest bijstond, was de avond toen de dag al voorbij was. Hij werd op hetzelfde tijdstip naar bed gebracht als gewoonlijk, terwijl beneden het feest, met veel drank, verhevigd door woedde. Kort nadat hij was ingeslapen, had rumoer op straat hem gewekt. Vanachter het gordijn (hij sliep aan de voorkant) had hij gevolgd hoe in het straatje zijn stiefvader en hun beste huisvriend, beiden dronken, met elkaar wedijverden in hardlopen en allerlei andere behendigheden. Zo te horen ging het om een weddenschap. Uit de menigte omstanders (familieleden en buurtgenoten) stegen kreten van bijval en aanmoediging op, maar toen een partijtje worstelen op een regelrechte vechtpartij uitliep, begonnen de vrouwen te gillen en moest er politie aan te pas komen. Sindsdien had Attilio nooit meer een hostie door zijn keel kunnen krijgen zonder dit gillen te horen en zonder het bebloede gezicht van hun 'beste huisvriend' voor zich te zien, die in zwak lantaarnlicht op de grond had gelegen, terwijl zijn stiefvader door twee agenten het huis in werd geleid.

Die eenmalig te gebruiken jurkjes waren destijds door de moeders van deze meisjes niet 'op de groei' gekocht; zij gaven meer van hun gladde, opgeschoten benen en ontluikende vormen te zien dan eigenlijk christelijk genoemd kon worden. Maar misschien viel niemand dat op, behalve Attilio. Tenminste, bij het zien van zoveel afgezakte witte sokjes, te korte pofmouwtjes die om bovenarmen knelden, en strak gevlochten, opgeknot haar, waarin bloemen staken, voelde hij wat hij wel vaker gevoeld had, maar helemaal niet wilde en vooral niet mocht voelen. Hij probeerde weer aan de Gazellejongen te denken.

'Vanuit het oosten wordt de dood hier binnengedragen,' hoorde hij zichzelf fluisteren, zich maar half bewust van wat hij zei. 'De dood. Elk jaar. Altijd. Maar er is een doolhof. Er zijn gangen en trappen en overlopen. Een doolhof. Ze kunnen me nooit vinden. Nooit.'

Het was de nauwelijks hoorbare, grotendeels innerlijke stem van de jongen die gewend is alleen te spelen. Attilio verliet de huiskamer, en via gangen en trappen en overlopen zocht hij zich met gespeelde haast een veilig heenkomen, steeds hoger. Op de bovenste overloop trok hij aan een koord een draaibaar luik omlaag, met rails aan de binnenkant, waarover, na het lostrekken van een pin, een smalle trap naar beneden geschoven kon worden. Langs deze trap, die heftig wiebelde, bereikte hij de zolderverdieping. Er hingen grote tweepersoons lakens te drogen; de atmosfeer was er vochtig. Bovendien was het er schemerig doordat de dubbele rijen lakens het licht van het enige dakraam gedeeltelijk wegnamen. Attilio schoof de trap weer omhoog, totdat, door overgewicht van het binnengehaalde deel van de trap, het luik zich vanzelf sloot. Even stond hij roerloos te luisteren: ook hier nog, zo hoog, was het gezang hoorbaar. Toen hij zich daarvan verzekerd had, brak hij door de muur van lakens heen. Ze voelden klam aan. Aan de andere kant gekomen bleef hij vol verwondering staan: wat hij daar op enige afstand bijna tastbaar voor zich zag, was een ware pilaar van zonlicht. Vanuit wat ongeveer zijn hoogste stand moest zijn (het was omstreeks het middaguur), liet de zon zijn licht ietwat schuin de zolder binnenvallen. Er danste stof in. Ontelbare stofdeeltjes kaatsten het licht terug naar de zon.

'Met het licht dat het Ene, Goede en Almachtige afstraalt,' had Attilio de pastoor op de preekstoel horen zeggen, 'verlicht Het ook nog Zichzelf. Geheel naar analogie van de zon.'

Maar hier was het de zon zélf die zich 'gevangen gaf in het stof'. En wel in een materiaal zo gewichtloos dat het in het licht omhoog gezogen leek te worden. Door niets anders dan het licht zelf bijeengehouden, vormde het een even hecht als transparant bouwwerk, een zuil van puur stofgoud. De projectie van het dakraam op de houten vloer diende deze zuil tot voetstuk; een bijna vierkante rechthoek, waarin Attilio op verkleinde schaal de basis van zijn piramide herkende. Pas op dat moment besefte hij dat hij zich in de nok van die piramide bevond. In de nok van zijn piramide gaf de zon een sprankje van zichzelf gevangen in het stof.

'Om mij op te nemen.'

Om hem in te kapselen, en op te nemen – dat waren zo ongeveer zijn gedachten.

'Om mij erin omhoog te laten klimmen.'

Toen Attilio een stap naar voren deed, wolkte er stof op van de vloer, waardoor de zuil nog voller en tastbaarder werd. Hij had nog een drietal stappen te gaan voor hij hem kon aanraken en op elk van zijn dreunende stappen voorwaarts vulde de zuil zich verder met stof, tot hij stevig genoeg leek om de schuine balken te kunnen stutten. Er zorg voor dragend geen schaduw te veroorzaken, liep Attilio enkele malen zwaar stampend in een halve cirkel om de zuil heen, tot hij zó vol en tastbaar geworden was dat hij hem wel wilde omhelzen, maar bang was hem te zullen breken. Onmiddellijk echter bedacht hij dat zij, hij en het zonlicht, van zo geheel verschillende planeten stamden, dus van zo verschillende materie waren, dat zij elkaar gemakkelijk moesten kunnen doordringen. Na enige aarzeling stapte Attilio de lichtkolom binnen.

'Ik vlucht in de zon,' zei hij zacht. 'Net als de Gazellejongen.'

Hij bleek zo precies van zijn postuur, die koker van licht, dat hij wel door de zon zelf ('voor mij') moest zijn opgericht, zo perfect paste hij hem: een lange, rechte, flonkerende jurk. Van hoofd tot voeten stortte hij zijn licht en warmte in Attilio uit. Hij penetreerde het donkerste van zijn ingewanden en zette alles wat daar verstrakt en ingesnoerd was in een ontspannen gloed. En Attilio raakte zo vervuld van die sterke zuil dat hij zijn kleren moest openen om er niet uit te barsten. Hij voelde zich behaaglijk gevangen en opgetild in die smalle kooi van licht en stofgoud. Om eigen as wentelde hij erin rond; hij zwom erin rond als in een aquarium. Hij vond houvast aan eigen lichaam, en stuurde zich, omhoog, richting zon.

Twee weken tevoren was voor het eerst in zijn leven de zoete walging over hem gekomen, kleurloos nog, onwillig, krachteloos. Op het gazon van het openbare zwembad had hij, op zijn buik gelegen, een visioen aan zich laten voorbijtrekken waarin een zigeunerin haar eigen dochter voor hem liet dansen. Bij een hoog oplaaiend vuur danste ze in meer bochten en kronkels dan nog tot de dans behoorden. Toen hij zich haar beeld scherp genoeg dacht te hebben ingeprent, was hij van het gras opgestaan met de verbeten gedachte 'dat het er nu maar eens van moest komen'. En wat er ook komen mocht, hij zou het láten komen. Op weg naar de kleedhokjes had hij zijn grote badlaken zodanig over zijn schouder gedrapeerd dat het tot op zijn knieën hing, en hem van voren bedekte. Het was niet druk; de garderobejuffrouw zat een boekje te lezen. Toch koos hij een hokje in een lege rij. Hoe wervelend ze hem ook steeds weer ontdook, de zigeunerdochter was hem ruimschoots ter wille, maar toen het kwam (kleurloos, krachteloos), schrok hij zo dat hij heel even hardop om zijn moeder riep.

'O, m...'

Dit was dus zondigen: een soort gif afscheiden. Alle sporen moesten uitgewist. Bijna zonder zich aan te raken reinigde hij zich met het badlaken, zo schuldbewust en teder dat niet eens te zeggen was dat hij zich afdroogde, nee, hij vloeide zich af. Bang dat de garderobejuffrouw hem om zijn moeder had horen roepen, durfde hij aanvankelijk niet uit het badhokje tevoorschijn te komen. Lange tijd stond hij met kloppend hart tegen de deur gedrukt, met zijn rug naar wat daar op het bankje gedruppeld was. Toen hij ten slotte toch naar buiten kwam, sloop hij omzichtig naar de uitgang. De mensen zouden immers op zijn gezicht kunnen lezen wat voor zonde hij zojuist begaan had. Thuisgekomen hing hij het medeplichtige badlaken te drogen aan een waslijn in de achtertuin. Hij vouwde een strandstoel uit en ging achterover liggen wachten tot het droog was, waarmee zijn zonde althans uiterlijk zou zijn uitgewist. De middag liep ten einde, de zon stond al laag. De grote handdoek wiegde zich zacht aan de draad waaraan hij met wasknijpers bevestigd was. Met een hart vol angst en schuld staarde Attilio vanuit zijn stoel al die tijd naar de grote schaduw, die langzaam maar dreigend heen en weer schoof over de bedden afrikaantjes en duizendschonen. De afrikaantjes geurden bitter boven de zoete geur van de duizendschonen uit. In de keuken achter zich hoorde hij zijn moeder luid kletterend met potten en pannen in de weer. Daarbovenuit zong zij:

> Campana di Lombardia,
> Voce tua, voce mia
> En:
> Hoe wij tezaam vaak door de velden zwierven –
> Bloemen plukken was jouw grootste lust

Toen zij hem later voor het eten riep ('Attilio!'), stond hij op, liep naar het badlaken, en streek er met zijn handen langs. Het was droog. Met zijn vingertoppen tastte hij vervolgens nauwgezet het badstof oppervlak af en stuitte daarbij op een hard rond plekje ter grootte van een muntstuk. *Het was er nog*. Opgedroogd, maar het was er nog, voelbaar aan beide kanten van de harige stof. O, God, zijn zonde zat in de stof geklonken. Lompweg door hem erin gestempeld. Hij moest denken aan wat op school een jongen had gezegd over een voorbijfietsend meisje: 'zo geil als een dubbeltje', en over zichzelf: 'ik ben zo geil als een kwartje.' En terwijl hij het badlaken loshaakte van de waslijn, zag hij zichzelf weer als kleine jongen een stuiver onder een blad papier leggen. Als hij het plekje papier, waaronder de stuiver lag, met een potlood zwart maakte, verscheen prompt het reliëf van kruis of munt. Het bleef in het papier gedrukt ook nadat het muntstuk weer was weggenomen. ('Guarda, mama!') Zo was in die handdoek de beeldenaar van zijn zonde geslagen.

Veertien dagen had hij zich niet durven aanraken; nu kon hij niet anders. Hij moest wel. Met langzame, ritmische, allengs onbeheerster slagen zwom hij stroomopwaarts. Met Pasen had hij voor het laatst gebiecht. Binnenkort zou hij na zijn vorige zonde ook deze nog moeten biechten. Hij zou er omzichtige woorden voor zoeken, die hij pas op latere leeftijd zou vinden.

'...Die piramide, mijnheer pastoor, was als een spectrum, waarin het witte licht van de zon gebroken werd in de regenboog van mijn dagdromen. Aan die witgouden pilaar, waarin ik vrijde met de zon, zou ik mij duurzaam uithuwelijken, als u mij het woord toestaat. Bij zonnig weer zou ik mij steeds opnieuw naar de zolder begeven, me in die doorzichtige cocon nestelen en uit de wirwar van beneden de rode draad weer opnemen en verder spinnen en voortborduren aan mijn rêverieën, waarin ik steeds nieuwe schakeringen zou aanbrengen. In de zomermaanden, volgend op uw processie, is een onophoudelijke stoet van bruidsmeisjes aan mijn zolderraam voorbij blijven trekken. En steeds heb ik er een uitgekozen om met mij in die koker van warm zonlicht en prikkelend stof te verkeren. Steeds weer een ander, mijnheer pastoor. Een polygaam schimmenspel, af en toe doorkruist door een kruislings aan eigen gewei gekruisigde Gazellejongen. Kent u de Gazellejongen nog, mijnheer pastoor? U hebt zijn uitvaart nog geleid. Zoals ik, later, de uitvaart van zijn schim heb geleid, via de treden van mijn piramide. Een polygaam schimmenspel, een panopticum van smeltende beelden. Zoals ik ze geleverd kreeg, hadden ze wel iets van de beschilderde houten poppen uit de piramiden van Gizeh, uw processiemeisjes. Als ik mijn ogen maar goed samenkneep zag ik ze in mijn grafkamer staan, rondom mijn sarcofaag. Want dat was het, mijnheer pastoor: een sarcofaag. Door de zon zelf van eigen zuiverste goud gesmeed, fragiel en transparant: een sarcofaag voor mijn zoete kleinejongenszelfmoord. Beschilderde poppen, stug en houterig, maar mijn toverkracht heeft ze tot leven gewekt. En ze hébben mij gediend, uw dienaresjes, mijnheer pastoor. Aan elk van uw Mariabruidjes heb ik een zakdoek uit de wasmand van mijn moeder opgeofferd. Talloze zakdoeken, maar het werden bloemen in mijn handen. Kunstbloemen, weliswaar, maar toch bloemen. In de loop van de tijd heb ik zo een aardig boeket gesteven bruidsbloemen over de stoffige vloer uitgestrooid. Mijn moeder werd er razend van: Attilio! In het stof bijtende bloemen, mijnheer pastoor, vroegtijdig van hun voedende stengel gerukt. Zo schudde ik de namaakbloesem van mijn jeugd voor hun voeten neer. En ik wilde dat zij ze zouden dragen, die bloemen, mijnheer pastoor; kunt u dat begrijpen? Niet in hun hand, niet op hun borst, niet in hun haar, maar waar in een mooi boek (niet de bijbel: vergeeft u mij, mijnheer pastoor) een verwelkte hoer een kunstroos droeg "om haar verloren bloem te vervangen". De zakdoek, die eeuwige sluier van de onzichtbare geliefde – daar zelfs maar een tip van. Al diegenen met wie ik maar enkele minuten getrouwd ben geweest: niet meer dan een oogopslag heb ik van ze gezien, af en toe, door het weefsel heen. Een traan die, erdoor opgezogen, aan de buitenkant zichtbaar werd. Of een jukbeen, mijnheer pastoor, waarvan de vorm in de sluier gedrukt stond. Dat is het weinige dat ik van uw bruidsmeisjes weet. De zakdoek, dat vluchtig opgehouden gordijn, waarachter ik een kameel door het oog van de naald lanceerde. Waarachter ik met schietkatoen en kruit een kanon tot ontbranding bracht, dat de acrobaat die ik was lanceerde en door de brandende hoepel richtte. De Vliegende Man! Ik wilde leeg! Mezelf met hart en ziel ledigen in de zakdoek die als een vangnet aan de andere kant van de hoepel spande. Maar God, Jezus Christus, mijnheer pastoor, wat is de hemelpoort nauw, en wat zijn wij onhandelbaar grof van bouw! Een linkshandig beeldhouwer was ik, van beelden in verre van voltooide staat waaromheen al het laken ter onthulling gedrapeerd was. Bij onthulling wachtte mij de kopstoot van ruw marmer, mijnheer pastoor, of op zijn minst een luchtzak na te hoge vlucht...'

3

En zo lanceerde hij zich eigenhandig naar het hart van de zon.

Attilio!

'...Een... een... een *bron*, mijnheer pastoor, een spoedig bedarende bron. Maar hij ontsprong aan mijn hand met de onstuimigheid van een fontein. Na een flitsende baan door de lichtkegel boog hij het schemerduister van de zolder in. Iets van zijn klatergoud bleef nog nawiegen in een spinnenweb; de rest werd opgezogen door de duimendikke stoflaag die de houten vloer bedekte. De weke parels van mijn te vroeg aangeboorde schatten, mijnheer pastoor: ik had mij eigenhandig verwond...'

Attilio!

'Mastaba,' had hij er zichzelf bij horen fluisteren, verbaasd, want hij wist niet waar hij het vandaan had. Had hij de vorige keer nog om zijn moeder geschreeuwd, nu was er een nieuw, vreemd woord voor in de plaats gekomen: mastaba, mastaba. Plotseling was het er geweest. Het kon niet uit hemzelf gekomen zijn. 'Mastaba.' Vreemd.

'...Of weet u ook niet wat dat is, mijnheer pastoor, een mastaba? Mocht er bij u vroeger op het seminarie niet over heidense godsdiensten gesproken worden? Mastaba. Het moest toch ooit in me geplant zijn, nietwaar, mijnheer pastoor? Anders had het me nooit zo vanzelfsprekend over de lippen kunnen komen. Mastaba. En onmiddellijk daarna zeeg ik ontkracht neer in mijn doorzichtige sarcofaag. Ik schaamde mij plotseling diep. Dat ik u dit ooit allemaal zou moeten opbiechten! Dit was de ergste van alle doden die een sterveling sterven kon, wist ik nu. De dood waarna men verder moet, in schaamte, op weg naar de biechtstoel. Maar ook triest was ik, om in het stof te hebben moeten bijten; triest, na zo ruw ter aarde geveld en besteld te zijn. Ik ordende snel mijn kleding en trad uit de lichtkolom, die nu veel van zijn allure verloren had...'

Het zou niet lang meer duren of hij zou Attilio alleen nog doen denken aan de baan zonlicht die op zondagmiddag door een kier tussen de gordijnen in de huiskamer van zijn grootouders hing. Er danste geen stof in, maar hij was gemarmerd met de sigarenrook van zijn grootvader: opa Santini. De sigaren betrok hij zaterdags van een marktkoopman, 'bijna voor niets', want ze waren 'geplakt', wat betekende dat ze aanvankelijk 'de duurste' waren geweest, maar 'geknakt', en nu op de plaats van de breuk met een extra tabaksblad omwonden, wat hun een speciale geur gaf. De gordijnen waren gesloten om het voetbalprogramma op de kleine tv beter te doen uitkomen. Hoewel het geluid oorverdovend hard stond ('stil! stil!'), zaten Attilio's stiefvader en diens schoonvader met hun neus op het toestel. Hij had zijn afkeer van de overslaande verslaggeversstem nooit durven uitspreken, zodat hij elke zondag weer werd meegenomen.

'...Zo kort als ik opgetild was geweest in de armen van de zon, mijnheer pastoor, zo onevenredig lang zouden die bittere geuren van sigarenrook en natte lakens mij bijblijven. Het zou nog tijden duren, mijnheer pastoor, voor ik dat zachte, levensblije brommen weer zou horen: *bzzz* – dat zachte resoneren, waarmee mijn ziel zich opnieuw, zwaar en verzadigd, aan onzichtbare vleugels uit de volle, rijke beker van mijn verkreukelde zakdoek zou verheffen, om op weg te gaan naar zijn korf, en raat voor raat voort te borduren aan mijn herbegonnen leven. *Bzzz*... Zolang de voorraad strekt, dat spreekt, mijnheer pastoor...'

Maar voor het zover was (voordat Attilio uit het licht van de grote schijnwerper trad), 'mastaba', maar nadát hij zijn 'aangeboorde schatten' het schemerduister van de zolder in had zien flitsen, sloot hij even zijn ogen. Dit was het dan. Op zijn netvlies zag hij een van zijn 'weke parels', nog navonkend van zonlicht, tussen twee planken van de vloer door druppelen. (Of was het rollen? Of *stuiteren*?) En hij zag die parel in slowmotion, fosforescerend, het absolute duister onder de vloer binnenvallen om er een onbeschrijflijke wereld van spinnetjes, pissebedden en muizen te verontrusten. Op de plaats waar de parel zou neerkomen, zag Attilio, bevond zich een nest jonge ratten, vredig knabbelend totdat die vreemde planeet, een soort maan, uit hun hemel kwam neerdalen. De ratten vluchtten in paniek uit elkaar, in stervorm: weg, weg van de plaats van de landing. Maar in hun paniek raakten hun staarten op gordiaanse wijze verstrengeld, en het was op deze onontwarbare knoop dat Attilio zijn weke parel (hij voelde het losschieten nog in zijn vlees) zag neerkomen. De parel spatte tot vormeloosheid uiteen, omsloot en doordrong de knoop als een bindende substantie, en stolde. Als zegellak.

Hij *verzegelde* hem. De parel de knoop. En daarmee was dan de rattenkoning gekroond, die, vergeefs rukkend en trekkend, als een perpetuum mobile tot in lengte van dagen de onontkoombare herhaling zou blijven van Attilio's kleine, zoete zonde.

De gouden stad – maar onder een andere titel (De verdwaalde kogel)

(een duet)

'Goedemorgen, pa. Hier zijn bloemen.'

'Ja, leg maar neer. Goedemorgen. Zijn 't witte?'

'Nee, geen witte. Gele. Geen witte, gelukkig. En ze staan ook niet in een pot. Witte, nee, dat zou ik niet over mijn hart hebben kunnen verkrijgen. 't Is geen Allerzielen, 't is *lente*, pa.'

'Aha. Lente. Zo, zo.'

'Maar thuis liggen de lepels nog steeds krom in de la. Vroeger ging er geen maaltijd voorbij of ik zag witte bloemen voor me. Tenzij we 't zonder soep of pap stelden en alleen met mes en vork aten. Witte bloemen in een aarden pot. Er zat een stuk van de krant omheen, waarvan ik de rest op mijn lijf droeg. Ik hield hem stijf tegen me aan gedrukt, die pot. Hij zat vastgeklemd tussen mijn borst en jouw massief leren rug. De krant wapperde als een bezetene, maar er liet geen bloemblaadje los. Ook achterop de motor was het snijdend koud. 't Leek altijd te vriezen, die dag. Terwijl we toch pas begin november hadden. Waarom nam je ook steeds weer een andere mee? Waarom niet steeds dezelfde? Dan was er maar één bedorven geweest. Nu zijn ze allemaal krom. Waarom ben je er ook nooit toe gekomen er een speciaal schopje voor aan te schaffen?'

'Ach, die ene dag per jaar. Die doodenkele keer.'

'Nee, nee. Er zat meer achter. We hadden onze jassen al aan, als je er een uitzocht. Die van jou hing nog open. Je rommelde net zolang in de bestekbak tot je een gave te pakken had. Vanwaar toch die kieskeurigheid? Er waren er zes. Zes van de grote soort. En elk jaar kwam er een kromme bij. Als je hem in de bevroren grond wilde steken, boog hij meteen om. Ik zag 't aankomen. Soms helemaal haaks. Ik zag 't gebeuren. Maar dan boog je hem weer recht en begon je opnieuw. Soms moest je er je handschoenen bij uittrekken, zodat je vingers blauw werden van de kou. Wanneer het hard gevroren had, kwam je zelden tot het kuiltje dat je wilde spitten. Nog een geluk dat ze naast elkaar lagen, anders had je er twee moeten maken. Als ik de pot er ten slotte in zette, stond hij meestal scheef. 't Was duidelijk dat de gure wind hem zo ook wel om zou krijgen. Met of zonder kuiltje, hoe dan ook. Zes kromme lepels, en 't heeft nog niet geholpen. Nooit. Thuis probeerde je ze wel weer recht te krijgen, maar helemaal recht werden ze nooit meer. Als de pot eenmaal stond, zette je je helm af. Ik deed hetzelfde met mijn pet met oorkleppen. Je sloeg een kruis. Ik ook. En dan stond je minutenlang met gebroken ogen in gedachten verzonken. Ik weet niet of je bad of ze alleen maar herdacht. Je lippen bewogen niet. Even later zaten we alweer op de motor. Niet lang. Bij de eerste de beste plattelandskroeg legde je aan. Ik telde je borrels. Bij elke tweede kreeg ik een chocomel.'

'Eens heb ik je doodziek van het toilet moeten halen.'

'Ja, wat wil je, je bracht me om, met al je rotchocomel. Maar van de zenuwen dronk ik door en keek ademloos toe hoe jij in razend tempo al die streng verboden borrels erin joeg. Als je halfdronken was, stapten we weer op. En zo ging 't over gladde wegen op huis aan. Eenmaal per jaar zag ik je dus in 't openbaar drinken. Voor mijn gevoel hoorden die borrels nog bij je gebed. Vanwaar toch die toewijding, pa? Zo katholiek was je niet. Goed, je was haar lievelingszoon.'

'Ik zat nog vast toen ze op sterven kwam te liggen. Ik had nog een maand of drie te gaan, maar ik mocht toch naar haar toe. Onder bewaking weliswaar. Terwijl ik 's nachts bij haar waakte, zat mijn bewaker op wacht in de aangrenzende kamer. Met zijn stengun op schoot. De deuren moesten openblijven. Alsof ik me van haar sterfbed zou bedienen om op de vlucht te slaan. Toch nam hij 't niet zo nauw. In de loop van de nacht dommelde hij meestal in. Zijn gesnurk vulde de sterfkamer.

't Zware, schrijnende gesnurk van de verboden slaap. Soms hoorde ik hem wakker schrikken. Dan verschoof hij zijn stoel, geeuwde luid en dommelde weer in. Bij de begrafenis sloten we de rij. We liepen met opzet achteraan om het leed van de familie niet nog groter te maken. Hij droeg zijn wapen discreet onder een wijde militaire cape. Toch bleef 't zichtbaar.'

'Een tent in de jurk van een travestiet.'

'Zoiets. Drie maanden later stierf je grootvader. Op de dag van zijn begrafenis kwam ik definitief vrij. Toen ik aankwam, zat de familie nog in de kerk. De mis was bijna uit. Ik wachtte buiten en sloot me daarna bij de stoet aan. Mijn koffertje gaf ik aan een van de omstanders in bewaring. Wil je geloven dat ik hem nog bij zijn open graf hartgrondig heb staan vervloeken?'

'Jij? Hém?'

'Ja. Ik hem. Kort na de bevrijding kwamen ze van heinde en verre om zijn ruiten aan diggelen te gooien. Niet zozeer vanwege de Nederlandse vertaling van *Mein Kampf* die hij nog steeds in huis had, maar vooral omdat ze hem vroeger altijd zo ademloos hadden aangehoord wanneer hij begeesterd sprak over een socialistische maatschappij naar Duits model. En dacht je dat ík minder ademloos naar hem geluisterd had? Ik was de aandachtigste van allemaal. Zo jong als ik was. De Duitsers? Die hadden hem immers nooit enig kwaad gedaan. Ze hadden hem zelfs aan werk geholpen in tijden dat hier geen werk te vinden was. Hij had zoveel vertrouwen in ze dat hij ze later zijn eigen dochters stuurde. Vrijwillig. Achttien en twintig waren ze toen, je tantes. Ze zijn me vanuit Berlijn nog komen opzoeken in Praag. Maar ondanks het enthousiasme dat hij in me geïnvesteerd had, kreeg hij zelf maar een jaar. Ik drie. We zaten in hetzelfde kamp, maar op aparte afdelingen. Toen ze hem kwamen halen, was ik nog spoorloos. Hij stond juist te roeren in een enorme ketel soep – de eerste echte soep sinds al die jaren. Hij was zo welvoorzien en dik, die soep, dat hij met moeite roerde. 't Zweet stond op zijn voorhoofd. Toen werd er gebeld. Hij vroeg je grootmoeder, die pannenkoeken bakte, even op de soep te letten. Ik ben zo terug, zei hij. Maar hij bleef een jaar weg. Een streng, mager jaar vol visioenen van dikke soep en pannenkoeken. Dat heeft hij zichzelf nooit vergeven, dat hij niet eerst flink van die soep had geproefd. Hij heeft *zichzelf* opgevreten, in dat jaar. Sindsdien is hij nooit meer de oude geworden. Toen hij weer thuis was, schreef hij me af en toe een brief op voorgedrukt kamppapier. Ontroerende onbenulligheden. Dat er onlangs nog een verschrikkelijk ongeluk was gebeurd, bijvoorbeeld: iemand die op het dorpsplein met zijn motor zowat dwars door een autobus heen was gereden. En het was een nog fonkelnieuwe bus, schreef hij dan, en hoeveel spijt klonk er niet door in dat prachtige woord "fonkelnieuw". Deze en andere dingen hielden me bezig toen ik hem aan zijn graf stond te vervloeken. Maar 't is bij die ene keer gebleven. Mijn vloeken zijn met hem begraven. Ze begroeven hem zo dichtbij je grootmoeder, dat...'

'Begrijp je nu waarom ik geen witte bloemen voor je heb

meegebracht, maar gele? Moeder heeft ze geplukt, zonder te weten...'

'Hoe is 't nu met 'r?'

'Ach, zonder te weten dat ze voor jou bestemd waren. De schat. 't Is nooit meer goed gekomen. Ze zit voor het raam, en staart. Je zou zweren dat ze de weg afkijkt, maar ze stáárt alleen. Voor de rest vertroetelt ze haar honden. 't Wordt steeds gekker! Ze heeft de hele voorkamer voor ze ingericht. Ballen, speelgoed, een schommel, van alles en nog wat. Laatst is er een overleden; die heeft ze laten opzetten. Het stro steekt onder zijn staart vandaan. Ze eten aan tafel, met een slabbetje om. En ze hebben ieder een eigen spaarpot. Voor nóg lekkerder hapjes. En voor ijsjes als 't zomer wordt. Ze praat Italiaans met ze. En ze luisteren! Ze verstaan haar! Ook tegen mij spreekt ze van tijd tot tijd weer Italiaans. Maar vaak vervalt ze dan tot het Venetiaanse dialect van haar jeugd, zodat ik er algauw geen touw meer aan vast kan knopen.'

'Aschtu una zigaretta?'

'Precies. Dat soort werk. Plat Italiaans met een flinke dosis Zwitsers Duits erdoorheen. Afgrijselijk. En haar Nederlands is weer net zo gebrekkig als vroeger. Vanmorgen ben ik nog bij haar geweest. Ze zat voor het raam, ik zwaaide, maar ze zag me niet aankomen. Toen ik eenmaal tegenover haar zat, in jouw stoel, en van de zenuwen met een vinger over mijn bovenlip streek, vroeg ze met die hartverwarmende snibbigheid van haar of ik misschien mijn snor had afgeschoren. Mijn snor! *Heb je je snor afgeschoren?* vroeg ze. *Heb je soms een snor gehad? Ja, ik merk 't wel. Ik zie 't toch! Mij hou je niet voor de gek. Luister, jongen. Luister nu 's goed naar mij. Laat mama je dit vertellen: knip je haren! Hou je haren kort! Over tien jaar, wat zeg ik, bínnen tien jaar slepen ze je aan je haren over de grond. Dan scheren ze je kaal. Mama ziet 't im-*

mers allemaal heel duidelijk voor zich. Zeer, zeer duidelijk. Nu, wat ziet mama? Juist, mama ziet een brug. Een brug over een droge rivierbedding. En daaronder ligt een platte steen. Dat ziet mama. Dat, en niet anders. Een lange platte steen. Precies jouw formaat. En daar drukken ze je op neer. Je ligt op je buik. Vier, vijf paar handen houden je neergedrukt. Mama ziet alles. En twee paar handen knippen je kaal. Je voelt iets kouds in je nek, maar je weet niet wat 't is. Mama weet wat 't is. 't Is het koude staal van hun tondeuses. Je krijgt er kippenvel van. En je voelt korte rukjes aan je haar. Als ze klaar zijn, laten ze je los. Ze hebben 't slordig gedaan. Overal hangen nog plukken haar. En je bent zo geschrokken van hun koude tondeuses dat je nu pas merkt dat ze het ringetje uit je oor hebben gerukt. Zonder 't eerst open te maken. Geen dokter die 't wil hechten. Ze durven niet. En iedereen zal je herkennen aan die lelijke paarse knobbel wild vlees die ervoor in de plaats komt. Nog voor er tien jaar voorbij zijn, zul je denken aan wat mama gezegd heeft. Wees er toch bijtijds bij, jongen, hou je haren kort. Misschien laten ze je met rust. Misschien. Misschien, zeg ik. Toen ze uitgeorakeld was, heb ik haar om wat verse bloemen gevraagd. Soort en kleur deden er niet toe, als 't maar geen witte waren. Ze heeft gele voor me afgesneden. Daarna leek ze een graad helderder. *Hier, pak aan*, zei ze. *Twaalf stuks. Maar gooi ze niet weg, zoals de mensen doen. Gooi ze niet weg als ze op hun mooist zijn. Als ze hun blaadjes opzij buigen en hun hartje laten zien. Want dan zijn ze op hun mooist. Dan moet je ze afknippen, onder de kelk, en in een bak met water leggen. Ze laten drijven. Dan blijven ze nog weken mooi. Ze zomaar weg te gooien – de mensen zijn immers gek. Niet?* Maar toen ik wegging met mijn bloemen, zag ik haar ogen weer verstarren. Ze raadde me nog aan mijn haar *voortaan te kammen met een stofkammetje*. Een stofkammetje

– in godsnaam, pa, wat is er met haar gebeurd, die godverlaten dag in september? Ik was veertien!'

'Ik begrijp wat je bedoelt, jongen. Toen ik mijn tweede dood stierf, stierf zij haar eerste. 't Klinkt krankzinnig, maar zo zou je 't ongeveer kunnen formuleren.'

'Ze troffen haar honderd meter verderop in de middenberm aan. Honderd meter vóór dat fatale viaduct. Ze zat toch bij je achterop? Of niet? Ze had een ernstige shock toen ze haar vonden. Of shock, shock, zo kun je 't eigenlijk niet noemen. Ze verkeerde in een toestand waar ze nooit meer uit is geraakt. Ze zit gevangen in een eeuwigdurend moment. Zíj kan het gebeuren niet navertellen. Ze zal toch niet van de plaats van het ongeluk zijn weggelopen...? Nee, dat is uitgesloten. Dan zou ze langs de pilaren van het viaduct omhoog hebben moeten klauteren. Dat kan niet. Ze kan niet bij je achterop gezeten hebben. Denk je eens in: ze had geen schrammetje, geen ladder in haar kous! Denk je dat eens in! Maar ze had jouw trouwring in haar tasje... De politie tast nog in het duister, schreven de kranten. Maar sinds de politie het tasten heeft opgegeven, tast ík nog steeds in het duister. Onophoudelijk.'

'Ach, jongen, ook al zou ik 't je vertellen, je zou 't toch niet geloven. De werkelijkheid is té bizar om geloof aan te hechten. Ze overtreft in ongeloofwaardigheid alles wat verzonnen is.'

'Wat verzonnen is. Dat heb ik nog van je te goed. Onze laatste zaterdagmiddagbabbel, die ben je me nog verschuldigd. Je hebt hem tot 's avonds uitgesteld, die zaterdag toen je met moeder op stap moest. Je vertrok met een belofte die je nooit hebt kunnen inlossen. Voor míj was de nonsens die we op zaterdagmiddag bij elkaar fantaseerden hoogst belangrijk. Belangrijker dan de ware gebeurtenissen. Tot de ware gebeurtenissen er een eind aan maakten. Acht jaar lang hebben we er de zaterdagmiddag aan gewijd. Van m'n zesde tot m'n veertiende. Elke zaterdagmiddag sinds de dag dat jij in plaats van dagelijks nog maar één keer per week thuiskwam: op zaterdag. Er is me nooit verteld waaróm je plotseling ophield elke dag naar huis te komen, maar ik weet nog precies hoe de eerste week verliep. Je was op zondagavond vertrokken en vijf dagen op een rij kwam je niet opdagen. Toen de zaterdag aanbrak geloofde ik al nauwelijks meer in je terugkeer. Toch liep ik om de haverklap naar de hoek van de straat om te zien of je al in aantocht was. Ik stond uren te vroeg op mijn post om naar je uit te kijken.'

'Sindsdien stond je me elke zaterdag op te wachten. Als ik van de grote weg de dwarsstraat in draaide, zag ik je in de verte al staan. Je stond voor dat winderige hoekhuis van ons, waar 's winters de leidingen bevroren en de muren maar aan één kant oren hadden. Een stip, maar je werd gauw groter. Ik naderde snel.'

'Ik naderde snel.'

'Akkoord. Je rende me over het trottoir tegemoet, want je wíst dat ik zou stoppen.'

'En ik wíst dat ik bij je op de motor getild zou worden.'

'Ja, en je wilde het ritje extra lang laten duren. Dus minderde ik vaart.'

'Je minderde vaart, ja, en je stopte nog voor ik je bereikt had. Je wachtte me lachend op om de afstand naar huis zo uitgestrekt mogelijk te houden. En ik rennen.'

'Zal ik je optillen? Of klim je er zelf op?'

'*Zelf!* En je wees me de plaatsen waar ik mijn voeten moest zetten.'

'Maar desondanks brandde je je kuit aan de gloeiend hete knalpijp. Je gaf geen kik, maar toen je eenmaal op de benzinetank zat, voelde ik je ingehouden huivering.'

'Door al dat leer heen.'

'Heb je je gebrand?'

'Nee.'

'Laat 's kijken dan.'

'Nee, dat was al.'

'Nou, vooruit dan. Daar gaan we. Houd je goed vast aan de benzinedop. Of wil je sturen?'

'Sturen! En je wees me de plaatsen waar ik mijn handen moest leggen. Ja, goed, natuurlijk zag ik ze, die grote gehandschoende handen van jou. Natuurlijk zag ik ze om de handvatten liggen. Maar ik wilde per se het gevoel hebben dat ik zelf stuurde, dus legde ik mijn handen stiekem wat verder uit elkaar. De wind streek door mijn haar. Uit de machine steeg warmte en benzinedamp omhoog en uit al dat leer van jou een vertrouwde geur.'

'Pas toen we de poort in draaiden, raakten je vingers bekneld. Er kwam geen zucht over je lippen, maar ik voelde het stokken van je adem.'

'Door al dat leer heen.'

'Heb je je gekneld?'

'Nee.'

'Kom 's hier dan, met die vingers.'

'Nee, dat had ik al.'

'En als je afsteeg, op het achterplaatsje...'

'Dan brandde ik opnieuw een kuit of een scheenbeen. Ik liet niets merken en je merkte ook niets. Want je was bezig je handschoenen uit te trekken. Die grote leren handschoenen, waarvan de kappen tot aan je ellebogen reikten. Eén klein rukje aan de middelvinger en ze gleden soepel en geruisloos van je handen. Ik keek ademloos toe. Je deed het met de gratie van een adellijke dame die zich van haar gazen handschoen ontdoet. En toch – tevens was het de abruptheid van de edelman die om harentwille een duel aangaat. Je bleef op de motor zitten.'

'Ik legde ze op de benzinetank.'

'De lege vingers bungelden slap over het stuur. Oude, soepele handschoenen. En dan gespte je de riempjes onder je kin los. De kleine gespen rinkelden. Sporen, heb ik ze later genoemd.'

'Omdat je een dwepertje was en binnensmonds de wereld beleefde.'

'Nee, om nog iets. Wacht even. Straks. Ze lieten hun stempel achter in je geschoren hals, die gespen. Met een zucht nam je je helm af. Je hield hem even onder je arm om met de vingers van je vrije hand door je haar te kammen, dat door de helm was platgedrukt, maar zich nu weer oprichtte. In al zijn springerigheid. En dan – dan overhandigde je 'm mij.'

'Je wist 't. Je verwachtte 't. Je hield je handen al op. Je ontving de bol in de holte van je armen.'

'De gespen vielen rinkelend naar binnen. En dan wierp je er ook nog die zware handschoenen in. Ik voelde het gewicht. Een lichte schok.'

'Inderdaad. 't Was alsof je even door de knieën ging. Een nauwelijks merkbare kniebuiging. Pas dan steeg ik af. Je droeg mijn helm in triomf voor me uit naar binnen. Ik volgde. Je was mijn schildknaap.'

'Achter me hoorde ik 't knappen van de eerste drukknopen, als je je hals bevrijdde. 't Knapte niet, 't knalde. Ik kon je op dat moment niet zien, maar ik had 't je vaak genoeg zien doen: je duim boorde zich trefzeker door al de geledingen van je jas heen. De knopen sprongen knallend los. 't Was de droge knal waarmee walnoten openspringen in de beëelte holte van een sterke mannenhand. Zo pelde je jezelf in het tijdsbestek van een salvo razendsnel open. Je verbrak je zegels: je was thuis! En dan ontvouwde je – een gesp hier, een ritssluiting daar – de verschillende lagen van je jas. Je kwam achter me aan. Ik hoorde 't klappen van het leer: een zijstuk sloeg tegen de deur, die moeder al had opengezet. Ik hoorde je zware stap en 't kraken van je laarzen. Maar daarbovenuit hoorde ik... 't zingen van je dijen! 't Muzikale wrijven van het fijne ribfluweel van je manchester broek. Later ben ik je zelfs een gepantserde krekel gaan noemen.'

'Zoals ik al zei...'

'Nee, niet alléén omdat ik een dwepertje was en binnensmonds de wereld beleefde, maar ook omdat juist de afwezigheid van die muziek pijn deed aan mijn oren. Zoals sommige zomeravonden pas schrijnend zijn voor het gehoor wanneer als op een sein de krekels plotseling 't schuren van hun poten staken.'

'Ik had verschillende van die broeken.'

'Ja, en ieder had z'n eigen toonhoogte. Elke beweging, elke gang – naar het toilet, naar de kraan – had z'n eigen melodie. En nu zijn die dijen, die muziek konden maken, voor altijd stilgelegd. Sinds m'n veertiende is 't zomeravond om me heen.'

'Met een bijna religieus gebaar bracht je mijn helm omhoog naar de tafel. Als een schaal. Hij kwam met een bons op het blad terecht. Als je 'm eenmaal losgelaten had, bleef hij nog een hele tijd nawiegelen.'

'De vingers van je handschoenen dansten op de rand. Als ik zo'n handschoen wilde aantrekken, raakten mijn vingers verstrikt in het verraderlijke netwerk van de versleten en kapot getrokken voering. Eén eindeloze doolhof om de juiste openingen te vinden. Alleen jíj kende de weg. Hij voelde vochtig en nog warm aan. Er steeg een verse maar vertrouwde geur van leer en zweet uit op, die de hele middag aan mijn handen bleef hangen.'

'Je zou er steeds aan blijven ruiken. Tot je in bad was geweest.'

'De witte buitenlaag van de helm zat vol kleine barstjes. Microscopisch kleine barstjes. Aan de voorkant was met strak elastiek de bril van gummi en plexiglas bevestigd, die je alleen gebruikte...'

'Als er donderbeestjes in de lucht waren.'

'Aan de binnenkant zat een leren band, vanwaar met baleinen verstevigde leren banen leidden naar wat ik de nok van de helm noemde. Daar waren zij met een brede lus aan een metalen ring vastgehecht. Die ring was voor mij het middelpunt van de wereld. Aan die ring lag de wereld vast.'

'Daar heb je 't weer. Binnensmonds dwepertje. En intussen wiebelde mijn helm eindeloos door. Hij zocht nog steeds zijn evenwicht.'

'Behalve de vertrouwde geur van leer die eruit opsteeg, was er nog iets – een licht parfum, een lotion. Want je wás ijdel. En als ik goed luisterde (en ik kón goed luisteren, daar hebben jouw geheimen wel voor gezorgd) – als ik goed luisterde, kon ik horen hoe die leren banen, die daarnet nog strak over je schedel hadden gespannen, zich... ontspanden. Een zacht kraken, een licht kreunen. Het leer zucht, zei ik dan bij mezelf.'

'Hm. Mijn jas?'

'Je jas... Je pantser! Je harnas! In de keuken trok je je jas uit. Ik bracht hem naar de gang. De flappen sleurden over de grond en de drukknopen stuiterden op de tegelvloer. Ik omvademde hem. Hij lag met zijn volle gewicht over me heen. Ik kon niets zien. En ik stikte zowat in de geur.'

'Je kreeg hem niet omhoog aan de kapstok getild, hè? Je kreeg kramp in je schouders, niet? En ten einde raad heb je 'm maar schuin tegen de trap op gelegd – tenminste, zo vond ik hem altijd.'

'Ja. Hij was zo stijf dat hij bleef staan. Hij leunde op een van zijn mouwen. Het leer was donkerbruin, maar aan de randen en op de naden wat lichter. Kleine barstjes. Over het hele oppervlak diep doorgroefd. Rimpels, zei ik dan bij mezelf. 't Is een denkjas. En er waren holten in die nog warm waren. Een warm schild. En jij was er in al je weekheid uit gegleden. Je snoot je neus! In al je weekheid en borsteligheid – je trui! je haar! – was je eruit komen glijden, de warme huiskamer in. Je dijen, waartussen je nog maar kortgeleden je motor klemde – die dijen maakten nu een stroom van muziek los. Nog voor ik de kamer binnenging, hoorde ik ’t kraken van de fauteuil waar je je in neerliet. Ik had je ooit van een rotanstoeltje horen zeggen dat ’t zo lekker in de rug sloot. Sindsdien wist ik dat álle meubilair zich naar je lijf modelleerde. De elementen hadden hoorbaar ontzag voor je. Maar je was kwetsbaar. Ze konden je maken en breken, de elementen. En toch... ze máákten je.’

‘Voorlopig. Ze waren wispelturig genoeg om me vandaag of morgen te breken.’

‘Hetgeen gebeurd is. Als ik de kamer binnenkwam, zag ik nog net hoe je je benen over elkaar sloeg. Een laatste opleving van de muziek. Stilte. Je broek zweeg, en eerbiedig zweeg je stoel. Stilte. Bij ’t zitten gaan was je broekspijp wat omhoog gekropen: er kwam een stukje bont van je korte laars te zien. Ik was verrukt! En precies op dat moment vouwde je je handen over je buik. Dit was wereldberekening! En je glimlachte. De lijnen van je mondhoeken naar je neusvleugels en ooghoeken – die lijnen vermenigvuldigden zich. Je glimlachte. Moeder zette koffie voor je. Ze was in de keuken. Dit was óns moment.’

‘Je kroop bij me op schoot.’

‘Ik wilde je stem niet alleen hóren, ik wilde hem ook voelen. En van zo dichtbij vóélde ik ’t resoneren van je stem. Er zoemde iets heel zacht uit je trui en je schoot omhoog dat weldadig door me heen tintelde. Prettig irritant. ’t Bezorgde me allerhande kriebels, ik kan niet zeggen wáár. Een vage jeuk, die niet tot krabben uitnodigde. Ik heb ’t nog. Nu ook. Ik verbeeld me dat ’t uit de grond omhoogtrilt in mijn benen. Ik herinner me nog precies hoe het eerste gesprek ontstond. Het eerste van het soort gesprekken dat op zaterdagmiddag traditie tussen ons zou worden. Toevalligerwijs eigenlijk. Om me een beetje te verzoenen met het idee dat je de hele week zou wegblijven, had je me bij je vertrek beloofd iets voor me mee te brengen. Iets. Een verrassing. Maar je was 't vergeten. Je had 't laten liggen – daar, wist ik veel, ver weg, waar je vandaan kwam. Ik was teleurgesteld.'

'Volgende week breng ik 't écht mee. Heus. Mijn woord.'

'Volgende week? Er komen vast dieven.'

'Dieven? Welnee. Ik houd de deur immers op slot. En goed ook. Ik heb 't trouwens onder mijn kopkussen liggen.'

'Misschien komen ze door het raam.'

'Dat is ook dicht. Ik vat gauw kou, dat weet je.'

'Toch niet op slót.'

'Geen nood. Daar heb ik aan gedacht, jongeman. Daar is voor gezorgd. Er zit namelijk een draadje aan de klink, en dat draadje loopt via een katrol aan het plafond naar mijn grote teen. Nee, dat werkt prima.'

'De rechter teen of de linker teen?'

'Allebei. Dat is 't 'm juist. Er zijn twee draadjes. Er zijn trouwens ook twee klinken. En dan nog de draadjes aan mijn duimen, want er zijn twee ramen. Nee, jongen, geen mens die erin komt. Bovendien heb ik nog een draadje om mijn nek, voor de deur. Halleluja, ik lust ze groen!'

'Ja, maar... als zo'n inbreker nu tóch het raam open krijgt?'

'Niets aan de hand. Dan voel ik een rukje aan mijn teen. Vrijwel pijnloos. Dat is alles. Heel eenvoudig. Of aan mijn duim natuurlijk. En dan word ik wakker.'

'En dan?'

'Dan zet ik 'm buiten.'

'En als hij sterker is? Als je geslapen hebt, ben je slap.'

'Weet ik, weet ik. Maar wat dacht je van dat pannetje aardappelen onder mijn bed? Mocht er zo eentje binnenkomen – ik zeg mócht – dan begin ik met piepers te gooien. Zo gauw hij zijn mond opendoet, gooi ik een hete aardappel

naar binnen. Net als Nico van Dartel deed, met die gehaktballetjes, op die bruiloft.'

'En van wanneer zijn die gehaktballen – die aardappelen, bedoel ik?'

'Van het avondeten nog. We schillen er altijd een paar extra. Dat is geen moeite.'

'Hoe laat eten jullie daar?'

'Rond half zeven.'

'En als dan die inbreker komt, 's nachts, dan zijn die aardappelen toch allang koud!'

'Heel slim, heel slim. Maar ook daar hebben wij iets op gevonden, jongeheer. Onze beveiligingssystemen zijn wereldvermaard. Garantie, alles. Ik heb een petroleumstelletje – daar heb ik die aardappelen op staan. In een laagje water natuurlijk, dat ze niet droog koken. Voor ik in bed stap, pomp ik 't nog even op. Reken maar dat ze koken als die vent komt. Hij krijgt ze gloeiend heet.'

'En áls hij komt?'

'Dan begin ik te gooien. Reken maar.'

'Met je blote handen?'

'Daar heb ik natuurlijk een vork voor. Die ligt ook onder mijn kopkussen, naast – ha, daar is de koffie.'

'Prikt die dan niet door je kussen heen?'

'Nee, nee. Kom nou. Ik heb er een kurk op zitten, wat dacht je.'

'Was 't niet krankzinnig? Die man, van wie verteld werd dat hij destijds moeiteloos door de vijandelijke linies heen brak, lag nu gekluisterd in een eindeloos teder web van dunne draadjes om mijn schat te beschermen. En de man, van wie verteld werd dat hij er met de gevelde bajonet op los ging – die man... sliep met een kurk op zijn vork! Ongelooflijk! Ze moesten zich vergist hebben!'

'...een ruk aan mijn teen. Ik word wakker. Ik grijp onmiddellijk onder mijn kussen. Pak die vork. Ruk er de kurk

af. Steek hem onder mijn bed in dat pannetje. Ik blaas nog even. Zo: pffft – *inbrekers zijn ook mensen. En pats! – daar heeft hij er al een te pakken. Recht in zijn oor.'*

'Hoe ziet die vent eruit?'

'Nou...'

'En dan begon 't pas. Pas dan begon tussen ons de levensecht denkbeeldige gestalte op te rijzen van die inbreker.'

'Dat lapje voor zijn oog? Van die hete pieper van vorige keer natuurlijk.'

'De volgende week was 't een soldaat.'

'Nee, echt, ze konden hoog of laag springen: hij kwam niet *uit zijn hokje.'*

'De week daarop een wagenmenner.'

'Breien! Hij zat gewoon te breien. Op de bok. Het paard wist de weg.'

'Elke week ingewikkelder. Acht jaar lang. Maar het laatste gesprek, het allerlaatste, is nooit gevoerd. Wel besproken, maar nooit gevoerd. Je moest met moeder weg, die zaterdagmiddag. Een uitstapje. *Vanavond*, zei je. *Vanavond. Als we terug zijn. Dan wordt er geklessebest. Als nooit tevoren.* In zekere zin zijn jullie geen van beiden ooit nog teruggekomen.'

'Weet je nog waar je 't over wilde hebben?'

'Waar hadden we 't zoal over, in die tijd?'

'Dromen. Je kwam steeds met dromen aanzetten. Begrijpelijk. Je was veertien inmiddels.'

'Die week had ik iets op straat gevonden. Iets. Ik wist niet wát 't was. 't Zag er technisch uit. Een ding met tentakels. Een onderdeel uit een groter technisch geheel. Maar wát voor geheel, daar had ik geen flauw idee van. Ik stak 't in mijn zak, en vergat 't. Die vrijdagnacht raakte ik verdwaald en verstrikt in een ondoordringbare jungle van armdikke kabels, vonkende weerstanden en huizenhoge lampen. Niet doorheen te komen. Bovendien torste ik iets enorms met me mee. Maar het ergste was een oorverdovend gekraak en geknetter dat die jungle doordrong. Geruis, gepiep, niet om uit te houden. Tot ik op een onregelmatigheid stuitte: een open plek, waar een gedeelte van de wildernis leek weggekapt. Stuk getrokken kabels staken vonkend alle kanten op. Knetterende blauwe vlammen. Hier is 't, wist ik, en ik liet dat ondefinieerbare gevaarte van mijn rug glijden. Ik worstelde om draden te verbinden. Een steekvlam, en op hetzelfde moment begon oorverdovend luid muziek te spelen – waarvan ik wakker werd. Van die muziek had ik maar een ondeelbaar akkoord opgevangen. Toch bleef ik er de hele dag naar terugverlangen. Nog op de dag van je begrafenis speelde die muziek door mijn hoofd. Ik besefte dat ik me in het inwendige van een reusachtig radiotoestel had bevonden. Toen ik later het vergeten voorwerp uit mijn broekzak opdiepte, leek 't me aannemelijk dat 't deel van een radiomechanisme had uitgemaakt. Ik besloot 't de volgende dag aan jou te laten zien. Jij was de grote technicus. Maar vooral om te vragen hoe in de chaos van de droom vingerwijzingen voor de werkelijkheid konden voorkomen. Ik was benieuwd naar je antwoord.'

'Jongens van jouw leeftijd moeten er blijkbaar eerst over dromen, voordat ze iets als zodanig herkennen.'

'Hoezo, jongens van mijn leeftijd? Je kent míj, maar ken je meer van die jongens?'

'Ik ben zelf veertien geweest. Wat ik niet allemaal bij elkaar heb moeten dromen – een hele wereld bovenop deze wereld, voordat 't zover was. Maar ik heb nóg iemand van die leeftijd op het oog. Iemand die ik ken en niet ken.'

'*Onzin.*'

'Ken, omdat ik hem zelf verzin, en niet ken... omdat hij nog geboren moet worden. (Bijvoorbeeld iemand die nu, postuum, mijn kleinzoon had kunnen zijn.)'

'(Had kunnen zijn.) *Hij moet dus nog geboren worden, en dan moet hij nog eens veertien worden. En dan?'*

'Wat doen jongens van jouw leeftijd zoal, wat ze ook dan nog zullen doen?'

'Niet veel goeds. Verboden dingen. Ze zijn nieuwsgierig.'

'Wanneer heb jíj bijvoorbeeld voor 't laatst op je donder gehad?'

'Deze week nog. We speelden een partijtje voetbal op het veldje naast het kerkhof.'

'Dit kerkhof.'

'En af en toe vloog de bal over het hek en kwam dan tussen de graven terecht. Er was juist iemand bezig de bloemen te verzorgen. Hij had al een paar keer gewaarschuwd. Dat hij de bal zou achterhouden, als 't nog 's voorkwam. En dat heeft hij gedaan ook. Die mooie zwart met rode leren bal van Willie Bosman. Pas nieuw. Foetsie.'

'Goed. Laten we zeggen dat hij van voetballen houdt, en voetballend twaalf wordt. En dertien, en veertien. En steeds schopt hij de bal over het hek tussen de graven.'

'Deze graven.'

'Maar tegen de tijd dat hij vijftien wordt, worden ze plotseling geruimd. Er verrijst een hoge afrastering, en een bord op hoge poten zegt dat hier aannemersbedrijf zus & zo bouwt. Wat zou jij doen als je hoorde dat er ergens geruimd werd?'

'Ik heb altijd al graag een gave schedel willen hebben.'

'Wat zou je ermee doen?'

'Uitkoken. Fietslampjes monteren in de oogkassen. De batterij kan in het achterhoofd.'

'Kijk. Dat is nu precies wat híj ook van plan is. Hij moet dan nog wel geboren worden, maar toch zie ik hem heel duidelijk voor me. Hij staat bij de afrastering. HIER BOUWT – doet er niet toe. *Zie je hem staan? Hij is precies van plan wat jij ook zou doen als er geruimd werd. Hij heeft de hele*

middag op veilige afstand staan toekijken. Later arriveren zijn vrienden. Pas tegen 't eind van de middag, als de bulldozer zwijgt en de werklui in de schaftkeet hun spullen ophalen, pas dan durven zij zich binnen de afrastering te wagen. Hier en daar kijkt hij in een kuil.'

'Hij ziet kisten en beenderen.'

'Halfvermolmde kisten, en beenderen die links en rechts uit de aarde te voorschijn steken. Verderop stoeien zijn vrienden.'

'Ze schermen. Met beenderen.'

'Ellepijp tegen bovenbeen. Allemaal jongens die nog geboren moeten worden. Hij dwaalt af. Schrikt van een wegschietende rat.'

'Die net als hij heeft gewacht tot de bulldozer zweeg.'

'En af en toe kijkt hij schichtig omhoog naar twee of drie rondtuimelende vleermuizen.'

'Hij heeft zich laten vertellen dat die zich vastgrijpen in je haar.'

'Soms schopt hij tegen een doodshoofd dat hem aangrijnst. 't Valt hem op dat ze allemaal op elkaar lijken.'

'Doen ze ook.'

'Tot hij aan een kleine afgraving vol grondwater een gave vindt. Bijna schoon al. En niet zo teerachtig bruin als de rest. Als hij hem opneemt, hoort hij iets rammelen.'

'Een losse kies natuurlijk.'

'Hij staat aan de rand van die volgelopen kuil. (Precies daar waar jij nu staat.)'

'(Haaks op jou. Als op mijn schaduw.)'

'En hij kijkt naar zijn spiegelbeeld in dat zwarte water. Zie je hem staan? Zijn haar hangt verward over zijn voorhoofd. Onder zijn arm houdt hij die grijnzende kop geklemd. Twee donkere holtes die meekijken. Het beeld bevalt hem niet. Die schedel, hij wil hem kwijt. In de verte hoort hij zijn vrienden joelen. Hij roept ze. Of ze zin heb-

ben in een potje voetbal. Ze stormen het aangrenzend braakliggend terrein op. Het veldje waar jij 't over had. Als hij de aftrap wil geven, hoort hij opnieuw iets rammelen.'

'Die kies.'

'Hij schudt het voorwerp via een opening in de palm van zijn hand. Nee, dat is geen kies. 't Is iets langwerpigs. Ruw aangekoekt. Hij weet niet wat 't is. Een grillig, langwerpig klompje. Hij weegt 't in de holte van zijn hand – schattend, geringschattend – en overweegt of hij 't weg zal werpen, zoals hij dat met een kiezelsteen zou doen. Hij laat 't een paar keer besluiteloos heen en weer rollen over zijn vlakke handpalm, en... gooit 't dan omhoog, maar vangt 't weer op. En nog eens, en nog eens. Een kleine tien keer. Zijn vrienden worden ongeduldig. Ze wachten op de aftrap. Vooruit! Schiet op! 't Is zó donker. Hij laat het klompje gedachteloos in de binnenzak van zijn jasje glijden. Op de hartstreek. Hij trapt af en rent achter de schedel aan. De keeper stopt hem en peutert met de nagel van zijn pink een metalen plaatje van het achterhoofd los. Een zwart uitgeslagen metalen plaatje. Hij houdt het even tussen duim en wijsvinger omhoog, maar als zijn vrienden ongeduldig: bal hier! roepen, laat hij het vallen en werpt de schedel vanuit zijn nek het veld weer in. Als de avond gevallen is, ligt hij aan gruzelementen getrapt over het veld verspreid. De jongen van de aftrap komt bezweet thuis. Hij is te laat voor het eten. Omdat de veertienjarige jongens van nu de vaders van dan zijn, zal misschien ook dan nog dezelfde strafmaat gelden.'

'Vanavond maar eens vroeg naar bed.'

'Hij zal uren wakker liggen en dan bezocht worden door een angstige droom.'

'Je gaat me toch niet vertellen dat je weet wat hij droomt!'

'Die droom, dat ben ik!'

'Goed. Wat droomt hij?'

'Dat hij meevoetbalt in een vurige wedstrijd. Ze dragen shirts. Er is publiek. Hijzelf is voorhoedespeler. Verder?'

'Iets met een zakdoek.'

'Verder?'

'Weet ik niet. Iets met een zakdoek. Laat hem voor mijn part snurken in zijn slaap.'

'Goed. Hij snurkt. En de weerstand, het kraakbeen, het opgekropte slijm droomt hij zich tot een zakdoek die hij als een prop in zijn mond heeft. Hij haalt onder het spelen heftig adem door zijn neus. Als hij een sterke speler tegenover zich krijgt, laat hij op het kritieke moment die prop uit zijn mond vallen. Hij spuwt hem als het ware uit. Hij stoot hem met zijn lippen uit zijn mond. Plop! klinkt 't dan. En in zijn val ontvouwt de zakdoek zich. Als een parachute. Een grote rode boerenzakdoek. Een plotseling opgeschoten verfrommelde bloem aan de voeten van de tegenspeler. Hij is zich in zijn droom verrukt bewust van zijn eigen heerlijke vernuft. Plop! De tegenspeler, in verwarring gebracht, laat hem passeren. Goal! Tot de scheidsrechter de truc doorkrijgt, en hem met een gezicht paars van woede het veld uit stuurt. De scheidsrechter is in 't zwart. Hij draagt weliswaar een korte broek, maar om zijn hals is het stijve witte boordje van een priester zichtbaar. Terwijl de wedstrijd voortgaat, slentert de geschorste voorhoedespeler rond op het aangrenzende kerkhof – in zijn droom nog geheel intact. Hij plukt links en rechts een bloem. 't Is zondag. Er is veel volk op de been. Mensen die een picknick gebruiken tussen de graven. Als hij op een vers gedolven graf stuit, weet hij plotseling met grote zekerheid dat 't voor hém bestemd is. Onmiddellijk daarop duikt tussen de omliggende graven de scheidsrechter op. In zijn hand houdt hij dreigend zijn fluit voor zich uit, die nu veel van de loop van een revolver weg heeft. De voorhoedespeler vlucht in paniek voor hem uit, maar wordt in een hoek van het kerkhof in het

nauw gedreven. Hij draait zich om. De scheidsrechter vuurt zijn fluit op hem af. In het hart getroffen wordt hij wakker.'

'En als hij dan opstaat en zich aankleedt, voelt hij iets in de binnenzak van zijn jasje. Op de hartstreek. Hij haalt 't tevoorschijn en pas dan ziet hij wat 't is.'

'Wat doet hij ermee?'

'Hij laat 't zijn vader zien.'

'Aangezien de jongens van nu de vaders van dan zijn, zullen we hem een vader geven die zich interesseert voor de grote wereldoorlogen in het algemeen, en de gebruikte wapens in het bijzonder. En die vader zal dat klompje bekijken en betasten, schoonkrabben met een pennenmesje, de inscriptie leesbaar maken, boeken naslaan, en ten slotte zal hij zoiets mompelen als: "Merkwaardig. Een Russisch type. Hoe kom jij daar nu aan? Dit type gebruikte Stalin. Tegen de Duitsers. Hij kreeg ze geleverd door – maar vertel 's: waar heb je dat ding eigenlijk vandaan?"'

'Maar dit gesprek is nooit gevoerd. Als 't ooit gevoerd was, zou ik vervolgens op mijn beurt jou mijn vondst hebben getoond. Je zou ongetwijfeld in één oogopslag hebben gezien wat 't voorstelde en waar 't thuishoorde. Je had er verstand van. 't Was ten slotte je vak. Daarginds toch ook? Of niet? Je zwijgt. Je gaat me toch niet vertellen dat jouw aandeel in dat heilloze wirtschaftswunder van ze niet van technische aard was! Je eigen vak!'

'Mijn eigen vak... Plees hebben ze me laten schoonmaken daar, in dat zwartgeblakerde industriegebied van ze.'

'Waarom liet je je eigen werk in de steek?'

'Ontslag. Zogenaamd vanwege mijn mindervaliditeit. Ze durfden het risico niet langer aan, beweerden ze. Ik ging nogal 's van m'n stokje, als 't begon te spoken in mijn kop. Maar daar ging 't niet om. Ze hadden me graag genoeg. Al was 't alleen maar vanwege de ideeënbus. Nee, mijn *reputatie* was uitgelekt. Ik heb nog gesolliciteerd als een gek, maar ik kwam nergens meer aan de bak. Mijn reputatie achtervolgde me. En die kon ik niet van me afschudden – ik droeg hem in mijn kop. Als ik al aangenomen werd, viel ik bij de medische keuring wel door de mand. Ten slotte ben ik me in Duitsland gaan beklagen. Brieven aan hoge instanties – ik kende de taal nog. Daar wilden ze me wel hebben. En 't had nog z'n voordelen ook, werd me verteld. Pensioen op m'n zestigste. Maar wat koop je daarvoor, als de doktoren je al op je vijfentwintigste verzekerd hebben dat je beslist niet ouder dan vijftig zult worden! Ze wilden me wel hebben, ja – om hun plees schoon te maken. De toiletten die hoorden bij de barakken voor gastarbeiders. Concentratiekampen nieuwe stijl. Daar stond ik met mijn fijne handen.'

'Handen die gewend waren passers, linialen, kleine tangetjes en pincetten te hanteren.'

'Schrobber en dweil stonden me te wachten. Een emmer en allerlei schoonmaakmiddelen. Ik moest niet alleen de vloer dweilen en de toiletpotten schoonborstelen, ik moest ook nog de teksten van de muren verwijderen. En ik kon ze niet eens lezen, die teksten in al die verschillende talen – maar 't waren ongetwijfeld jammerlijke kreten van heimwee en geilheid.'

'De strontpotten van Babylon.'

'Maar als ze spraken, herkende ik hun talen. Talen die ik niet beheerste, maar die me eindeloos vertrouwd in de oren klonken. Ik verstond ze niet, ik herkende ze. Ik herkende ze uit de tijd dat ik voortvluchtig door hun geboorteland zwierf. Turken. Uitgeweken Roemenen en Bulgaren. Joegoslaven met namen als Jakupovič, Stojanovič en Prtenjača. Ze hadden bijvoorbeeld een oude moeder in Pula die nooit anders dan Italiaans gesproken had. Eind juli gingen ze haar opzoeken en woonden dan het filmfestival bij in de oude arena. Half augustus keerden ze terug met enthousiaste verhalen over vuurwerk en uniformpetten. Schimmen uit het verleden. En niet eens discreet via dromen, nee – rechtstreeks.'

'Had je vrienden onder hen?'

'Pas tegen 't eind leerde ik twee Bulgaren persoonlijk kennen. Hoewel gevlucht, was de oudste van hen er trots op dat zijn tweede voornaam Iljitsj luidde. De dwaas. Ergens aan de kust van de Zwarte Zee had hij zijn vrouw en twee zoontjes achtergelaten. Als hij foto's van ze liet zien, begonnen zijn neusvleugels te trillen, waarbij hij een licht snuivend geluid voortbracht. Hij had de trekken van een eskimo. Hij hield het terrein rond de barakken schoon met een papierprikker, een ruwe bezem en een blik met lange steel. Ik kon geen woord met hem wisselen, hij sprak alleen zijn eigen taal. Maar als ik hem onder het werk tegen het lijf liep, staakte hij een moment zijn bezigheden om veelbetekenend op de zon te wijzen (als die toevallig scheen), en van de zon op zijn polshorloge, en vandaar weer naar de zon. Veel was 't niet, maar veel meer viel er ook niet te zeggen. De tijd vorderde langzaam – maar hij vorderde, en dat was 't voornaamste. Scheen de zon niet, dan keek hij wel omhoog, maar wees alleen op zijn horloge en beschreef met zijn vinger een kringetje boven de wijzerplaat om de versnelde loop van de wijzers aan te geven. Zijn jongere landgenoot heette Janco. Hij was zesentwintig en een stuk geestdriftiger. Meer dan een verloofde had hij bij zijn vlucht niet achtergelaten. Hij legde wekelijks geld opzij, voor een ticket naar New York. Hij wilde naar de Verenigde Staten, om er te werken en rijk te worden. Het oude liedje. En lukte 'm dat niet – then buy pistol, and sit in bar each night, and drink, drink, drink, and shoot... Janco had wat Engels geleerd uit een grammaticaboek dat in 't Turks gesteld was. Uiterst gebrekkig, want hij kende geen Turks. Toch kon hij zich verstaanbaar maken. Ik voerde kleine gesprekjes met hem. Op die laatste vrijdagavond hadden ze me meegenomen naar hun optrekje in de barak. Twee bedden tegenover elkaar en in de ruimte daartussen twee op elkaar gestapelde koffers bij wijze van tafel. Daarop werden hompen brood, kaas, salami en allerlei soorten groenten uitgestald. Tomaten, paprika's, komkommers, aubergines. Op de hoeken flinke hoeveelheden zout. Onverwacht trok Janco zijn stiletto en flitste daarmee rond tussen de uitgestalde waren. Met bliksemsnelle uithalen sneed hij de groenten aan repen en hakte de kaas en de salami tot blokjes. Alleen het brood liet hij met rust. Vanonder het bed kwam een enorme karaf wijn tevoorschijn. Mijn oudere gastheer bracht twee vingers naar zijn mond. You drink wine, verduidelijkte Janco. You drink wine, wine, wine. Then eat. Then drink wine. Then eat, eat, eat. Little bread. Very, very, very little bread. Bread not interesting. Lots, lots, lots of salami. Lots of cheese. Much salt. En hij deed me voor hoe je volgens hun eetgewoonte de vochtige groente eerst flink door het zout moest wentelen. Then drink wine. Lots, lots, lots. Enzovoort. Ze hadden een verfijnd gulzige manier van drinken, die Bulgaren. En ik dronk met ze mee. 't Had m'n dood kunnen zijn.'

'Dat zou dan welgeteld nog geen dag te vroeg zijn geweest. Maar je overleefde dat kleine drinkgelag. Zoals je wel zwaardere drinkgelagen had overleefd. De volgende ochtend was je alweer op weg naar huis. Veertien was ik inmiddels – en nog steeds volgde ik je in gedachten langs al die snelwegen. Ik sloeg geen kruising over. Want ik voelde eerder dan ik wist dat het gevaar niet alleen op de weg was, maar vooral in je kop zat. Sinds ik voor vol aangezien werd, is er nooit openlijk over gesproken. Maar daarvóór, toen ik nog maar een jaar of vier, vijf was (en zogenaamd verdiept in mijn spelletjes rondkroop tussen al die benen van jullie) – tóén was ik een en al oor. Een oor dat zich gretig vasthechtte onder het tafelblad, waaraan moeder en haar vriendinnen zich fluisterend over de thee bogen. "'t Beweegt soms nog," heb ik haar op een keer heel duidelijk tegen hen horen zeggen. "'t Kent geen rust. En toch blijft hij motorrijden." Deze en andere woorden bleven hangen, maar namen voorlopig geen beeld aan. Ze groeiden en groeiden en begonnen loodzwaar te wegen. Op een dag nam jouw jongste broer, die maar een jaar of tien ouder is dan ik (hij is later wielrenner geworden), mij mee naar een Italiaanse ijssalon. De vrouw achter de toonbank was een van moeders theevriendinnen. Ze heette Manzani of Fanfini...'

'Fanf*a*ni.'

'Goed. Fanfani. In ieder geval, de naam van de ijssalon was Palermo.'

'Torino. Palermo was een barnaam.'

'Torino. Je had hem geld meegegeven. Twee kwartjes. Daar kon je in die dagen nog kanjers van ijsco's voor krijgen, zeker bij Torino. Maar hij bestelde twee ijsjes van een dubbeltje. Hij pistache, ik aardbeien met echte pitjes. Het andere kwartje gooide hij in de flipperkast. Hij won steeds. Dan mocht hij nog een keer. En weer won hij. Hij raakte helemaal in trance. Ik stond op mijn tenen en volgde met mijn ogen die razende loden bal, die hardnekkig zijn diepste punt bleef zoeken, maar telkens op weerstanden stuitte. Ik hoorde hels geratel en gerinkel van onzichtbare belletjes. Soms keek ik naar de verspringende cijfers in de opstaande wand van hout en glas, waaruit af en toe een circusfiguur oplichtte: een jonglerende clown of een juffrouw in strak tricot met pluimen van achter. Steeds weer liep de bal in een hindernis, waardoor de getallen opliepen, tot de hindernis hem weer losliet. En als die verchroomde knikker na allerlei omwegen tóch op dat donkere gat af rolde...'

'Dan drukte je oom nog net op tijd de knoppen in, waarop twee witte pinnen naar voren sprongen, zodat de bal weer naar boven schoot.'

'Tot in de nok van de circustent. Want dat stelde 't voor,

een circus. Die pinnen heb ik later de hoektanden van de muil des doods genoemd.'

'Tsk, tsk. Omdat je een dwepertje was, en de wereld niet anders dan binnensmonds beleefde.'

'Akkoord. Maar niet zomaar. We waren de enige klanten. Mevrouw Fanfani had niets om handen. Met haar armen over elkaar stond ze vanaf haar hoge plaats achter de toonbank neer te kijken op het flipperspel. Zij was ook van de partij geweest, maanden geleden alweer, toen moeder fluisterend verteld had dat *het* nog bewoog, en dat *het* geen rust kende, en dat jij desondanks bleef motorrijden. Bovendien was zij de enige met wie moeder af en toe Italiaans sprak, een taal die destijds bij mij in de kiem was gesmoord en waarvan ik alleen nog de kernwoorden verstond. 't Was alsof ze in die samenzweerderstaal die raadselachtige uitspraken verder ontwikkelden. *In het begin is hij een tijdje blind geweest. En nog steeds kan hij niet achteromkijken. Zijn blikveld is uiterst beperkt. Hooguit* 180 *graden zegt de dokter. Levensgevaarlijk in het verkeer. En toch blijft hij motorrijden. Iemand nog thee?* En nu stond ze daar, mevrouw Fanfani, in haar smetteloos witte schort. Misschien kwam 't vooral door háár aanwezigheid dat ik achteraf meende achter glas gezien te hebben wat zich normaal, op de weg, in het donker van jouw helm afspeelde.'

'In het donker van mijn helm?'

'Ja. Als je op de motor op weg was naar je werk of naar huis. Ik volgde je. In gedachten volgde ik je. Langs alle wegen. Binnenin je helm een eindeloos verspringen van die loden bal. Getingel. Verspringende cijfers. Een oplichtend beeld. En dat alles razender naarmate je harder reed. De bal steeds zijn diepste punt zoekend en toch weer afketsend. Steeds opnieuw daalde hij neer uit de nok van de helm, door de ring waaraan de wereld vastlag, en begon hortend en stotend aan zijn afdaling. En ik stelde me voor dat je dat geratel, die hele razende kermis, ook echt zo hoorde, binnenin die witte bol. Er drong geen geluid naar buiten. Van tijd tot tijd zag ik je een stoplicht naderen. Het licht sprong op oranje, op rood. Je remde af, stopte, stond stil – één voet aan de grond. In je hoofd een kalm getwinkel. Tot het licht weer op groen sprong: gevaar! Dan wendde je je hoofd naar links of naar rechts om te zien of je de bocht kon nemen. 't Kostte je verdraaid veel inspanning. Er knapte iets in je hoofd. Er sprong een veer. Je gaf gas. De knikker stuiterde bezeten naar zijn diepste punt. Maar steeds kwam je weer veilig thuis. Ongelooflijk. Als ik de helm van je overnam, hoorde ik hoe het leren binnenwerk zich zacht kreunend ontspande. *Het leer zucht*. Ik beluisterde er de echo in van alles wat in de holte van die helm had gewoed toen jij in vliegende vaart op weg was naar huis. Ook die laatste zaterdagochtend volgde ik je in gedachten over de wegen. Ik zag je de grens naderen. Een slagboom. Paspoortcontrole. Halt. Eén voet aan de grond. Een weldadig suizen in je hoofd. Tot de douane je je paspoort teruggaf. Een somber, zwart boekje. Je stak 't in je zak en je greep weer naar het stuur. *Gevaar*! Je kwam heelhuids thuis, maar je hield je helm op. Je kwam niet eens van de motor af. Moeder klom bij je achterop, en je vertrok weer. Een uitstapje. Jullie maakten nóóit uitstapjes samen. En als 't al eens voorkwam, kwamen jullie met ruzie thuis.'

'Je weet hoe ze was als ze bij me achterop zat. "Zie je dat bord niet? Zie je dat licht niet?" De hele weg door. "Pas toch op! Je weet wat de dokter gezegd heeft!"'

'Waar gingen jullie heen?'

'Naar een dorpje in de provincie. Een of ander gehucht, 't had niet eens een naam. Of liever: naar een hutje op de hei, waar een vrouwtje met speciale gaven zetelde. Sinds je moeder van het bestaan van dergelijke wezens wist, was er geen houden aan. Ze zou en moest er een raadplegen. Inzake mij. Ik bleef natuurlijk buiten. Lekker in de hei liggen zonnen. Wel had ik haar, toen ze erom vroeg, mijn trouwring meegegeven. Gemakkelijk was dat niet. Sinds ik hem tien jaar eerder omgeschoven had gekregen, had ik hem nooit meer afgelegd. Hij zat muurvast. Op het toilet van het enige dorpscafé heb ik toen mijn vinger staan inzepen, terwijl je moeder binnen nerveus aan een cassis zat te nippen.'

'Een bruidje in afwachting.'

'In de omgekeerde wereld, ja. Voor de werkmansknuisten van de omwonende boeren was alleen zandzeep aanwezig – niet bepaald geschikt voor het doel. Vloekend en zwetend heb ik staan rukken en wrikken tot eindelijk die rotring van mijn ontwrichte vinger gleed. De knelling en het schrijnen deden me denken aan, nee, niet het sluiten, aan het *ontstaan* van mijn huwelijk. In de helder gebleven binnenkant las ik voor 't eerst sinds tien jaar in kriebelige bloklettertjes haar naam:

ORNELLA.'

'En voor 't laatst.'

'Dat vrouwtje heeft mijn ring minstens een kwartier zitten bevoelen, steeds met gesloten ogen. Daarna legde je moeder een aantal foto's van me over: pasfoto's, strandkiekjes, van alles. En dat mens maar voelen, en ruiken, en prevelen. "Zult u niet schrikken?" vroeg ze na een halfuur. "Zult u niet schrikken als ik zeg dat uw man... lijdende is? Hij is lijdende. Er spookt iets door zijn hoofd. Een ding. Een steen. En 't nadert – 't nadert z'n diepste punt. Langzaam maar zeker." Daar kon ze 't mee doen, je moeder. Er werd haar niet eens een geschikte keisnijder aanbevolen. Natuurlijk schrok ze. Ze deed na afloop erg opgewonden. Maar waarom eigenlijk? Er was immers volstrekt niets nieuws onder de zon. Dat van dat ding in mijn kop – dat had ik die ouwe toverheks zo ook wel kunnen vertellen. Maar op de terugweg was er geen houden aan. "In godsnaam, Egbert, rij niet zo hard! Vooruit, hou je gas in! Je weet wat de dokter gezegd heeft! Je nadert de vijftig, en – en je rijdt minstens honderd!" En daarbij trommelde ze als een bezetene met haar vuisten op mijn rug. Ik werd er hypernerveus van. Midden op de rijksweg ben ik gestopt, niet ver van een viaduct. Pisnijdig was ik. "En nou d'r af!" riep ik. "En nooit meer d'r op! Ga maar lopen, trut! Ga maar liften! Zie maar hoe je thuiskomt! Bij je pannen, en je rotjoekels, en je masturberende aap! Bah!"'

'Die masturberende aap, was ik dat?'

'Je was veertien. En ik ben opgetrokken met geen andere gedachte dan in 't eerste 't beste wegrestaurant een dubbel glas te nemen van 't meest verbodene van al mijn lievelingsdrankjes. Dokter of geen dokter. Ik ben opgetrokken – en honderd meter verderop...'

'Honderd meter verderop?'

'Kreeg ik de kogel.'

'...'

'Zestien jaar na dato.'

'Onder invloed van het gedempt gefluister van familieleden heb ik in mijn vroegste jeugd over de laatste grote wereldbrand leren denken in maar enkele beelden, waarvan jij steeds het middelpunt was. Ik zag je uit een loopgraaf klauteren, op weg naar de volgende. Je keek om naar je manschappen. Je keerde de vijand je achterhoofd toe. En heel even keek je over hun helmen heen naar de westelijke horizon, waar je thuis lag. Ik zag je arm omhooggaan ten teken dat ze je moesten volgen. Schoten. Je arm bleef in de lucht steken. Loodrecht. Niets belette mij om in die arm de spil te zien waaromheen het wereldtoneel zich plotseling honderdtachtig graden keerde. Je mannen zijn je niet gevolgd. Je arm viel terug – en de vijand stapte over je heen. Daar lag je.'

'Daar lag ik, ja, doder dan ik nu ben. Maar voor de vijand over me heen stapte, stak een van mijn mannen mijn portefeuille bij zich. Door mijn spullen naar huis te sturen meldde hij mijn dood. Ik ben mijn dood sindsdien alleen maar nagereisd. In mijn achterhoofd begon de kogel alvast aan de rusteloze zwerftocht waaraan zijn slachtoffer nog moest beginnen. Mijn mannen trokken zich terug en ook anderen, die ons waren voorgegaan, trokken zich terug. Zij vonden me en namen me mee. Wat mijn eigen mannen hadden aangedurfd, durfden zij niet aan: me doodverklaren, en me verder met rust laten. Ik werd op transport gesteld naar Praag. Per vliegtuig. Naar het hospitaal. Een spoedgeval – ik lag op het randje. De doktoren durfden me niet te opereren: de kogel was te diep doorgedrongen. Ze hebben hem laten zitten. Over de schedelperforatie werd een zilveren plaatje gehecht.'

'Plaat, heb ik de familie horen zeggen.'

'Logisch. Zilver is kostbaar. 't Was mijn verborgen oorlogsmedaille. Mijn kruis van eer. De enige onderscheiding die ze me niet konden afnemen. Maar het projectiel bleef actief.'

''t Bewoog.'

''t Kende geen rust. Ik was blind. En dat zou nog een tijd zo blijven. Ook had ik last van ernstige evenwichtsstoornissen. In het Praagse hospitaal waar ik verpleegd werd, was ik toevertrouwd aan de zorgen van een warmbloedige verpleegster, die Duits sprak met een onbegrijpelijk accent, maar ik verstond haar. Haar toewijding leek meer dan beroepsmatig.'

'Ik heb er je zusters vaak genoeg over horen reppen: "Hij was een ongelooflijk knappe vent, met zijn hoge officierspet op. Als díé zich zondags op het marktplein vertoonde – nou, reken maar..." Ik herinner me de gebaartjes waarmee ze hun uitspraken afrondden.'

'Toen ik dat uniform voor de eerste keer droeg, werd ik

onmiddellijk verliefd op mezelf. Ik heb me blindgespiegeld. Een eindeloos terugspiegelen van mijn laarzen in de spiegel, de spiegel in mijn laarzen, en weer omgekeerd. Ad infinitum. Maar in Praag was ik van dat alles ontdaan. Bleek, blind, vermagerd, ingevallen, vervallen, breekbaar, gebroken. Zonder pet. Maar misschien was ik op dat moment precies het soort kwijnende schoonheid dat haar grote hart kon winnen. Ik kwam net terug uit de dood, blind nog, zonder evenwicht – en daar was ineens die warmbloedige vrouw om me heen. Ze was overal. Ze omsloot me. Toen ik later naar buiten mocht, ondersteunde ze en leidde ze me. We zaten samen in de zon op de binnenplaats. Ik was al verliefd op haar nog voor ik ook maar een glimp van haar gezien had. Blind en onherstelbaar verliefd.'

'Maakte je je geen zorgen over haar uiterlijk?'

'Daar was geen reden voor. Ik had al duizendmaal gezien hoe mooi ze was, hoewel niet met eigen ogen. Als ze binnenkwam en tussen de bedden doorliep, kon ik in het zachte gefluit van mijn zaalgenoten, mijn medegevallenen, beluisteren wat zíj zagen. Een subtiele muziek die ik toen nog begreep. Toekomstmuziek. Mijn neus en handen vertelden me de rest. Maar we hadden weinig mogelijkheden om ons af te zonderen. Zij was mijn verpleegster, ik haar patiënt. Bovendien was me door de artsen elke vorm van opwinding en krachtsinspanning ten strengste verboden. Auch die Liebe. Het projectiel in mijn kop had zijn draai nog niet gevonden. (Dat zou 't trouwens nooit vinden, maar dat wist toen nog geen mens.) Bij de minste of geringste verschuiving zou ik voor kortere of langere tijd het bewustzijn kunnen verliezen – tenzij ik op slag dood was. Maar hoewel mijn gezichtsvermogen slechts zeer langzaam terug kwam schemeren, leek ik snel te herstellen. Op een dag, ze had een etmaal vrijaf, gingen we verder dan de binnenplaats en de tuin van het hospitaal. Ze leidde me naar buiten, de stad uit, het omliggende land in. Het ging voetje voor voetje, maar we hadden de tijd. 't Was een stralende dag. Ik voelde de zon op mijn gezicht. Als ze me bij wijze van proef even losliet, stond ik verbaasd over mijn eigen hulpeloosheid. Alsof de wereld op zijn kop ging staan. Mijn hele oriëntatievermogen was weggevreten. Buiten de stad leidde ze me de zachte glooiing van een heuvel op. 't Was een heuvel van niets, maar 't duurde uren voor we de top bereikt hadden. We gingen tussen de bomen in het gras liggen en raakten voor het eerst echt aan 't vrijen. Ze gaf me te kennen dat ik haar mocht strelen waar ik wilde, als ik maar niet in haar kwam – niet alleen omdat ze bang was zwanger te raken, maar vooral vanwege het gevaar dat inspanningen voor mij konden opleveren. Inspanningen die ze me zelf namens de artsen keer op keer verboden had. Maar ik raakte zo dronken door de geuren van het gras en haar lichaam, door de warmte van de zon op mijn handen en haar lichaam onder mijn handen, dat ik 't niet langer uithield. Ik werd blind voor de oorzaken van mijn blindheid. Ondanks mijn gestoorde evenwicht wist ik uitstekend de weg naar haar. Ze protesteerde zwakjes ("Je weet wat de artsen gezegd hebben") en bezwoer me het in godsnaam rustig aan te doen, zonder inspanning, en op tijd weer uit haar weg te gaan. Dat beloofde ik. Maar toen ik eenmaal tot haar ingegaan was...'

'Een schiereiland in een binnenzee.'

'Fair Italy!... voelde ik krachten uit mijn lendenen omhoogschieten die ik allang dood had gewaand. Er was geen houden meer aan. Mijn lichaam koos het meest natuurlijke en goddelijke ritme. Voor mijn blinde ogen begonnen als vlinders beelden te verschieten. Toen ik van heel diep iets voelde opkomen, begon ik nog heftiger te bewegen. Iets zei me dat ik me nu terug moest trekken. Maar net toen ik mijn hoogtepunt dreigde te bereiken, begon onder de druk van mijn opwinding en inspanning die kogel in mijn kop te verschuiven. Achter mijn blinde ogen verduisterde toen ook nog mijn bewustzijn. Nog maar zo kort tevoren had ik op het randje van de dood gebalanceerd, en nu ik bezig was opgekrikt te raken tot het absolute toppunt van leven, werd dit toppunt me misgund door dezelfde kogel die me destijds de definitieve dood ontzegd had. Op de drempel van een ongekend orgasme viel ik bewusteloos over haar heen.'

'Hoe heeft ze je in godsnaam in haar eentje terug het ziekenhuis in gekregen? Of heeft ze hulp gehaald?'

'Toen ik weer bijkwam, was er niets veranderd. De situatie leek ongewijzigd. Leek. Misschien ook door een licht geheugenverlies, dat sindsdien steeds zou optreden als ik na het wegraken weer bij bewustzijn kwam. Ik lag nog steeds over haar heen. De zon scheen koud op mijn rug. 't Moest inmiddels vroeg in de avond of zelfs alweer ochtend zijn. Toen ik probeerde me op te richten, voelde ik hoe verkleumd en verstijfd ik was. Mijn hele lijf was één verstrakte pijn. Spierpijn – maar ook gloeiende striemen. Tussen mijn vingers en tenen samengeklonterde aarde. Zelfs tussen mijn kiezen knarste zand. Toen ik om me heen wilde tasten, sloeg mijn hand in de doornstrengen. Geen spoor van het gras waar we ons vanmiddag, gistermiddag, wie weet hoe langgeleden in hadden uitgestrekt. Onder ons vochtige aarde, en platgedrukt onkruid, nat van de dauw. Het moest ochtend zijn.'

'En zij?'

'Zij lag roerloos onder me. Ze voelde steenkoud aan. Ik kreeg even de schrik dat ze weleens dood kon zijn, maar algauw begreep ik dat ze net zo verkleumd en verstijfd moest zijn als ik. Op nog maar één plaats voelde ik mijn bloed kloppen, op het moment namelijk dat ik ontdekte dat ik nog steeds met haar verenigd was. Verslapt, maar ik stak nog in haar. Pas toen ik uit haar gleed, voelde ik daar de pijn. Een andere pijn. Een hels kloppende pijn. Ik bevrijdde me uit haar en ze werd kreunend wakker. Ik weet niet meer wat ik tegen haar zei. Ze antwoordde niet en na enige tijd ontdekte ik dat ze ingehouden huilde. Ik tastte om me heen naar mijn kleren, maar kon niets vinden. In een steeds grotere straal tastte ik de grond af. Geen kledingstuk te vinden. Steeds greep ik in de doornstrengen van wat misschien wel braamstruiken waren. Tot ik op zeker moment haar hand om mijn arm voelde en opstond. Ze leidde me. Ik merkte dat ik meer uit mijn evenwicht was dan gisteren. Met stijve gewrichten vonden we tergend langzaam onze weg. Klappertandend naarmate het bloed begon te stromen. We waren naakt. Hoe lang liepen we? Een halfuur? Drie kwartier? Een uur? Al die tijd liep ze zacht snikkend naast me. Zwijgend. Ik stelde geen verdere vragen. Toen ik nat gras onder mijn voeten voelde en boven me, hoe zacht ook, bomen hoorde ruisen, hield ze me staande en liet me los. Een moment later begon ze me aan te kleden, nog steeds snikkend en zonder een woord te zeggen. Toen de kleren op mijn huid drukten, voelde ik de pijn pas goed. Overal. Het zacht glooiende pad dat we vervolgens betraden, herkende ik van gisteren – we liepen richting stad. Klappertandend zwegen we. Later, op de verharde weg, hoorde ik de voetstappen van voorbijgangers en voelde ik hun blikken. Besmeurd en gehavend kwamen we in het hospitaal aan. Ook toen ik er nadrukkelijker naar vroeg, weigerde ze me te vertellen wat er precies gebeurd was. Ze leek het niet over haar lippen te kunnen krijgen. Later, later, zei ze steeds. Maar wat er ook gebeurd mocht zijn, het incident betekende haar ontslag. Plotseling wás ze er eenvoudig niet meer. En ook al begonnen er inmiddels lichtvlekken door te komen, ik was nog steeds blind, wat betekende dat ik niet op eigen houtje afspraakjes met haar kon maken. Wel wist ze me een briefje met haar tijdelijke adres toe te spelen. Maar ik kon

’t niet lezen – en voorgelezen werd ’t me ook niet. In die tijd kreeg ik bezoek van mijn zusters, uit Berlijn. (De oudste van de twee had me indertijd het opleidingskamp en daarmee de krijgsdienst in gejend. “Een jonge, knappe kerel als jij, in de kracht van zijn leven – en dan zonder werk. Neem toch dienst, man!”) Ze leken mijn toestand luchtig op te nemen. Om mijn verbeterde zicht te testen namen ze me mee naar de film. *Die goldene Stad*t. Dat was het eerste dat ik van Praag te zien kreeg: *De gouden stad* – in lichtvlekken. Gedurende de twee weken die volgden ging mijn gezichtsvermogen verrassend snel vooruit. Ik begon contouren te onderscheiden. Alsof die lichtgevende, wazig geprojecteerde rechthoek daar ergens voor me in de nacht mijn ogen pas goed geopend had. De gouden stad. Op een middag twee weken later namen ze me opnieuw mee naar een film, in een andere bioscoop. Ik liep tussen hen in, gearmd. Op de Karlsbrücke zag ik voor het eerst, gefilterd nog, de zon in het water van de Moldau schijnen. Ik was zo verrukt dat ik me maar met moeite van het tafereel kon losmaken – waardoor we te laat kwamen voor de hoofdfilm. Eenmaal gezeten gaf ik al na vijf minuten blijk de film te kennen. “Deze hebben we al gezien,” zei ik. “Dit is *De gouden stad*. Onder een andere titel weliswaar, maar dit ís *De gouden stad*.” Je tantes begonnen te lachen en zeiden dat ik de vuurproef doorstaan had: ik kon blijkbaar weer uit mijn doppen kijken. Ze trokken me lachend de zaal uit om ergens wat te gaan drinken. Ik durfde niet te bekennen dat ik de film eigenlijk tot het einde toe wilde uitzitten. Ik wilde nu eindelijk in beelden zien wat ik me er sinds vorige keer enkel en alleen op grond van de dialogen zoal bij had voorgesteld. Maar ze trokken me mee en zo is dat tot aan mijn dood het weinige gebleven dat ik van Praag te zien heb gekregen: een fragment van *Die goldene Stadt*, onder een andere titel. De herinnering aan het beeld van een film die ik niet gezien heb. Nooit. Ook later niet. Goed, we dronken ergens iets en raakten aan de praat, nu pas goed aan de praat. Er was al die tijd nauwelijks iets van de stand van zaken in de wereld tot me doorgedrongen, maar nu kreeg ik van mijn zusters te horen hoezeer de situatie zich aan het wijzigen was. Hoezeer de rollen werden omgedraaid.'

'En zij? Zij?'

'Zij, zij... Niet alleen het vlees begon te spreken. Nu ik weer betrekkelijk goed kon zien, besloot ik haar te gaan opzoeken. Maar van het opgegeven adres bleek ze plotseling vertrokken. Tijdelijk. Naar Zuid-Italië, op zoek naar haar broer, die als vermist was opgegeven. Ik kreeg wat vage aanwijzingen: daar misschien – misschien ook daar. Toch besloot ik haar achterna te reizen. Hoewel nog bij lange na niet genezen, ontsloeg ik me eigenhandig uit het ziekenhuis, en daarmee uit de dienst.'

'Je deserteerde.'

'Ik deserteerde, ik ging ervandoor. Ik kon weer tamelijk goed zien, maar voor de ware situatie in Europa bleef ik voorlopig blind. Toch begreep ik algauw dat ik niet op reis, maar op de vlucht was. Ik reisde niet zozeer iemand achterna, ik reisde voor iets of iemand uit. Ik reisde binnen een cirkel, een ring die gevormd werd door de vijand. Bolsjewistisch, geallieerd – één grote samenzwering tegen mij. Ze zaten me op de hielen en ik liep ze tegemoet. En niet alleen bolsjewistisch en geallieerd, want die cirkel vormde de buitenste rand van een trechter, waarvan het diepste punt zich in Berlijn bevond. Door het hellend vlak waarop ik mij bevond, bleef ik afglijden naar waar sinds mijn desertie eveneens de vijand zetelde. En al die verschillende vijanden konden zich niet buiten mij om op elkaar storten: ze zouden mij tussen zich in dooddrukken. Mijns ondanks bleef ik gehoorzamen aan de ijzeren wet, waaraan ook die zakformaat-zwerfkei in mijn achterhoofd gehoorzaamde: ik zocht mijn diepste punt, het smalste punt van de zandloper, waaronder alleen nog plaats was voor de Führer.'

'Heb je 'm wel 'ns ontmoet?'

'Eénmaal. In een bunker aan het oostfront. Hij zaagde ons een hele nacht door over de opera's van Wagner. En niemand die hem durfde bijvallen of tegenspreken. Maar ik wilde hem niet nog eens ontmoeten. Ik had genoeg van zijn opera's. Dus bleef ik klimmen naar de trechterrand, waarachter ik mijn geliefde wist. Maar ik heb haar niet bereikt. Steeds viel ik terug. En die kogel met mij. Dan lag ik uren in het stof, mijn tanden in de aarde. Tot ik weer bijkwam; blind, spoedig ziend. De dreiging was overal – in het woud, achter die heuvel daar, in dat vriendelijke dorpje daar – overal, maar vooral in mezelf. Terwijl ik voor ze op de vlucht was, hadden ze zich al behaaglijk diep in mijn kop genesteld, in de vorm van een exemplaar van hun munitie. 't Wachten was slechts op 't breken van mijn weerstand. Uitstel van executie, geen afstel. De baan van de kogel oneindig vertraagd, maar het doel was al bepaald. Zestien jaar na het overhalen van de trekker trof hij eindelijk doel. En wat een omwegen had hij daarvoor niet moeten maken. In wat voor bochten had hij zich niet moeten wringen om zijn diepste punt te bereiken, die kleine zwerfkei. Honderd, duizendmaal had hij in mijn achterhoofd op verkleinde schaal de zwerftocht nagetrokken die ik heb moeten afleggen om mijn belagers van me af te schudden. Met een vertraging van zestien jaar passeerde hij het smalste punt van de zandloper en tuimelde deze bodemloze tijd binnen. Een vrije val in de eeuwigheid, langzaam wentelend om eigen as – 't kalme twinkelen van de eeuwige nacht tegemoet. In België namen ze me te grazen. Rusland, Tsjecho-Slowakije, de hele Balkangroep was ik doorgeploeterd met mijn zieke kop, halfblind nog, Italië, Zwitserland, het inmiddels bevrijde

Frankrijk – en uitgerekend in België krijgen ze me te pakken. Bijna thuis, en daar komt iemand op het onsmakelijke idee om even onder mijn oksel te gluren. Dezelfde getatoeëerde bloedgroep die me eerst het leven had gered, bracht me nu ten val. Aan anderen geketend hebben ze me in een open kooi gezet. Je had moeten horen hoe ze tekeergingen, die Walen in hun slechte Frans. Gehoond en vervloekt en beschimpt hebben ze ons, bespogen en gestenigd, die Walen in hun haat. Drie jaar kreeg ik.'

'Dat viel nog mee.'

'Op de dag dat mijn vader begraven werd, kwam ik dus vrij. Toen ik na de begrafenis thuiskwam, werd ik aan de koffietafel zwijgend bediend door een mij onbekende vrouw. Ze was mooi. Ze had treurlijnen in haar gezicht, maar ze was mooi. Ik vroeg me af wie 't kon zijn – een nieuwe buurvrouw of de vriendin van een van mijn broers. Toen ik er haar later naar vroeg, gaf ze geen antwoord. Eerst keek ze me lange tijd in de ogen, legde toen haar schort af en wenkte me achter zich aan naar een zijkamertje, waar op een sofa een jongetje van een jaar of vier lag te slapen. Er stonden koffers.'

'Ik herinner me een lange, saaie bootreis en vervolgens een lange, saaie treinreis. Een afspraak met een tolk... 't Moeizame navragen...'

'Zij had 't over een andere reis. Een reis die we vier, vijf jaar tevoren samen door de nacht hadden gemaakt, nadat ik op 't punt van klaarkomen bewusteloos op haar neer was gezakt. Van de weeromstuit, of eerder uit angst dat ik doodgebleven was, trof haar op hetzelfde moment een acute vaginale kramp, waardoor ze me niet meer uit zich kon krijgen. Terwijl mijn bewustzijn al verduisterd was, gehoorzaamde mijn lichaam nog aan de wetten die ik in beweging had gezet. Me niet bewust van een orgasme, liep ik ongemerkt in haar leeg. Mijn zaad vloeide in haar weg, zoals bij een oud mannetje het kwijl wegvloeit in de plooien van zijn broek. Een droomloze natte droom. Van de ergste schrik bekomen (ik leefde nog), wachtte zij tot ik voldoende verslapt zou zijn om me uit haar los te wurmen. Maar de kramp handhaafde zich. Uren lag ze onder me en concentreerde zich op haar buik. Maar hoe meer ze zich inprentte haar spieren te ontspannen, des te erger leken ze te verkrampen. Zo snoerde ze me steeds hechter in zich vast. Uren lag ze zo. Over mijn schouder heen heeft ze wanhopig de zon zien ondergaan, tot die gouden stad daar in de verte geen gouden stad meer was, maar een onzichtbare, verduisterde oorlogsstad. Toen het eenmaal donker was besloot ze ten einde raad de schande die haar ongetwijfeld te wachten stond te trotseren, en met mij in zich vast de weg terug te zoeken naar het hospitaal. Heel langzaam moet ze zich vervolgens in beweging gezet hebben. Ze had uitgerekend dat ze het beste achterwaarts kon kruipen, ruggelings de heuvel af. Op die manier sleurden mijn armen en benen gewillig met haar mee: mijn armen langs haar lichaam, mijn benen tussen haar benen, die zich voorzichtig optrokken en dan weer strekten. Mijn hoofd hield ze met haar kin tegen haar schouder geklemd. Haar kin vond houvast in mijn oor. Uiterst voorzichtig schoof ze zo op haar rug achterwaarts de heuvel af, haar schoot een ijzeren vuist waarmee ze me de diepte in trok. Richting stad, was de bedoeling. Maar op de verduisterde stad was het moeilijk oriënteren. Ze koos de verkeerde kant van de heuvel. Ze verdwaalde. Decimeter voor decimeter kroop ze met me voort, de nacht tegemoet. Om de twee meter stopte ze om bezorgd aan mijn borst te luisteren of ik nog leefde. Af en toe sloeg ze uit wanhoop haar armen om me heen, en snikte en bad toch in godsnaam mét mij te mogen sterven als ik 't niet haalde en niet tot in lengte van dagen met mijn lijk in haar begraven te moeten rondzeulen. Zo schoof ze voort, mét haar handen achter zich, onder zich grijpend, zich opkrikkend, zich met een duwtje verplaatsend. Een roofdier met haar aangeschoten prooi. Wanhopig jankend omdat haar prooi te groot en te zwaar voor haar is.'

'Een amazone met haar gedode minnaar.'

'Een insect met twee ruggen en acht poten: twee verenigde wederhelften.'

'Het dubbelwezen van Plato.'

'Neer, Plato, neer, brave hond. Zo gleden we door de nacht. Tot ze niet meer wist waar ze zelf ophield, en waar ik begon. We verdwaalden, maar ze verkeerde nog steeds in de waan dat ze op de stad af kroop. We daalden af tot het diepste punt van de nacht, een reis die mijn kogel al voor me had uitgestippeld. Aangeschoten, blind, zonder evenwicht, naakt, van alle tekenen van mijn waardigheid ontdaan, zonder orgasme leeggestroomd, verslapt en verlept, werd ik, vastgezogen en vastgeklonken in een vrouw, bewusteloos de nacht in gesleurd. 't Volmaaktste post coitum ooit vertoond. Als alle dieren een beetje triest zijn na afloop, dan waren wij ten dode toe bedroefd. Dit was mijn reis door de onderwereld. Zo ver had de schaamte mij gebracht. Langzaam maar zeker trok ze me mee de wildernis in. Aan het eind van de nacht kroop ze zich vast in doornstruiken en viel van vertwijfeling en uitputting in slaap, terwijl ik als een steen over haar heen lag. En al die tijd bestond jíj al – tussen ons in, ergens in het centrum van die ruggen. Terwijl je moeder vertwijfeld met me voortkronkelde door de nacht, nam in die verwrongen, wurgende schoot jouw bestaan een eerste aanvang. Jij bent verwekt door die kogel. Toen hij op het hoogtepunt van mijn lust verschoof, schoot mijn zaad los. Die kogel is meer in jou dan in mij. Sinds hij in mij tot rust is gekomen, zwerft hij rusteloos door jou heen. Je kunt er niet van slapen, hè, van die blauwe boon, jij, fijngevoelige prins. Hij holt je uit. Het verschil is dat hij bij jou een andere substantie heeft aangenomen: week, glibberig, ongrijpbaar – maar hij holt je uit. Je zou 't een lintwormkop kunnen noemen, die kogel zoals hij door jou heen zwerft en je uitholt. Je zult ouder worden en er hinder van ondervinden. Je zult, op zijn minst, een dichter moeten worden om hem kwijt te raken. Want je zult hem met alle geweld proberen kwijt te raken. Je zult draden proberen te ontwarren. Je zult jezelf... *uithalen*. Tot je ontdekt dat je kwelgeest vanuit zijn nek steeds weer aangroeit. 't Zal je nog ontberingen kosten, jongetje, een lange vasten om dat monster uit te hongeren. Je zult nog mager worden, ook al heb je nu nog de molligheid van een goed gevoed kind. Een dichter? Je zult jezelf aan kwellingen moeten blootstellen. Een potje koken, waarvan je zelf niet mag proeven, enkel en alleen om dat monster te behagen en uit zijn tent te lokken. Wat dacht je van een overheerlijke pot erwtensoep? Zie je jezelf al watertandend staan roeren? Je lijkt op je grootvader, weet je dat? Het water loopt je in de mond, nietwaar? Je mag er niet van proeven, maar je ruikt zo wel dat 't overheerlijke soep is. Flink dik, je hebt de erwten niet gespaard. Ze hebben lang in de week gestaan. Goed zo. En de prei ook niet. Selderij, blokjes spek, nou, nou. En er drijft een goede kluif in. Een poot die heel wat te tillen heeft gehad. Slecht geschoren weliswaar (denk aan de huivering van stugge varkenshaartjes die langs je tong raspen) – slecht geschoren, maar dat geeft niet: je hoeft er ditmaal zelf niet van te proeven. Je kunt de lepels krom in de la laten liggen. Zie je jezelf al zitten, met zo'n smetteloos servet om je nek? De kappersmantel van de beul! Met opengesperde mond hang je boven je bord vol dampende snert. Je hebt goed opgeschept, dat is te zien. Het vlees drijft er gekruld doorheen. Schijfjes rookworst, 't kan niet op. Je klieren werken op volle toeren. Het smaakwater druipt van je kin in de soep. In je rechterhand blikkert een vlijmscherpe huishoudschaar. Gloednieuw, zie je: het prijskaartje hangt er nog aan. Geen goedkope: f 12,75. En goed geolied! Af en toe probeer je 'm uit, zoals je dat de kapper hebt zien doen in de spiegel. De bladen snerpen, de ogen tikken. Maar je bent nerveuzer dan hij. Nu voel je diep in je iets bewegen. Een ziekmakend gevoel is 't, een gevoel van walging. Je maag draait zich om. Het monster verheft zich! Een heftige kriebeling die langs je slokdarm omhoog kruipt, een misselijkmakende tinteling: je zou 't wel uit willen schreeuwen. Ja, 't monster verheft zich. Je kokhalst als 't zich optrekt aan je huig. 't Glibbert onder je tong door, en wikkelt zich om de punt van je tong. En dan – dan glijdt 't over je gebarsten koortslippen naar buiten. 't Richt de kop op. Een kop die nog blind van de mijnschacht op de dunne hals wiegelt. Je staart je scheel op die bleke kop, die daar ter hoogte van je neus op en neer deint. Het serpent lijkt zich te oriënteren op de reuk. En dan, plotseling, schiet die kop pijlsnel omlaag. Maar nog vóór hij bij de soep is, steek je toe met je schaar – en je worgt, je guillotineert dat monster met één knip van je vingers. De kop plonst in de soep. Dat levenloze lint dat nu uit je mond hangt, weet je wel hoe belachelijk dat staat? 't Glimt, hè, 't glanst en 't heeft zich een beetje opgekruld, zie je wel? Tja, wat vang je ermee aan – mieren eten? Je ziet er slecht uit, weet je dat? Je hebt honger, nietwaar? Ingevallen wangen, wel mooi. Schaduwen onder je ogen. Je ziet bleek. Je bent klam. Je beeft. Hoe komt dat? 't Kost je moeite je opgezwollen vingers uit de schaar te bevrijden. Je hebt moeten in je vingers. *Wie stal je ringen?* Er sijpelt sap langs de bladen van de schaar. Het kleurloze bloed van je demon. Dringt 't een beetje tot je door? Wat zit je daar aan die keukentafel? De klok tikt meedogenloos hard. Er is fel tl-licht. Wat doe je? Je zit daar maar, terwijl die kop zich volvreet – en uit zijn nek groeit! Wat doe je met die kop? Er is haast bij! De klok slaat. De soep koelt af. Er komt een vel op. Hij stolt. Hij wordt hard.

En die lintwormkop raakt ingemetseld tussen fossiele plakjes rookworst. Schiet een beetje op, trek die bami uit je keelgat, voordat die kop wortel schiet en uit de versteende soep barst. Die kop, doe er iets mee. Laat er desnoods een vermageringspil van maken voor je moeder. Dan kan hij ook eens háár lichaam uithollen. Wormstekige schoonheid, dames, nimmer falend. Vooruit, een laagje glazuur dat naar frambozen smaakt. Ze snoept toch zo graag? Zal ze lekker vinden. *Mi piace! Mi piace!*'

'Uitgeraasd?'

Drukgeschiedenis *De gebroken pagaai*

1996, eerste druk bibliofiel Jan van Laarhoven, Tilburg
1997, tweede druk bibliofiel stichting De Roos, Utrecht
2005, derde druk eerste handelseditie uitgeverij Conserve

Drukgeschiedenis *Een gondel in de Herengracht*

1978, eerste druk, Querido
1979, tweede druk, Querido
1980, derde druk, Querido
1987, vierde druk, Querido (Salamander)
1987, vijfde druk, Querido (Salamander)
1992, zesde druk, Querido (Salamander)
1992, zevende druk, Querido (Salamander)
1998, achtste druk, Querido (Collectie van der Heijden)
1998, negende druk, Querido (gebonden)
2004, tiende druk, Querido (*De Gazellejongen – Het verzameld werk van Patrizio Canaponi*) (gebonden)
2004, elfde druk, Querido (*De Gazellejongen – Het verzameld werk van Patrizio Canaponi*) (paperback)
2005, twaalfde (officieus dertiende) druk, Conserve samen met *De gebroken pagaai* onder de titel *Een gondel in de Herengracht & De gebroken pagaai*

Colofon

Een gondel in de Herengracht & De gebroken pagaai, het prozadebuut van A.F.Th. van der Heijden waarvan *De gebroken pagaai* de eerste handelseditie beleeft, werd in opdracht van uitgeverij Conserve te Schoorl gezet door 508 Grafische Producties te Landgraaf in de Sabon corps 10,5/13 punts en gedrukt door De Boekentuin in Zwolle en genaaid gebonden (met leeslintje) door binderij De Ruiter te Zwolle.

Vormgeving omslag: Edd Simons.

Foto auteur: Philip Mechanicus.

Foto omslag: Gerhard Jaeger.

Met dank aan: Martin Bos, Gaia Cerpac, Lidewijde Paris en Mirjam Rotenstreich.

12e (13e) druk april 2005

UITGEVERIJ CONSERVE

Postbus 74, 1870 AB Schoorl.
E-mail: info@conserve.nl
Website:www.conserve.nl